Crimes en cascade

Du même auteur aux Éditions J'ai lu

NORA ROBERTS

Lieutenant Eve Dallas - 4
Crimes en cascade

Traduit de l'anglais (États-Unis) par Paul Benita

Titre original
RAPTURE IN DEATH

Éditeur original
Berkley Books are published
by The Berkley Publishing Group, N.Y.

1

La ruelle était sombre et sinistre. Elle servait de repaire à des rats agiles et aux félins squelettiques qui les pourchassaient. Des yeux rouges luisaient dans le noir, certains humains, tous féroces.

Ève se glissa parmi les ombres fétides. Il était entré là, elle en était certaine. C'était son travail de le suivre, de le trouver et de le ramener. Son arme était dans sa main et sa main était calme.

— Hé, ma jolie! Viens, on va se payer du bon temps, toi et moi!

Des voix dans le noir, des voix déformées par la drogue ou le mauvais alcool. Gémissements de damnés, ricanements de fous. Les rats et les chats ne vivaient pas seuls ici. Des déchets humains leur tenaient compagnie.

Elle s'accroupit tout en évitant une unité de recyclage dans un état lamentable : à en juger par la puanteur, elle n'avait pas fonctionné depuis une décennie. Même l'air qu'on respirait ici était vicié.

Quelqu'un geignit. Elle vit un gamin, treize ans à peine, entièrement nu. Les plaies sur son visage s'infectaient. Ses yeux étaient deux fentes d'horreur et de désespoir tandis qu'il se tassait tel un crabe contre le mur crasseux.

La pitié remua son cœur. Elle aussi, autrefois, avait été une enfant blessée et terrifiée qui se cachait dans une impasse.

— Je ne te ferai aucun mal, n'aie pas peur...

Elle parla d'une voix douce, à peine un murmure, tout en abaissant son arme pour le rassurer.

C'est alors qu'il attaqua.

Il vint par-derrière, dans un rugissement. Décidé à tuer, il frappa avec sa barre de fer. Le sifflement claqua aux oreilles d'Ève tandis qu'elle faisait volte-face et esquivait. Elle n'eut pas le temps de se maudire pour avoir perdu une fraction de seconde sa concentration, pour avoir oublié sa cible initiale : cent trente kilos de muscles l'expédiaient contre le mur de brique.

Son arme lui échappa et rebondit dans l'obscurité. Elle croisa son regard rendu vitreux par le Zeus, cette pourriture chimique. Elle vit la barre se lever, calcula sa trajectoire et roula une fraction de seconde avant que le métal ne s'écrase contre les briques. Se redressant comme un ressort, elle plongea tête la première dans son ventre. Il grogna, trébucha et essaya de la saisir à la gorge. Le poing fermé, elle cogna de toutes ses forces sous la mâchoire. L'impact lui fit mal dans tout le bras. Elle eut l'impression de se déboîter l'épaule.

Des gens hurlaient, rampaient pour se mettre à l'abri, dans ce monde où rien ni personne ne l'était jamais. Elle pivota pour décocher un coup de pied qui brisa le nez de l'assaillant. Du sang gicla. Une nouvelle odeur se mêla aux miasmes ambiants.

Il broncha à peine. La douleur n'était rien, comparée au dieu des produits chimiques. Souriant, il se frappa la paume avec la barre de fer.

— J'vais t'tuer, j'vais t'tuer, sale flic.

Il tournait autour d'elle, fouettant l'air de sa barre, ricanant, ricanant toujours malgré le flot de sang.

— J'vais t'ouvrir le crâne.

Vivre ou mourir... Elle haletait. La sueur suintait sur sa peau comme une pellicule d'huile. Elle évita le coup suivant, tomba à genoux, la main sur sa botte. Elle saisit son arme de secours et se redressa d'un bond.

Elle n'essaya même pas la position paralysante. Sur un type de cent trente kilos gavé de Zeus, cela aurait eu l'effet d'une piqûre de moustique.

Comme il plongeait vers elle, elle le foudroya à pleine puissance. Son regard fut le premier à s'éteindre. Elle avait déjà vu ça : des yeux qui se vidaient de toute expression, comme des yeux de poupée, alors qu'il continuait à avancer. Elle s'écarta, prête à rouvrir le feu, mais la barre de fer tomba. L'énorme corps s'écroula à ses pieds.

— Tu ne tueras plus de gamines, salaud, marmonna-t-elle.

La tension qui l'habitait chuta brutalement. Elle se passa la main sur le front.

Un léger frottement de cuir sur le béton l'alerta. Elle voulut pivoter, lever son arme, mais des bras l'entourèrent, la soulevèrent.

— Il faut toujours surveiller vos arrières, lieutenant, murmura une voix taquine à son oreille.

— Connors, bon sang ! J'ai failli te zapper.

— Tu n'as rien failli du tout.

Riant, il la retourna dans ses bras et en un clin d'œil sa bouche fut sur la sienne, brûlante, passionnée.

— J'adore te voir travailler, murmura-t-il tandis que sa main glissait sur son sein. C'est... stimulant.

— Arrête. (Mais son cœur clamait : « Continue. ») Ce n'est pas le moment.

— Bien au contraire. Je ne connais pas de meilleur moment pour ça qu'une lune de miel.

Il la repoussa légèrement, gardant les mains sur ses épaules.

— Je me demandais où tu étais passée, ajouta-t-il. J'aurais dû m'en douter. (Il jeta un œil au cadavre immobile.) Qu'avait-il fait ?

— Il avait un goût — c'est le cas de le dire — écœurant pour les jeunes vierges. Il y avait un type sur la Colonie Terra, il y a quelques années, qui correspondait à ce profil. Et je me demandais...

Elle s'interrompit, fronçant les sourcils. Ils se tenaient au beau milieu d'une ruelle macabre et Connors, splendide comme un ange noir, portait un smoking et un diamant comme bouton de col.

— Pourquoi tant d'élégance ?

— On avait prévu un dîner, non ? lui rappela-t-il.

— J'avais oublié.

Elle rangea son arme.

— Je ne pensais pas que ça durerait si longtemps, reprit-elle. Je crois que je devrais prendre une douche.

— Je t'aime comme tu es. Oublions le dîner... pour l'instant.

Il sourit de son sourire irrésistible.

— Mais j'insiste pour un environnement plus esthétique... Fin de programme ! ordonna-t-il.

La ruelle, les odeurs, les corps disparurent, s'éteignirent. Ils se trouvaient dans une immense pièce aux murs bourrés d'équipements et de projecteurs divers. Le sol et le plafond étaient en miroir noir pour mieux projeter les hologrammes.

Il s'agissait de l'un des derniers jouets de Connors. L'un des plus sophistiqués.

— Envoyer scène tropicale 4 B. Maintenir ambiance jusqu'à nouvel ordre.

En réponse survinrent le clapotis des vagues, le tapis d'étoiles se reflétant sur la mer. Sous leurs pieds, du sable blanc et fin et autour d'eux, des palmiers qui s'agitaient dans la brise tels des danseurs exotiques.

— Voilà qui est mieux, déclara Connors en déboutonnant sa chemise. Et ça sera encore mieux dès que je t'aurai déshabillée.

— Cela fait trois semaines que tu n'arrêtes pas de me déshabiller.

Il haussa un sourcil.

— C'est le privilège du mari. Tu t'en plains?

Mari. Ce mot sonnait si étrangement. Cet homme, avec sa chevelure noire de guerrier, son visage de poète, ses yeux bleus d'Irlandais était son mari... Elle ne s'y ferait jamais.

— Non. C'était juste... une observation.

— Les flics, gloussa-t-il en dégrafant la ceinture d'Ève. Ils observent toujours. Vous n'êtes pas en service, lieutenant Dallas. Repos.

— J'entretenais mes réflexes, c'est tout. Trois semaines sans travailler, c'est assez pour se rouiller.

Il glissa une main entre ses cuisses nues, la regarda rejeter la tête en arrière dans un soupir.

— Tes réflexes sont excellents, murmura-t-il en la déposant sur le sable doux.

Il l'observa un instant, s'émerveillant du spectacle qu'elle lui offrait : la chevelure fauve en bataille, les yeux qu'elle gardait fermés, ce qui chez elle était un signe de rare confiance, les courbes de son visage, sa bouche sensuelle.

A présent, elle portait son anneau et lui le sien. Il avait insisté là-dessus, même si de telles traditions n'avaient plus cours au milieu du xxie siècle.

Il souleva sa main, baisa son doigt juste au-dessus

de l'anneau d'or qu'il avait lui-même gravé. Elle garda les yeux fermés.

— Je t'aime, Ève.

Un léger rose colora ses joues. Elle était si facilement émue, pensa-t-il. S'en rendait-elle seulement compte ?

— Je sais.

Elle ouvrit les yeux et ajouta :

— Je... commence à m'y faire.

— Tant mieux.

Écoutant le bruit de l'eau qui léchait le sable, de la brise qui murmurait à travers les feuilles des palmiers, elle repoussa une mèche noire sur le visage de Connors.

— Tu me rends heureuse.

Un sourire éblouissant illumina les traits du jeune homme.

— Je sais.

Avec une aisance confondante, il la souleva et se retourna de façon qu'elle le chevauche. Ses mains ne cessaient de parcourir son corps mince et musclé.

— Es-tu prête à admettre que tu es heureuse d'avoir quitté la planète pour la dernière partie de notre lune de miel ?

Elle grimaça, se souvenant de sa panique, de son refus d'embarquer sur la navette et de la façon dont il avait rugi de rire avant de la jeter sur son épaule pour grimper à bord.

— J'ai bien aimé Paris. Et aussi la semaine que nous avons passée sur cette île. Je ne vois vraiment pas pourquoi il a fallu qu'on vienne dans ce complexe spatial à moitié terminé où, de toute manière, on passe notre temps au lit.

— Tu avais la frousse.

Il avait été prodigieusement amusé de la voir aussi

anxieuse à la perspective de son premier voyage spatial. Et il avait fait en sorte de l'occuper et de la distraire.

— Pas du tout. J'étais simplement agacée — et avec raison — que tu aies décidé de changer nos plans sans même me consulter.

— Il me semble me rappeler un certain lieutenant trop pris par son enquête et qui me disait de faire tous les plans dont j'avais envie... Tu étais une mariée magnifique.

Ève esquissa un sourire.

— C'était la robe.

— Non, c'était toi. (Il effleura son visage.) Ève Dallas. Mon Ève Dallas.

L'amour l'envahit tout entière. Cela arrivait toujours comme ça, se dit-elle, comme des vagues immenses qui déferlaient subitement en elle, la laissant pantelante.

— Je t'aime, moi aussi.

Elle se pencha vers sa bouche.

Ils ne dînèrent pas avant minuit. Sur la terrasse baignée de lune de la tour élancée qui deviendrait bientôt l'Olympus Grand Hôtel, Ève dégustait du homard tout en admirant le paysage.

D'ici un an, le Complexe Olympus serait, par la volonté de Connors, terminé et pris d'assaut. Pour l'instant, ils l'avaient pour eux seuls... à condition d'ignorer les équipes de construction, les ouvriers, les architectes, les ingénieurs, les pilotes, tous ceux qui bâtissaient l'impressionnante station spatiale.

De son fauteuil, elle pouvait contempler le cœur du complexe. Les projecteurs aveuglants pour l'équipe de nuit, les machineries dont le bourdonnement tranquille témoignait de l'activité incessante.

Les fontaines, les jets d'eau et de lumière avaient été branchés spécialement pour elle, elle le savait.

Pour qu'elle voie ce qu'il construisait, pour lui faire comprendre de quoi elle faisait désormais partie. Elle était son épouse.

Son épouse. Ève Dallas, lieutenant à la Criminelle, était devenue l'épouse d'un homme que certains considéraient comme un dieu.

— Un problème?

Elle cligna des paupières par-dessus sa flûte de champagne.

— Non.

Avec une intense concentration, elle plongea un bout de homard dans du beurre fondu — du vrai beurre — et l'avala.

— Comment vais-je faire pour manger ce qu'ils nous donnent à la cantine, maintenant?

— De toute manière, quand tu travailles, tu te nourris exclusivement de barres de chocolat.

Il lui resservit du champagne et elle plissa les yeux.

— Tu essaies de me soûler?

— Absolument.

Elle éclata d'un rire joyeux. Elle riait plus fréquemment et plus facilement ces temps-ci. Elle souleva son verre.

— Bon, je veux bien t'accorder ce plaisir et quand je serai soûle...

Elle avala comme de l'eau le verre de vin qui devait coûter un mois de son salaire.

— ... je t'offrirai un truc que tu n'oublieras pas de sitôt.

Le désir de Connors se réveilla brusquement.

Il se servit à ras bord.

— Dans ce cas... — soûlons-nous tous les deux.

— Je me plais, ici, annonça-t-elle soudain.

Quittant la table, elle emporta son verre vers une épaisse rambarde de pierres sculptées. Cela avait dû coûter une fortune de les extraire puis de les apporter ici...

Elle observa les jeux d'eau et de lumière, examina les bâtiments — des lances ou des dômes — lisses et brillants qui abriteraient bientôt des touristes aussi lisses et brillants.

Le casino était terminé et brillait comme une boule dorée dans le noir. Un des innombrables bassins était illuminé pour la nuit, et l'eau couleur cobalt scintillait. Des passerelles aériennes zigzaguaient entre les buildings tels des fils d'argent. Pour l'instant, elles étaient vides mais dans six mois, un an, elles déborderaient de gens couverts de soie et de bijoux. Ils viendraient se faire pouponner dans cette station thermale d'un nouveau genre, entre ces murs de marbre, pour bénéficier des bains de boue, des traitements corporels les plus insensés et des droïdes les plus dévoués. Ils viendraient perdre des fortunes au casino, boire les alcools les plus rares dans les clubs les plus exclusifs et faire l'amour jusqu'au vertige.

Connors allait leur offrir un monde de rêve et ils viendraient. Mais ce n'était pas son monde à elle. Elle se sentait davantage à l'aise dans les rues, dans le demi-monde de la loi et du crime. Connors la comprenait, pensait-elle, car il venait, tout comme elle, de ce demi-monde. Voilà pourquoi il lui avait offert ceci afin qu'ils en profitent seuls.

— Tu vas créer un sacré truc ici, dit-elle en se retournant.

— Je l'espère.

Elle secoua la tête qui commençait à lui tourner très agréablement.

— Tu vas créer quelque chose dont les gens parleront pendant des siècles. Le petit voleur de Dublin a fait du chemin. Un sacré bout de chemin.

— Pas tant que ça, lieutenant. Je continue à vider les poches de mes semblables... Simplement, maintenant je le fais de la façon le plus légale possible. Être marié à un flic impose certaines restrictions.

Elle fronça les sourcils.

— Je ne veux pas en entendre parler.

— Ève, mon amour...

Il se leva, prenant la bouteille avec lui.

— Toujours aussi troublée d'être tombée follement amoureuse d'un individu aussi louche ? demanda-t-il en lui remplissant son verre. Quelqu'un qui, il y a quelques mois encore, était le premier sur ta liste de suspects...

— Ça te plaît d'être un suspect ?

— Assez.

Il passa le pouce sur la pommette d'Ève... Il se souvenait encore d'un bleu qui l'ornait, quelques jours plus tôt.

— Et je me fais un peu de souci pour toi, ajouta-t-il d'un air grave.

— Je suis un bon flic.

— Je sais. Quelle étrange ironie! Je suis tombé amoureux d'une femme entièrement dévouée à la justice.

— Pour moi, c'est encore plus étrange d'être liée à quelqu'un qui peut acheter et vendre des planètes sur un simple caprice.

— Mariée.

Il éclata de rire. L'obligeant à lui tourner le dos, il butina son cou.

— Vas-y, dis-le, insista-t-il. Nous sommes mariés. Tu ne vas pas t'étrangler si tu le dis.

S'obligeant à se détendre, elle se laissa aller contre lui.

— Je sais ce que nous sommes. Laisse-moi un peu de temps pour m'habituer. Ça me plaît d'être ici, loin de tout, avec toi.

— Alors, je suis content de t'avoir obligée à prendre trois semaines et non deux.

— Tu ne m'as pas obligée.

— J'ai dû te harceler. (Il lui mordilla l'oreille.) Te soudoyer. (Ses mains glissèrent vers ses seins.) Te supplier.

Elle eut un rire moqueur.

— Tu n'as jamais supplié personne de toute ta vie, j'en suis sûre. Mais tu m'as peut-être harcelée. Je n'avais jamais pris trois semaines.

Il décida de ne pas lui rappeler que même ici, elle ne s'arrêtait pas vraiment. Il se passait rarement vingt-quatre heures sans qu'elle mette en marche un programme de lutte contre le crime.

— Et si on restait une semaine de plus ?

— Connors...

Il gloussa.

— Je plaisantais. Bois ton champagne. Tu n'es pas encore assez ivre pour ce que j'ai en tête.

— Oh ? Et qu'est-ce que tu as en tête ?

— C'est un secret. Disons simplement que je compte bien t'occuper pendant les quarante-huit heures qu'il nous reste.

— Quarante-huit ? répéta-t-elle en riant. D'accord. On commence quand ?

— Eh bien, inutile de gâcher...

Il s'interrompit, agacé, en entendant la sonnerie de la porte.

— J'avais dit qu'on ne nous dérange pas, gronda-t-il. Ne bouge pas. Je reviens tout de suite.

— Pendant que tu y es, rapporte une autre bouteille, lui dit-elle en léchant les dernières gouttes de son verre. Quelqu'un a fini tout ce champagne.

Amusé, il repassa dans le salon avec son plafond de verre et sa moquette soyeuse comme du duvet. Il sortit un lys d'un vase de porcelaine, imaginant déjà la caresse de ses pétales sur le corps de sa femme.

Il souriait encore quand il pénétra dans le hall aux murs de marbre. Branchant le récepteur, il se prépara à envoyer au diable le garçon d'étage.

Surpris, il découvrit le visage d'un de ses ingénieurs.

— Carter ? Un problème ?

Carter était pâle et en nage.

— Monsieur, j'en ai bien peur. Il faut que je vous parle, s'il vous plaît.

— Oui. Un instant.

Connors soupira en déverrouillant la serrure. A vingt-cinq ans, Carter était un génie du design. S'il avait un problème, ce devait être sérieux.

— C'est la passerelle du salon ? Je pensais que vous aviez résolu ça hier.

— Non... je veux dire, oui. Je l'ai résolu. Ça marche parfaitement maintenant.

Il tremblait, constata Connors qui en oublia son agacement.

Il prit Carter par le bras, le conduisit jusqu'au salon et l'installa dans un fauteuil.

— Y a-t-il eu un accident ? Quelqu'un a été blessé ?

— Je ne sais pas... je veux dire... un accident ?

Carter cligna des paupières.

— Miss... m'dame, dit-il tandis qu'Ève les rejoignait.

Il voulut se lever mais en fut incapable.

— Il est en état de choc, constata Ève. Trouve un peu de ce fameux cognac que tu as toujours par ici.

16

Elle s'accroupit face au jeune homme.

— Carter? Tout va bien, maintenant. Calmez-vous.

— Je... je crois que je vais...

Avant qu'il ne puisse terminer, Ève lui baissa la tête entre les genoux.

— Respirez. Contentez-vous de respirer. Donne-moi ce cognac, Connors.

Elle tendit la main et il lui tendit le verre déjà rempli.

— Ça va aller, Carter, assura Connors qui l'aida à s'adosser aux coussins. Buvez un peu.

— Oui, monsieur.

Il hocha la tête et but.

— Je suis navré. Je me croyais plus solide. Je suis monté tout de suite. Je ne savais pas... quoi faire d'autre.

Il leva la main devant son visage comme un gamin pendant une vidéo d'horreur.

— C'est Drew, Drew Mathias, expliqua-t-il enfin. Il est mort.

Il avala une nouvelle gorgée de cognac et faillit suffoquer.

Connors écarquilla les yeux. Il connaissait parfaitement Mathias : un jeune rouquin volontaire avec des taches de rousseur, expert en électronique et particulièrement en autotronique.

— Où, Carter? Comment est-ce arrivé?

— Je me suis dit qu'il fallait vous prévenir tout de suite. Je suis monté directement vous voir, vous... et votre femme. Je me disais que... puisqu'elle est de la police, elle pourrait faire quelque chose.

Ève lui enleva son verre.

— Que s'est-il passé, Carter? demanda-t-elle.

— Je crois que... il a dû... se suicider, lieutenant. Il

pendait là, au milieu du salon, accroché au lustre. Et son visage... Ô Seigneur Dieu tout-puissant !

Il s'enfouit le visage entre les mains tandis qu'Ève se tournait vers Connors :

— Qui a autorité sur le site pour ce genre d'affaires ?

— Nous avons la sécurité standard, en grande partie automatisée... Je dirais que c'est vous, lieutenant, ajouta-t-il en esquissant une grimace.

— D'accord, essaie de me trouver un enregistreur — audio et vidéo —, quelque chose pour poser des scellés, des sacs en plastique, des pinces et une ou deux petites brosses.

Elle n'aurait pas l'équipement habituel, pas de scanner, pas de thermosenseurs pour déterminer l'heure de la mort, aucun des produits chimiques qu'elle emportait normalement sur la scène d'un crime.

Ils devraient se débrouiller.

— Il y a bien un docteur ici ? Appelle-le. Il servira de légiste.

La plupart des techniciens résidaient dans les étages achevés de l'hôtel. Carter et Mathias partageaient la même suite. Ils bénéficiaient d'un vaste appartement, doté de deux chambres à coucher.

Quand la porte s'ouvrit, Carter, plus pâle que jamais, ne put retenir un mouvement de recul.

— Ça va, Carter ? demanda Ève.

— Je préférerais ne pas entrer.

— Restez ici. J'aurai peut-être besoin de vous.

Elle se glissa à l'intérieur, suivie de Connors. Les lumières étaient allumées à pleine puissance. De la musique jaillissait des murs : un rock dur, rocailleux, avec une chanteuse qui rappela à Ève son amie

Mavis. Le sol de mosaïque bleue donnait l'illusion de marcher sur l'eau.

Deux des murs étaient entièrement occupés par des ordinateurs. Plusieurs postes de travail étaient encombrés de tout un attirail électronique, de micro-puces et d'outils divers.

Ève vit des vêtements empilés sur le divan, des lunettes de RV — réalité virtuelle — sur une petite table ainsi que trois tubes de bière Asian, dont deux étaient plats et déjà roulés pour le recycleur, ainsi qu'un bol de bretzels salés.

Puis elle découvrit le corps nu de Drew Mathias qui se balançait doucement au bout d'une corde de fortune, faite de draps attachés à un immense lustre de verre bleu.

— Connors, marmonna-t-elle, il avait quoi ? vingt ans ?

— Guère plus.

Le visage juvénile de Mathias était pourpre, ses yeux exorbités et sa bouche figée en un hideux sourire béant.

— Bon, faisons ce que nous pouvons... Dallas, lieutenant Ève, police de New York, pour les premières constatations en attendant les autorités spatiales compétentes. Mort suspecte et violente. Mathias, Drew, Olympus Grand Hôtel, chambre 1036, 1er août 2058.

— Décrochons-le, dit Connors.

Il n'était pas surpris de voir avec quelle rapidité elle s'était transformée en flic.

— Pas encore. Pour lui, ça ne change rien et je veux qu'on enregistre cette scène avant de toucher à quoi que ce soit.

Elle se tourna vers la porte.

— Vous avez touché quelque chose, Carter ?

19

Il se passa le dos de la main sur la bouche.

— Non. Quand je suis entré, je l'ai vu tout de suite. Je crois que j'ai dû rester planté là une minute. Je savais qu'il était mort. Son visage... ce sourire...

— Pourquoi n'iriez-vous pas vous étendre un moment dans votre chambre ? Je vous parlerai plus tard.

— D'accord.

— Pas d'appel, ordonna-t-elle.

— Non. Non, je n'appellerai personne.

Lorsqu'il eut disparu, elle ferma la porte et se tourna vers Connors. Leurs regards se croisèrent. Elle savait ce qu'il pensait. La même chose qu'elle : certains, comme le lieutenant Dallas, devaient en permanence vivre en compagnie de la mort.

— Au travail, dit-elle.

2

Le docteur s'appelait Wang et il était vieux, comme la plupart des médecins de l'espace. Il aurait pu prendre sa retraite à quatre-vingt-dix ans mais, comme beaucoup de ses confrères, il avait choisi de se balader d'un site à l'autre pour soigner les plaies et les blessures, le mal de l'espace, les troubles de l'équilibre dus à l'absence de gravitation et accoucher les femmes.

Et il savait reconnaître un cadavre quand il en voyait un.

— Mort, annonça-t-il d'une voix pincée, à l'accent vaguement exotique.

Sa peau était un parchemin jaune aussi ridé qu'une vieille carte. Ses yeux noirs avaient la forme d'amandes. Son crâne chauve évoquait irrésistiblement une boule de billard.

Ève se frotta les yeux.

— Ça, je m'en étais rendu compte. Donnez-moi la cause et l'heure de la mort.

— Strangulation.

Wang examina le cou de Mathias.

— Autostrangulation, corrigea-t-il. Je dirais que

21

ça s'est passé entre dix et onze heures du soir, aujourd'hui.

— Merci, docteur. Le corps ne présentant aucun autre signe de violence, j'ai tendance à suivre votre diagnostic. Mais je désirerais une analyse de sang, pour savoir s'il n'a pas de produits chimiques dans les veines. Avez-vous traité cet homme pour une raison quelconque?

— Je ne saurais le dire mais son visage ne m'est pas familier. Je dois avoir son dossier, bien sûr. A son arrivée, il a dû subir l'examen de routine.

— Je voudrais le consulter aussi.

— Je ferai de mon mieux pour vous satisfaire, madame Connors.

Elle plissa les paupières.

— Dallas. Lieutenant Dallas. Et essayez de faire vite, Wang.

Elle contempla à nouveau le cadavre. La mort violente pouvait jouer de drôles de tours, parfois. Mais elle n'avait jamais vu une telle expression : ce sourire béat figé à jamais. Un sourire qui donnait la chair de poule.

— Emmenez-le, Wang. Et envoyez-moi ces rapports. J'ai besoin de connaître son plus proche parent.

— Assurément. (Il lui sourit.) Lieutenant Connors...

Elle lui rendit son sourire, en lui montrant les dents, mais décida d'en rester là. Deux adjoints vinrent rejoindre le docteur pour emporter le corps.

— Ça t'amuse? marmonna-t-elle à Connors peu après.

Il cligna des paupières, l'air parfaitement innocent.

— Quoi donc?

— Lieutenant Connors.

— Pourquoi pas? Un peu d'humour ne peut pas nous faire de mal.

— Ouais, ton Dr Wang est un vrai comique. (Elle soupira.) Ça me fout en l'air. Ça me fout vraiment en l'air...

— Ce n'est pas un nom si laid.

Elle secoua la tête.

— Non, pas ça. Le gamin. Un gosse comme ça qui jette aux ordures ses cent prochaines années. Quel gâchis...

— Je sais.

Il la rejoignit pour la prendre par les épaules.

— Tu es sûre que c'est un suicide? demanda-t-il.

— Aucun signe de lutte. Pas de traces sur le corps... Je vais interroger Carter et quelques autres mais, à mon avis, Drew Mathias est rentré chez lui, a allumé les lumières, mis la musique. Il s'est accordé deux bières, peut-être une petite séance de réalité virtuelle et quelques bretzels. Puis il a enlevé les draps de son lit, s'est fabriqué une corde, a fait un nœud très précis, très professionnel...

Elle se détourna, examinant les lieux, réfléchissant à la scène.

— Il a enlevé ses vêtements, reprit-elle. Il est monté sur la table. Regarde ces traces de pieds. Il a attaché la corde au lustre, s'est probablement assuré qu'elle tenait bon en tirant dessus une ou deux fois, puis il a passé la tête dans le nœud et s'est pendu.

Elle laissa passer un silence avant de poursuivre :

— Ça n'a pas dû être très rapide. La corde n'était pas assez raide pour lui briser le cou net. Mais il n'a pas lutté, n'a pas changé d'avis. Sinon, on aurait vu sur son cou la trace de ses ongles.

Connors haussa un sourcil.

— Mais cela aurait dû être instinctif, non? Involontaire.

— Je ne sais pas. Je dirais que ça dépendait de son désir d'en finir. S'il tenait vraiment à mettre un terme à sa vie... Il prenait peut-être des drogues. Nous ne tarderons pas à le savoir. Avec certains produits, on ne ressent plus la douleur. Il se peut même que ça lui ait plu.

— Je ne nierai pas qu'il y a des substances illégales qui traînent ici. Il est impossible de contrôler les habitudes de chacun des employés. Mais j'ai du mal à imaginer Mathias se droguant.

— Les gens nous surprendront toujours! (Ève haussa les épaules.) Je vais voir ce que je peux soutirer à Carter. Pourquoi n'irais-tu pas dormir un peu?

— Non, je reste, fit-il, ajoutant avant qu'elle ne proteste : Disons que je te sers d'adjoint.

Cela la fit sourire.

— N'importe quel adjoint digne de ce nom saurait que j'ai besoin d'une bonne tasse de café.

— Alors, je vais t'en chercher une.

Il prit son visage entre ses mains et murmura :

— J'aurais voulu te tenir loin de tout ça encore un petit moment.

Il l'abandonna pour aller programmer un café dans la cuisine.

Dans la chambre à coucher, les lumières étaient réglées au minimum. Carter était assis au bord du lit, la tête entre les mains. Il se redressa en tressaillant quand il l'entendit.

— Calmez-vous, Carter, vous n'êtes pas encore en état d'arrestation.

Comme il pâlissait, elle s'assit à son côté.

— Désolée, c'est de l'humour de flic. Pas très

drôle, je le reconnais... Je vais enregistrer notre conversation, vous me comprenez?

Il déglutit péniblement.

— Oui. D'accord.

— Dallas, lieutenant Ève, interrogeant Carter... quel est votre prénom, Carter?

— Jack. Jack Carter.

— ... Carter, Jack, au sujet de la mort violente de Mathias, Drew. Carter, vous partagiez la suite 1036 avec la victime, n'est-ce pas?

— Oui. Depuis cinq mois. Nous étions amis.

— Parlez-moi de ce soir. A quelle heure êtes-vous rentré?

— Je ne sais pas. Vers minuit et demi, peut-être. J'avais un rendez-vous, avec... Lisa Cardeaux. C'est une des architectes-paysagistes. Nous voulions vérifier le complexe de divertissements. Après cela, nous sommes allés à l'Athena Club. Nous avons bu un verre ou deux, écouté un peu de musique. Elle devait se lever tôt demain, alors nous n'avons pas traîné. Je l'ai raccompagnée. (Un petit sourire.) J'ai essayé de la convaincre de me laisser entrer chez elle mais elle n'a pas voulu.

— Bon. Donc, vous quittez Lisa. Êtes-vous rentré directement?

— Oui. Elle a un bungalow. Elle préfère ça aux chambres d'hôtel. Elle dit qu'elle n'aime pas se sentir enfermée... Par la passerelle, ça m'a pris à peine deux minutes pour revenir ici. (Il respira un bon coup.) Drew avait fait installer un système de sécurité sur la porte. C'était son truc. La plupart des gars laissent leur porte ouverte mais Drew avait tout cet équipement ici et ça le rendait parano.

— L'empreinte palmaire est-elle réglée sur quelqu'un d'autre à part vous deux?

— Non.

— Bon, ensuite?

— Je l'ai vu. Dès que je suis entré. Et je suis monté vous prévenir.

— Quand l'avez-vous vu en vie pour la dernière fois?

— Ce matin. Au petit déjeuner.

— Comment était-il? Troublé, déprimé?

Le regard de Carter s'anima.

— Non. C'est ce que je n'arrive pas à comprendre. Il était très bien. Il rigolait, il se moquait de moi à cause de Lisa parce que je n'avais pas, euh... concrétisé, vous comprenez? On plaisantait comme deux amis. Je lui ai dit qu'il n'avait pas fait l'amour depuis si longtemps qu'il ne savait même plus l'effet que ça faisait. Et qu'il ferait mieux de se trouver une femme et de nous rejoindre ce soir.

— Voyait-il quelqu'un?

— Non. Il parlait toujours de son « bébé » dont il était fou. C'est comme ça qu'il appelait sa petite amie. Il comptait utiliser son prochain cycle de repos pour la faire venir ici. Il disait qu'elle avait tout : l'intelligence et un corps à vous rendre cinglé. Il n'allait pas perdre son temps avec de pâles imitations alors qu'il possédait déjà le chef-d'œuvre original.

— Vous connaissez son nom?

— Non. C'était Bébé. Rien que Bébé. Pour être honnête, je crois qu'il l'avait inventée. Drew était timide avec les femmes. Son truc, c'était les jeux électroniques et l'autotronique. Il travaillait toujours sur quelque chose.

— D'autres amis?

— Il n'en avait pas beaucoup. C'était un type très tranquille, plutôt renfermé, vous voyez?

— Il se dopait?

— Bien sûr; il prenait des stimulants pour travailler toute la nuit.

— Je parle de produits illégaux, Carter. Il en prenait?

Il écarquilla les yeux.

— Drew? Sûrement pas! Il était plus droit qu'une flèche. Il n'aurait jamais trafiqué avec des drogues illégales, lieutenant. Il possédait un excellent cerveau et il avait bien l'intention de le conserver en bon état. Et il voulait garder son boulot, progresser. On se fait virer avec ce genre de trucs. Il suffit de se faire prendre une seule fois.

— S'il avait décidé de tenter l'expérience, êtes-vous certain que vous l'auriez su?

— On commence à connaître quelqu'un quand on a vécu cinq mois avec lui, répliqua-t-il tristement. On connaît ses habitudes, ses manies... Comme je l'ai dit, il ne fréquentait pas grand monde. Il était plus heureux tout seul, avec tout son matos, plongé dans ses jeux de rôles.

— Un solitaire, donc. Introverti.

— Oui, exactement. Mais il n'était pas troublé, ni déprimé. Il n'arrêtait pas de dire qu'il était sur un très gros truc, un nouveau jouet. La semaine dernière encore, il disait qu'il allait faire fortune cette fois-ci, que Connors n'avait qu'à bien se tenir.

— Connors?

— Enfin, c'était une façon de parler, reprit vivement Carter. Il faut que vous compreniez. Connors, pour nous, c'est le symbole de la réussite. Il a tout ce qu'il veut : de l'argent, de beaux vêtements, des appartements sublimes, une femme sexy... (Il s'interrompit, rougissant.) Excusez-moi.

— Pas de problème.

Elle réfléchirait plus tard au fait qu'un gamin d'à peine vingt ans la trouvait sexy.

— C'est juste que des tas de types comme nous aspirent à être comme lui. Connors, c'est l'incarnation du rêve. Drew l'admirait. Il avait de l'ambition, madame... lieutenant. Il avait un but et des projets. Pourquoi aurait-il fait ça ? (Ses yeux s'embuèrent.) Pourquoi a-t-il fait ça ?

— Je ne sais pas, Carter. Parfois, on ne sait jamais pourquoi...

Une heure plus tard, elle faisait le point avec Connors dans leur suite.

— Apparemment, c'était le genre premier de la classe. De grandes aspirations, timide avec les femmes, rêveur. Heureux dans son travail. (Un soupir.) Il n'y avait pas d'appels sur sa console, pas de courrier reçu ou envoyé, pas de messages enregistrés et il a verrouillé sa porte à seize heures. Carter l'a déverrouillée à zéro heure trente-trois. Il n'a reçu aucune visite, n'est pas sorti. Il s'est juste installé chez lui pour la soirée et puis il s'est pendu.

— Ce n'est pas un meurtre.

— Non, ce n'est pas un meurtre. Personne à accuser, personne à punir. Juste un gosse qui est mort. Une vie gâchée.

Elle se tourna subitement pour l'enlacer.

— Connors, tu as changé ma vie...

Surpris, il scruta son visage, perplexe.

— C'est-à-dire ?

— Tu as changé ma vie, répéta-t-elle. En tout cas, une partie de ma vie. Je commence à comprendre que c'est la meilleure part. Je veux que tu le saches, je veux que tu t'en souviennes. Ainsi, quand nous rentrerons, quand nous reprendrons nos vies normales, s'il m'arrive d'oublier de te dire ce que je ressens, tu sauras ce que je pense et à quel point tu comptes pour moi.

Touché, il l'embrassa.

— Je ne te laisserai pas l'oublier. Viens te coucher. Tu es fatiguée.

— Oui, c'est vrai.

Il leur restait moins de quarante-huit heures, se rappela-t-elle. Elle ne laisserait pas cette mort inutile gâcher les derniers moments de leur lune de miel.

Elle inclina la tête, papillota des cils.

— Tu sais, Carter me trouve sexy.

Connors s'immobilisa, les yeux comme des fentes.

— Je te demande pardon?

Oh, comme elle aimait cette voix arrogante!

— Tu es ce qu'il y a de mieux, poursuivit-elle en déboutonnant sa chemise.

— De mieux? Vraiment?

— De mieux. Ce qui, comme dirait Mavis, est génial. Et l'une des raisons pour lesquelles tu es ce qu'il y a de mieux, c'est que tu as une femme sexy.

Nue jusqu'à la taille, elle s'assit sur le lit et se débarrassa de ses chaussures. Elle lui lança un coup d'œil pour s'apercevoir qu'il restait planté là, les mains dans les poches, avec un sourire en coin. Elle haussa un sourcil.

— Alors, monsieur Mieux... qu'allez-vous faire avec votre femme sexy?

Connors s'avança en se passant la langue sur les lèvres.

— Agir.

Elle eut à peine le temps de percevoir la lueur d'humour et de désir dans ses yeux avant que sa bouche ne se referme sur son sein.

— Traître!

Mais elle éclata de rire tout en saisissant sa tête à deux mains pour qu'il continue.

Cela n'avait rien de nouveau pour elle mais à chaque fois c'était follement excitant. Elle aimait les caresses de Connors, le plaisir insensé qu'il éveillait en elle. Elle se pressa contre lui, oubliant tout sauf ses baisers qui l'enflammaient.

Puis elle l'obligea à relever la tête et ravit sa bouche.

— Viens.

Elle tira sur sa chemise pour sentir sa peau, ses muscles contre elle.

— Viens en moi, répéta-t-elle.

— Nous ne sommes pas pressés.

Il redescendit vers ses seins si petits, si fermes.

— J'ai besoin de te goûter, murmura-t-il.

Et c'est ce qu'il fit, somptueusement. Il se régalait avec tendresse, finesse, légèreté.

Elle se mit à trembler tandis qu'il explorait son ventre, lui ôtait son pantalon pour caresser ses cuisses. Elle se cambra. Quand il plongea paresseusement la langue dans sa chaleur, elle poussa un cri.

— Encore...

Affamé à présent, il la dévorait. Et il continua, encore et encore, jusqu'à ce qu'elle parvienne au faîte du plaisir. Puis il remonta le long de son corps et glissa en elle.

Ève croisa son regard et y lut une parfaite maîtrise. Elle voulait chasser cette maîtrise, l'annihiler comme il annihilait la sienne.

— Encore, insista-t-elle, nouant les jambes autour de sa taille pour l'attirer plus profondément en elle.

Elle vit l'étincelle dans ses yeux, l'envie qu'il avait d'elle. Elle se mit à bouger sous lui.

Il serra les poings. Sa respiration s'accéléra tandis qu'il plongeait de plus en plus vite, de plus en plus fort. Il avait l'impression que son cœur allait exploser. Mais elle soutenait l'allure, se jetant contre lui avec une énergie démentielle. Ses ongles se plantaient dans son dos, ses épaules, ses hanches. Délicieuses petites griffures.

Il la sentit jouir. « Encore, pensait-il. Encore, encore et encore. » Et il continuait à la marteler, cueillant ses cris et ses gémissements, poursuivant leur chevauchée passionnée jusqu'à l'explosion.

Le corps d'Ève se tendit vers la limite extrême du plaisir. Cette fois, il la rejoignit et la jouissance les étreignit au même instant, sublime, immense et majestueuse.

Il s'effondra sur elle, pris de vertige.

— On ne peut pas continuer comme ça, articula-t-elle au bout d'un moment. On va se tuer.

Il parvint à rire.

— Ce sera une belle mort.

Soudain, il se redressa, lui saisit le menton pour effleurer de la langue la fossette qui le creusait.

— Ève, je t'adore.

Puis il se leva pour rejoindre une console, tout nu. Il y posa sa main et une petite trappe s'ouvrit.

— J'ai quelque chose pour toi.

Elle lança un regard méfiant vers la boîte en velours.

— Tu me fais trop de cadeaux. Tu sais que...

— Oui, je sais. Les cadeaux somptueux te gênent, te mettent mal à l'aise.

Il s'assit au bord du lit et lui tendit la boîte.

— Ouvre-la.

Elle avait cru que ce seraient des bijoux. Il semblait décidé à l'ensevelir sous les diamants, les émeraudes et l'or... Mais quand elle souleva le couvercle, elle découvrit une simple fleur blanche.

— Une fleur?

— De ton bouquet de mariage. Elle a été traitée.

— Un pétunia.

Les larmes lui montèrent aux yeux tandis qu'elle cueillait la fleur dans la boîte. C'était une fleur simple, sans prétention, qui poussait dans n'importe quel jardin. Les pétales étaient doux et frais.

— C'est un nouveau procédé mis au point par une de mes sociétés. Ça la préserve sans changer sa texture de base. Je voulais que tu l'aies.

Il ferma la main sur les siennes.

— Je voulais qu'on l'ait tous les deux, ajouta-t-il. Pour nous souvenir que certaines choses durent.

Elle leva les yeux vers lui. Tous deux étaient nés dans la misère, songea-t-elle, et avaient survécu. Ils s'étaient rencontrés dans la violence et la tragédie et ils en avaient triomphé. Ils marchaient sur des chemins différents mais dans la même direction.

Oui, certaines choses durent. Des choses ordinaires. Comme l'amour.

3

Trois semaines n'avaient pas changé Police Central. Le café était toujours immonde, le bruit insupportable...

Elle était heureuse d'être de retour.

Ses collègues s'étaient arrangés pour lui laisser un message. Son vieux copain Feeney, le sorcier de l'électronique, avait encore trafiqué le code d'entrée de son ordinateur :

BON RETOUR AU BERCAIL, LIEUTENANT FOLAMOR. BRAVO !

Elle secoua la tête. Feeney avait toujours eu un humour d'adolescent boutonneux. Mais elle aimait ça.

D'un coup d'œil, elle évalua le désordre sur son bureau. Elle n'avait pas eu le temps de ranger quoi que ce soit avant son départ. Sa dernière affaire avait connu une fin inattendue la veille de son mariage. Mais elle remarqua le disque scellé, soigneusement étiqueté, au sommet de la pile.

Du Peabody tout craché. Glissant le disque dans son ordinateur, elle lui flanqua un coup pour arrêter ses hoquets pathétiques. Comprenant la manière forte, l'ordinateur se mit à réciter l'impeccable rapport de Peabody.

Ça n'avait pas dû être facile pour elle, songea Ève. Elle avait partagé le lit du coupable.

Contemplant à nouveau son travail des dernières semaines, elle grimaça. Pendant quelques jours, elle allait passer son temps au tribunal. Elle avait dû jongler avec son emploi du temps pour accorder à Connors les trois semaines exigées. Cela avait un prix et ce prix, elle allait le payer maintenant.

Bah, il avait beaucoup jonglé lui aussi, se souvint-elle. A présent, il fallait se replonger dans le travail et la réalité. Elle brancha son com et appela Peabody.

Le visage familier et sérieux sous son casque de cheveux noirs apparut sur le moniteur.

— Chef! Ravie de vous revoir.

— Merci, Peabody. Dans mon bureau, s'il vous plaît. Toutes affaires cessantes.

Sans attendre sa réponse, Ève arrêta la communication un sourire aux lèvres. Elle avait fait affecter Peabody à la Criminelle et, à présent, elle comptait bien faire un peu plus pour elle. Elle brancha à nouveau son appareil.

— Lieutenant Dallas. Le commandant est-il libre?

La secrétaire du commandant lui adressa un sourire éblouissant.

— Lieutenant... Comment s'est passée votre lune de miel? demanda-t-elle d'un ton concupiscent.

« Lieutenant Folamour. Je ne vais plus y échapper maintenant... »

— Très bien. Merci.

— Vous étiez une mariée splendide, lieutenant. J'ai vu des photos. Les journalistes n'ont parlé que de ça pendant deux semaines. On vous a même vus à Paris. Ça semblait si romantique.

La rançon de la gloire.

— C'était... bien. Euh... et le commandant?

— Oh, bien sûr. Un moment, s'il vous plaît.

Ève leva les yeux au ciel. Elle n'aimait pas se retrouver sous le feu des projecteurs.

Le commandant Whitney arborait un sourire d'un mètre de large. C'était très étrange sur son visage dur et sombre.

— Dallas! Vous avez l'air... en forme.

— Merci, monsieur.

— Vous avez bien profité de votre lune de miel?

Seigneur! se dit-elle. Pourquoi ne lui demandait-il pas carrément si elle avait aimé faire l'amour parmi les étoiles?

— Oui, monsieur, merci. Je présume que vous avez lu le rapport définitif de l'officier Peabody sur l'affaire Pandora?

— Oui, excellent rapport. Très complet. Le procureur demandera le maximum contre Casto. Vous l'avez échappé belle, ce soir-là, lieutenant.

Effectivement. Elle avait non seulement failli manquer son mariage mais aussi le restant de sa vie.

— J'étais pressée, monsieur, et je n'ai eu que le temps de vous faire parvenir ma recommandation pour le transfert permanent de Peabody dans mon unité. Son assistance dans cette affaire a été remarquable.

— C'est un bon flic, approuva Whitney.

— Effectivement. J'ai une requête à présenter, commandant.

Cinq minutes plus tard, quand Peabody pénétra dans son bureau, Ève consultait les données sur l'écran de son ordinateur.

— Je dois être au tribunal dans une heure, annonça-t-elle d'emblée. L'affaire Salvatori, ça vous dit quelque chose, Peabody?

— Vito Salvatori est accusé de multiples meurtres avec torture. C'est aussi un revendeur de substances illégales et il doit répondre du meurtre de trois autres dealers de Zeus et de L.T.R. Les victimes ont été brûlées vives dans une petite maison du Lower East Side... après qu'on leur eut arraché les yeux et la langue. Vous étiez chargée de l'enquête.

Debout, sanglée dans un uniforme impeccable, Peabody avait récité son discours d'un ton neutre.

— Excellent, officier. Avez-vous lu mon rapport d'arrestation?

— Oui, lieutenant.

Un bus aérien gronda tout près de la fenêtre, crachant un vacarme infernal et créant un courant d'air dans la pièce.

— Alors, vous savez que j'ai dû lui briser le coude èt la mâchoire. Il a aussi perdu quelques dents. Ses avocats vont essayer de me griller avec ça. Usage excessif de la force.

— Ils vont avoir du travail, chef. Salvatori essayait de provoquer un incendie quand vous l'avez arrêté. Si vous ne vouliez pas griller pour de bon, il fallait bien l'en empêcher.

Ève opina.

— D'ici la fin de la semaine, je dois me rendre plusieurs fois à la cour. Il me faut un topo précis sur cette affaire et les autres. Retrouvez-moi dans une demi-heure avec votre compte rendu.

— Chef, je suis occupée. Le détective Crouch m'a mise au contrôle des plaques d'immatriculation.

Un infime sarcasme dans sa voix laissait deviner ce qu'elle pensait du détective Crouch et de sa mission.

— Je m'occupe de Crouch. Le commandant a accepté ma requête. Vous êtes désormais mon adjointe. Alors, laissez tomber ces bêtises et magnez-vous.

Peabody cligna des paupières.

— Votre adjointe, chef?

— Vous avez des problèmes d'audition, Peabody?

— Non, mais...

— Vous avez peut-être un faible pour Crouch?

Elle eut la satisfaction de voir la sérieuse Peabody se décomposer.

— Vous plaisantez! On dirait un... (Elle se reprit.) Il n'est pas mon genre, lieutenant. Et j'ai compris la leçon : le boulot et les sentiments ne font pas bon ménage.

— Ne vous reprochez rien, Peabody. Casto me plaisait à moi aussi. Vous avez fait un excellent travail sur cette enquête.

— Merci, lieutenant.

— C'est pourquoi vous êtes désormais mon adjointe. Vous voulez votre plaque de détective, officier?

Peabody, émue, ferma un instant les yeux pour retrouver la maîtrise de sa voix.

— Oui, chef, je la veux.

— Bien. Alors vous allez devoir vous démener pour l'avoir. Faites-moi le rapport que je vous ai demandé, et en route!

— Tout de suite.

A la porte, Peabody se retourna.

— Je vous suis très reconnaissante de la chance que vous me donnez.

— Inutile. Vous l'avez méritée. Et si vous n'êtes pas à la hauteur, je vous renvoie en moins de deux à la circulation!

Les dépositions au tribunal faisaient partie du boulot, se rappela Ève, tout comme les avocats marrons (si l'on pouvait dire en l'occurrence) du genre de S.T. Fitzhugh. Le bonhomme avait du talent et il le mettait au service de ce que la société produisait de pire... à condition qu'on le paye. Il avait permis à tant de trafiquants et autres meurtriers d'échapper aux griffes de la loi qu'il pouvait sans peine s'offrir son costume crème et ses mocassins cousus main.

Il faut dire qu'il était impressionnant. Sa peau couleur chocolat offrait un contraste saisissant avec les teintes douces de ses vêtements. Son beau visage semblait aussi lisse que la soie de sa veste. Fitzhugh fréquentait Adonis, le meilleur salon de beauté pour hommes de la ville. Sa silhouette était impeccable : hanches étroites, épaules larges, et sa voix avait la profondeur et la richesse de celle d'un baryton d'opéra.

Il courtisait la presse, fréquentait les élites criminelles et possédait son propre Jet Star.

Ève le méprisait.

— Essayons d'y voir clair, lieutenant. Essayons de nous représenter précisément les circonstances qui vous ont conduite à agresser mon client sur son lieu de travail.

Objection du procureur. Fitzhugh accepta de bonne grâce de reformuler sa question :

— Lieutenant Dallas, vous avez infligé de graves dommages corporels à mon client cette nuit-là.

Il se tourna vers Salvatori qui, pour l'occasion, portait un simple costume noir. Suivant les conseils de son avocat, il avait sauté ses trois derniers mois de traitement de beauté et de revitalisation. Il y avait du gris dans ses cheveux. Il semblait flasque, vieux, sans défense.

Le jury ne manquerait pas de faire la comparaison

entre la jeune flic en pleine forme et ce pauvre homme souffreteux.

— M. Salvatori avait tenté de provoquer un incendie, répliqua Ève. Il était nécessaire de le maîtriser.

— Le maîtriser? fit l'avocat en posant la main sur la chétive épaule de Salvatori. Pour ce faire, vous avez dû lui fracturer la mâchoire et lui casser le bras?

— C'est exact. M. Salvatori refusait de quitter les lieux... et de lâcher le hachoir et la torche à acétylène qu'il avait en main.

— Étiez-vous armée, lieutenant?

— Oui.

— Vous portiez l'arme réglementaire des forces de police?

— Oui.

— Si, comme vous le prétendez, M. Salvatori était armé et refusait de se rendre, pourquoi ne lui avez-vous pas administré la salve paralysante réglementaire?

— Je l'ai manqué. M. Salvatori était très agile cette nuit-là.

— Je vois. En dix ans de service, lieutenant, combien de fois avez-vous jugé nécessaire d'utiliser la force maximale? La terminaison?

Ève tenta d'ignorer le nœud qui se formait dans sa gorge.

— Trois fois.

— Trois fois!

Fitzhugh fit planer ces deux mots, laissant le jury examiner cette femme. Cette femme qui avait tué.

— N'est-ce pas un quota plutôt élevé? reprit-il, sourcils froncés. Ne diriez-vous pas que ce pourcentage démontre une prédilection pour la violence?

Le procureur bondit, faisant remarquer que le témoin n'était pas l'accusé. « Mais, bien sûr, les flics sont toujours accusés », songea Ève.

— M. Salvatori était armé, commença-t-elle froidement. J'avais un mandat contre lui pour le meurtre de trois personnes avec tortures. Ces trois personnes ont eu les yeux et la langue arrachés avant d'être brûlées vives. C'est de ces crimes que M. Salvatori doit répondre devant cette cour. Il a refusé de coopérer et il a tenté de me frapper à la tête avec son hachoir, ce qui a dévié mon tir. Il m'a jetée à terre. Je crois que ses mots exacts ont été : « Je vais t'arracher le cœur, sale pute. » Nous avons alors été engagés dans un corps à corps. C'est là que je lui ai fracturé la mâchoire, brisé quelques dents et, quand il a voulu me brûler avec sa foutue torche, je lui ai cassé le bras.

— Et ça vous a plu, lieutenant?

Elle fixa Fitzhugh droit dans les yeux.

— Non, monsieur, ça ne m'a pas plu. Mais ça m'a plu de rester en vie. Désolée, ajouta-t-elle sarcastique.

— Vermine, marmonna Ève en grimpant dans son véhicule.

— Il ne tirera pas Salvatori d'affaire, remarqua Peabody en grimaçant — l'habitacle de la voiture était une vraie fournaise. Il y a trop de preuves et vous ne l'avez pas laissé vous démonter.

Ève s'engagea dans les embouteillages. Au-dessus d'elles, le ciel était encombré de bus aériens et de vans emplis de touristes.

— On se décarcasse à arrêter des pourritures comme `Salvatori et des types comme Fitzhugh gagnent des fortunes à les faire libérer. Parfois, ça me met en rogne.

Peabody haussa les épaules.

— Bah, de toute manière, on finit toujours par les coincer.

Ève lui lança un regard amusé.

— Vous êtes une optimiste, Peabody. J'espère pour vous que vous le resterez. Je vais faire un petit détour avant de rentrer, décida-t-elle soudain. J'ai besoin de respirer après cette séance au tribunal.

— Lieutenant ? Vous n'aviez pas besoin de moi au tribunal aujourd'hui. Pourquoi m'avoir demandé de venir ?

— Si vous voulez obtenir votre plaque de détective, Peabody, mieux vaut savoir ce qui vous attend. Il n'y a pas que les tueurs, les voleurs... Il y a aussi les avocats.

Evidemment, il n'y avait nulle place où se garer. Philosophe, Ève se rangea dans un emplacement interdit et alluma son gyrophare de service.

Un prostitué sur un surf à air lui adressa un clin d'œil égrillard avant de s'envoler vers des lieux plus propices à son activité.

— Ce quartier est rempli de putains, de trafiquants et de délinquants, fit-elle. C'est pour ça que je l'aime tant.

Au Down & Dirty Club, l'air épais sentait le mauvais alcool, la nourriture rance et la luxure.

C'était une boîte... une de ces boîtes louches aux limites des lois sur la santé et la décence. Sur la scène, un groupe holographique jouait d'une façon apathique pour quelques clients avachis.

Mavis Freestone se trouvait dans une cabine insonorisée dans l'arrière-salle. Sa chevelure était une fontaine pourpre, deux bouts de tissu argenté drapaient aux endroits stratégiques son petit corps insolent. Ses lèvres bougeaient au même rythme que ses hanches. Elle devait être en train de répéter une de ses chansons.

Se postant près de la vitre, Ève attendit que les yeux de Mavis se posent sur elle. La bouche de son amie, du même pourpre que ses cheveux, s'arrondit de surprise et de joie. Elle exécuta un pas de danse et se précipita pour ouvrir la porte. Les hurlements déchirants des guitares se ruèrent dehors avec elle.

Elle se jeta dans ses bras en criant. Malgré cela, Ève eut toutes les peines du monde à comprendre ce qu'elle disait. La musique était assourdissante.

— Quoi? fit-elle en riant avant de refermer la porte. Seigneur, Mavis, c'était quoi, ça?

— Mon nouveau morceau. Ça va les mettre par terre.

— Je veux bien le croire!

— Tu es revenue! (Elle lui colla deux bises sonores sur les joues.) Viens, on prend un verre, et tu me racontes tout. En détail. N'oublie rien. Salut, Peabody. Vous n'avez pas trop chaud dans cet uniforme?

Elle traîna Ève jusqu'à une table graisseuse, brandit une carte.

— Vous voulez quoi? C'est ma tournée. Crack me paie plutôt bien pour mes deux concerts par semaine. Il va être furieux de t'avoir ratée... Oh, je suis si contente de te revoir! Tu as l'air en superforme. N'est-ce pas qu'elle semble heureuse, Peabody? Ah, le sexe c'est la meilleure thérapie, hein?

Ève éclata à nouveau de rire.

— Rien que deux verres d'eau gazeuse, Mavis. On est en service.

— Pff, comme si quelqu'un ici allait vous dénoncer! Déboutonnez votre uniforme, Peabody. Je crève de chaud rien qu'à vous regarder... Comment c'était, Paris? Et l'île? Et le Complexe? Est-ce qu'il t'a fait l'amour pendant toute une journée?

— C'était beau, merveilleux, intéressant et... oui, il a fait à peu près ce que tu dis. Comment va Leonardo?

Le regard de Mavis pétilla de joie.

— Il est génial. La cohabitation est encore meilleure que ce que j'espérais. Il a dessiné cette tenue pour moi.

Ève étudia les minces bandelettes d'argent qui ne couvraient pas tout à fait ses seins opulents.

— Ah, tu appelles ça comme ça?

— J'ai plein de nouveaux morceaux. Oh, j'ai tellement de choses à te dire! Je ne sais pas par où commencer. Il y a ce type, cet ingénieur du son. Je travaille avec lui. On fait un disque, Ève... la totale! Il est sûr que ça va être un succès. Il est génial. C'est Jess Barrow, tu vois? Il a fait un malheur il y a quelques années avec ses propres trucs. Tu as sûrement entendu parler de lui.

— Non.

Ève savait que, pour une femme qui venait de la rue, Mavis restait incroyablement naïve sur certaines questions.

— Combien le paies-tu? demanda-t-elle.

— Ce n'est pas comme ça...

La jolie bouche de Mavis fit la moue, et elle ajouta:

— Bon, je dois payer les heures de studio. Mais c'est pareil pour tout le monde. Et si ça marche, il prendra soixante pour cent pendant les trois premières années. Après, on renégociera.

— Je le connais, commenta Peabody qui avait enfin osé déboutonner le col de sa chemise. Il a eu deux ou trois grands succès, il y a quelques années. Il était avec Cassandra.

Devant le sourcil haussé d'Ève, elle expliqua:

— La chanteuse.

— Vous aimez la musique, Peabody? Décidément, vous me surprendrez toujours.

— J'aime bien ça, marmonna Peabody dans son verre de bulles. Comme tout le monde.

— Eh bien, c'est terminé avec Cassandra, annonça gaiement Mavis. Il cherchait une nouvelle chanteuse. Et c'est moi!

Ève se demanda ce qu'il pouvait bien chercher d'autre.

— Qu'en pense Leonardo?

— Il trouve ça génial. Ève, il faut que tu viennes au studio nous voir travailler. Jess est un véritable génie.

Elle avait bien l'intention d'aller voir ce fameux Jess. Ève avait peu d'amies. Et Mavis était la meilleure d'entre elles.

Elle attendit d'être de retour dans la voiture pour ordonner:

— Faites une petite enquête sur ce Jess Barrow, Peabody.

Nullement surprise, celle-ci sortit son calepin et enregistra la demande.

— Mavis ne va pas aimer ça.

— Elle n'a pas besoin de le savoir.

C'était bon aussi d'être de retour chez soi.

Ève franchit les hautes grilles de fer qui protégeaient la forteresse. Elle commençait à s'y faire. A ne plus être impressionnée lorsqu'elle remontait l'allée circulaire, entre les pelouses et les massifs de fleurs, qui conduisait à l'élégante maison de pierre et de verre où elle vivait désormais.

Le contraste entre son lieu de travail et son domicile ne lui semblait plus aussi troublant. C'était tranquille ici... une tranquillité que seuls les très riches pouvaient s'offrir dans cette ville. Elle entendait le chant des oiseaux, voyait le ciel, sentait l'herbe fraîchement coupée. A quelques minutes de là se trouvait la masse grouillante, bruyante et suante de New York.

Ici, c'était un sanctuaire. Un havre de paix et de quiétude. Le rêve...

Elle laissa sa voiture devant l'entrée principale, sachant pertinemment que la vue de ce machin cabossé était une offense pour Summerset, le maître d'hôtel. Il ne lui en aurait pas coûté grand-chose de garer la voiture de l'autre côté de la maison, dans le garage qui lui était réservé, mais elle adorait agacer Summerset.

Ouvrant la porte, elle le trouva debout dans le hall, le nez pincé, la bouche formant une moue vindicative.

— Lieutenant, votre véhicule est dans un état déplorable!

— Hé! c'est un engin officiel!

Elle se baissa pour soulever le gros chat qui était venu l'accueillir.

— Si ça vous gêne de le voir là, déplacez-le vous-même, ajouta-t-elle.

Ève entendit des éclats de rire et haussa un sourcil.

— Des visiteurs?

— En effet.

Désapprobateur, Summerset détailla sa chemise et son jean chiffonnés, le harnais de son arme qu'elle n'avait toujours pas enlevé.

— Je vous suggère de prendre un bain et de vous changer avant de rencontrer vos invités.

— Et moi je vous suggère d'aller vous faire voir, répliqua-t-elle gaiement.

Dans le grand salon rempli des trésors que Connors avait dénichés lors de ses voyages, se tenait une petite soirée intime et élégante. Des canapés garnissaient des plateaux d'argent, du vin doré colorait les verres de cristal. Connors semblait un ange noir dans sa tenue « décontractée », en chemise de soie ouverte au col.

Un couple lui tenait compagnie dans la pièce spacieuse. L'homme était aussi lumineux que Connors était sombre. De longs cheveux blonds flottaient sur ses épaules, son visage était carré et beau, malgré des lèvres un tout petit peu trop fines, son regard profond.

La femme était éblouissante. Une chevelure rousse, des yeux verts de chat ourlés de sourcils noir d'encre, une peau d'albâtre, des pommettes hautes et une bouche sensuelle. Un corps de déesse. Son fourreau, du même émeraude que ses yeux, laissait les épaules nues et le décolleté offrait une vue saisissante sur ses seins opulents.

Elle émit un rire cristallin et glissa une main blanche sur la chevelure noire de Connors tout en lui donnant un baiser.

— Tu m'as horriblement manqué, murmura-t-elle.

Ève pensa à l'arme pendue à son flanc. Une simple décharge flanquerait la danse de Saint-Guy à cette bombe sexuelle. Elle reposa le chat Galahad pour ne pas lui broyer les côtes.

— Eh bien cette fois, vous ne l'avez pas manqué, remarqua-t-elle d'un ton neutre en pénétrant dans la pièce.

Connors se contenta de se retourner pour lui sourire.

— Ève! Nous ne t'avons pas entendue rentrer.

— C'est ce que je vois.

— Je ne crois pas que tu connaisses nos invités. Reeanna Ott, William Shaffer. Ma femme, Ève Dallas.

— Attention à toi, Reeanna, elle est armée, commenta William avec un gloussement. C'est un plaisir de vous rencontrer, Ève. Un réel plaisir. Ree et moi avons été si déçus de ne pouvoir assister à votre mariage.

— Nous en étions même accablés, renchérit Reeanna, un sourire aux lèvres. William et moi désespérions de rencontrer la femme qui a mis Connors à genoux.

— Oh, il tient encore sur ses jambes...

Ève lança un regard en coin à Connors qui lui tendait un verre de vin et ajouta :

— Pour l'instant.

— Ree et William travaillent dans un laboratoire, sur Taurus III, à un projet passionnant. Ils viennent passer ici des vacances bien méritées.

— Ah ?

Elle s'en moquait éperdument.

— Ce projet nous a procuré d'immenses satisfactions, dit William. D'ici un an, deux au maximum, les Connors Industries devraient révolutionner l'industrie du divertissement.

Ève sourit à peine.

— L'industrie du divertissement ? Eh bien, voilà qui me semble bouleversant...

— En fait, ce sera sans doute bouleversant, intervint Reeanna qui l'examinait avec une attention toute scientifique. Il y aura des applications médicales.

— Ça, c'est le domaine de Ree, expliqua William. Elle est l'experte médicale. Moi, je suis juste le comique de la bande.

— Je suis sûre qu'après une longue journée de travail, Ève n'a pas envie de nous entendre parler boutique, fit Reeanna avec un sourire d'excuse. Les scientifiques sont si ennuyeux... Vous rentrez à peine du Complexe Olympus. William et moi avons fait partie de l'équipe qui a créé les centres de soins et de divertissement là-haut. Avez-vous eu le temps de les visiter ?

— Brièvement.

Ève réprima une grimace. Elle se montrait impolie. Elle allait devoir s'habituer à rentrer chez elle pour trouver des invités, particulièrement des femmes superbes bavant sur son mari...

— C'était très impressionnant, reprit-elle, même dans l'état actuel des travaux. Vous avez réalisé la chambre aux hologrammes ? demanda-t-elle à William.

— Exact, dit-il, ravi. J'adore jouer. Pas vous ?

— Ève s'est débrouillée pour en faire une salle d'entraînement, expliqua Connors. Il y a eu un incident là-haut pendant notre séjour. Un suicide. Un des techniciens d'autotronique. Mathias.

William plissa les yeux.

— Mathias... ? Un jeune, plein de taches de rousseur ?

— Oui.

— Bon sang, c'est incroyable ! Un suicide ? Vous êtes sûrs qu'il ne s'agissait pas d'un accident ? Dans mon souvenir, c'était un garçon brillant et dynamique, plein de projets. Je l'imagine mal mettre fin à ses jours.

— C'est pourtant ce qu'il a fait, rétorqua Ève. Il s'est pendu.

Pâle comme un linge, Reeanna s'assit sur le bras d'un fauteuil.

— Quelle horreur ! Je le connaissais, William ?

— Je ne pense pas. Tu l'as peut-être croisé pendant que nous étions là-haut mais il n'était pas très causant.

— Je suis profondément désolée, dit Reeanna. Cela a dû être horrible d'être mêlés à cette tragédie pendant votre lune de miel. Parlons d'autre chose.

Galahad, le chat, bondit sur le fauteuil pour glisser sa tête sous la main ravissante de Reeanna.

— Vous pouvez rester dîner, proposa Connors après avoir lancé un bref coup d'œil à son épouse.

— Nous aimerions bien, mais nous devons aller au théâtre, répliqua William. Nous sommes déjà en retard.

— Tu as raison, comme toujours, soupira Reeanna qui se leva avec regret. J'espère que vous nous ferez un récit détaillé de ce fameux mariage. Nous restons sur terre encore un mois ou deux... J'aimerais tellement mieux vous connaître, Ève. Connors et moi, c'est... une si vieille histoire.

— Repassez quand vous voulez, proposa celui-ci. Et je vous vois tous les deux au bureau demain, pour un rapport complet.

— A la première heure.

Reeanna posa son verre.

— Et si nous déjeunions ensemble un de ces jours, Ève ? Entre femmes.

Son regard brillait d'humour au point qu'Ève se sentit un peu idiote.

— Nous pourrons comparer nos notes sur Connors, ajouta-t-elle malicieusement.

L'invitation était trop amicale pour s'en offusquer. Ève se surprit à sourire.

— Voilà qui devrait être intéressant...

Après les avoir raccompagnés jusqu'à la porte, elle se tourna vers Connors.

— Et combien de notes y aura-t-il à comparer ? demanda-t-elle, accusatrice.

— Oh, c'était il y a très longtemps...

Il l'enlaça par la taille pour un tardif baiser de bienvenue.

— Des années, murmura-t-il. Des siècles...

— Des siècles ? On peut dire qu'elle est bien conservée.

— Oui, merveilleusement bien.

Ève lui jeta un regard noir.

— Y a-t-il une belle femme sur cette planète que tu n'aies pas traînée dans ton lit ?

Connors inclina la tête, comme s'il réfléchissait sérieusement à la question.

— Non.

Il éclata de rire quand elle fit mine de lui décocher un coup de poing.

— Tu vois, tu n'as même pas vraiment envie de me taper dessus !

Il grimaça lorsque le poing d'Ève s'écrasa sur ses abdominaux. Heureusement, se dit-il, elle s'était retenue...

— Que cela soit une leçon pour toi, beau gosse.

Mais elle le laissa la soulever dans ses bras.

— Tu as faim ? demanda-t-il.

— Je suis affamée.

— Moi aussi.

Il se dirigea vers l'escalier et décréta :

— On mange au lit !

4

La sonnerie du com réveilla Ève. Le chat était étalé en travers de sa poitrine et l'aube se levait à peine. Les yeux mi-clos, elle décrocha en audio.

— Dallas.

— Central à Dallas, lieutenant Ève. Mort suspecte, 5002 Madison Avenue, appartement 3800. Voir sur place résident Foxx, Arthur. Code quatre.

— Bien reçu. Contactez Peabody, officier Delia, pour assistance.

— Confirmation. Fin de transmission...

— Code quatre ? Qu'est-ce que ça veut dire ?

Connors avait pris le chat et s'était redressé en le caressant d'une main paresseuse.

— Ça veut dire que j'ai le temps de prendre une douche et un café.

N'ayant pas de robe de chambre sous la main, elle se rendit nue dans la salle de bains.

— Il y a déjà des policiers là-bas.

Elle grimpa dans la cabine de douche et ordonna :

— Puissance maximale, trente-huit degrés.

— Tu vas bouillir !

— J'aime bouillir.

Elle poussa un énorme soupir de plaisir quand des

jets d'eau fumants la giflèrent de tous côtés. Lorsqu'elle sortit de la cabine, elle était enfin réveillée.

Elle haussa un sourcil en découvrant Connors sur le seuil. Il lui tendit une tasse de café.

— Pour moi ?

— C'est compris dans le service.

— Merci.

Elle emporta le café dans la cabine de séchage, et le sirota tandis que l'air chaud tournoyait autour d'elle.

— Tu m'as regardée me doucher ? demanda-t-elle.

— J'adore te regarder. J'ai un faible pour les femmes grandes et minces quand elles sont nues et mouillées.

Il prit place dans la douche et commanda une température de douze degrés.

Ève frissonna. Elle ne comprenait pas pourquoi un homme qui pouvait s'offrir tout le luxe du monde s'infligeait des douches glacées. Une fois sèche, elle se posta devant la glace et se coiffa rapidement. Elle utilisa un peu de la crème de jour que Mavis ne cessait de lui vanter, puis se brossa les dents.

— Tu n'es pas forcé de te lever à cause de moi, tu sais.

— Je suis levé, fit Connors, préférant une serviette chaude au tube de séchage. Tu as le temps de prendre un vrai petit déjeuner ?

Ève l'observa dans le miroir.

— Je prendrai quelque chose plus tard.

Il noua la serviette autour de sa taille, rejeta une mèche en arrière et la toisa.

— Qu'y a-t-il ?

— Je crois que j'aime bien te regarder, moi aussi, marmonna-t-elle avant de s'habiller pour aller retrouver son mort de la journée.

Madison Avenue n'offrait que des boutiques très chic et des buildings de luxe. Les passerelles aériennes étaient entourées de verre pour permettre à la clientèle distinguée d'échapper au vacarme de la cité.

Ève s'engagea dans un parking souterrain, montra son insigne à un poste de sécurité. La machine scanna l'insigne et la jeune femme, puis la lumière passa du rouge au vert et lui indiqua l'emplacement où elle pouvait se garer.

C'était, évidemment, à l'opposé des ascenseurs. Ève récita son numéro d'identification et fut embarquée vers le trente-huitième étage.

Il y avait eu une époque, pas si lointaine, où elle aurait été impressionnée par le somptueux hall, avec ses hibiscus écarlates et ses statues de bronze. C'était avant qu'elle ne pénètre dans le monde de Connors. Avec un regard pour les petites fontaines flanquant les murs, elle se dit qu'il était tout à fait possible que cet immeuble appartienne à son mari.

Elle repéra la flic en uniforme qui gardait l'entrée du 3800 et lui présenta son insigne. La jeune femme se mit au garde-à-vous.

— Lieutenant. Mon partenaire est à l'intérieur avec le conjoint de la victime. M. Foxx, en découvrant le corps, a appelé une ambulance. Comme c'est la procédure, nous sommes venus. L'ambulance est toujours là, chef. Nous vous attendions.

— Le lieu du crime est isolé ?

— Maintenant, oui. Nous n'avons pas pu obtenir grand-chose de M. Foxx. Il est un peu hystérique. J'ignore s'il a bougé autre chose que le cadavre.

— Il a déplacé le cadavre ?

— Euh... pas exactement. Il est toujours dans la

baignoire mais il a... essayé de ranimer le mort. Il devait être en état de choc. Il y a assez de sang là-haut pour nager dedans. Il s'est tranché les poignets, expliqua-t-elle. Il devait être mort au moins une heure avant que son compagnon ne le découvre.

— A-t-on prévenu le légiste ?

— Il est en route, chef.

— Bien. Laissez passer l'officier Peabody quand elle arrivera. Ouvrez-moi !

Elle attendit que la jeune femme insère son passe dans la fente. La porte glissa dans le mur. Immédiatement, Ève entendit des sanglots déchirants.

— Il est comme ça depuis notre arrivée, murmura l'agent. J'espère que vous pourrez le calmer.

L'entrée était en marbre noir et blanc. Des colonnes spiralées étaient drapées d'une sorte de vigne en fleur. Au-dessus planait un lustre de verre noir.

Après un portique d'intérieur se trouvait le salon, qui déclinait les mêmes couleurs. Divans de cuir noir, sol blanc, tables d'ébène, lampes blanches. Les rideaux rayés noir et blanc étaient tirés mais la lumière filtrait du plafond et se reflétait sur le sol.

Un écran de jeu mural était débranché mais n'avait pas été rangé dans son logement. Un escalier blanc menait à un étage supérieur orné d'un long balcon. D'imposantes fougères pendaient de pots en émail suspendus au plafond.

L'argent ne manquait pas ici, se dit-elle, mais cela n'avait pas empêché la mort de frapper.

Les sanglots la guidèrent jusqu'à une petite pièce aux murs tapissés de vrais livres — des antiquités.

Dans un fauteuil en cuir couleur lie-de-vin se trouvait un homme. Son beau visage délicatement bronzé était ravagé par les larmes. Il portait une robe de chambre de soie blanche maculée de sang. Il avait les pieds nus. Ses mains couvertes de bagues tremblaient. Un cygne noir était tatoué sur sa cheville gauche.

Le policier assis à son côté vit Ève, et celle-ci lui fit signe de se taire en montrant son insigne. Elle eut un geste interrogatif vers le plafond.

Il opina, leva le pouce puis secoua la tête.

Ève quitta la pièce. Elle voulait d'abord voir le corps, le lieu du crime, avant de parler au témoin.

Il y avait plusieurs pièces à l'étage. Elle n'eut pourtant aucun mal à trouver son chemin : elle se contenta de suivre les traces de sang. Elle pénétra dans une chambre à coucher. Ici, la décoration jouait sur des tons pastel bleus et verts. Le lit était un gigantesque coffre oblong recouvert de draps de satin bleu.

Il y avait aussi quelques statues, des nus classiques. La moquette bleu océan était tachée de sang.

Elle suivit la traînée jusqu'à la salle de bains. La mort ne la choquait pas mais elle l'effrayait, et elle savait qu'il en serait toujours ainsi. La mort était un gâchis. Mais elle la côtoyait trop pour en être choquée.

Le sang avait jailli, coulé, débordé sur le sol de mosaïque ivoire et vert mousse. Une main au poignet tranché pendait par-dessus le rebord d'une immense baignoire ovale.

L'eau à l'intérieur était d'un rose sombre, hideux, et l'odeur métallique du sang flottait dans l'air ainsi qu'une musique douce... de la harpe, peut-être. Des chandelles brûlaient encore près de la baignoire.

La tête du cadavre reposait sur un coussin de bain, le regard fixé sur une fougère dégoulinant du plafond-miroir. Il souriait comme s'il avait pris un incomparable plaisir à se regarder mourir.

Ève n'eut aucun mal à le reconnaître. Nu, vidé de son sang, le célèbre avocat S.T. Fitzhugh semblait toujours aussi satisfait de lui-même.

— Vous allez beaucoup manquer à Salvatori, maître, murmura-t-elle en se mettant au travail...

Elle avait prélevé un échantillon d'eau sanglante, fait un scanner préliminaire pour estimer le moment de la mort, enveloppé les mains de la victime et enregistré la scène quand Peabody, haletante, fit son apparition sur le seuil.

— Je suis désolée, chef. J'ai essayé de faire aussi vite que possible.

— Ça va, ça va...

Elle lui tendit le couteau de chasse à manche d'ivoire qu'elle avait glissé dans un sac plastique transparent.

— Il a dû utiliser ça. C'est une antiquité. Un truc de collection. Il faudra vérifier les empreintes.

Peabody plissa les yeux.

— Lieutenant, mais c'est...

— Ouais, c'est Fitzhugh.

— Mon Dieu... Pourquoi s'est-il tué, d'après vous ?

— Nous ne savons pas encore s'il l'a fait. Jamais de conclusions hâtives, officier, dit-elle sèchement. C'est la première règle. Appelez le labo. Qu'ils examinent tout ça. Le légiste peut s'occuper du corps.

Ève contempla ses mains gantées maculées de sang et ajouta :

— Prenez le rapport des deux agents appelés sur les lieux pendant que je parle avec Foxx.

Elle regarda à nouveau le corps en secouant la tête.

— C'est exactement comme ça qu'il ricanait quand il démolissait un témoin à la barre. Dites au légiste que je veux un examen de toxicologie.

Elle abandonna Peabody et suivit la traînée sanglante en sens inverse.

Foxx ne sanglotait plus, se contentant de gémir
plaintivement. Le policier parut soulagé de voir Ève.

— Attendez le légiste et mon adjointe dehors.
Faites-lui votre rapport. Je vais m'entretenir avec
M. Foxx.

— Oui, chef.

Il quitta la pièce sans s'attarder.

— Monsieur Foxx ? Je suis le lieutenant Dallas.
Acceptez mes condoléances pour la perte qui vous
frappe.

Ève trouva le bouton qui manœuvrait les rideaux.
Une lumière aqueuse se répandit dans la pièce.

— Je vais vous poser quelques questions. Il faut
que vous me disiez ce qui s'est passé.

— Il est mort. (La voix de Foxx était mélodieuse,
agréable.) Fitz est mort. Je ne comprends pas comment c'est possible. Je ne sais pas comment je vais
continuer à vivre...

« Tout le monde continue à vivre, pensa Ève. On
n'a pas vraiment le choix. » Elle s'assit et plaça son
enregistreur en évidence sur la table.

— Monsieur Foxx, cela nous aiderait tous les deux
si vous me parliez maintenant. Je vais vous réciter
vos droits. C'est la routine, ne vous inquiétez pas.

Elle énonça les phrases rituelles. Les gémissements cessèrent tandis qu'il levait vers elle des yeux
rougis et gonflés.

— Vous croyez que je l'ai tué ? Comment pouvez-
vous imaginer que je lui aie fait du mal ?

— Monsieur Foxx...

— Je l'aimais. Nous étions ensemble depuis douze
ans. Il était ma vie.

— Dans ce cas, aidez-moi à faire mon travail.
Dites-moi ce qui s'est passé.

— Il... il avait du mal à trouver le sommeil ces derniers temps. Il n'aimait pas prendre de tranquillisants. En général, il lisait, écoutait de la musique, passait une petite heure en R.V. ou à jouer, pour se détendre. Cette affaire sur laquelle il travaillait lui donnait du souci.

— L'affaire Salvatori ?

— Oui, je crois, oui...

Foxx s'essuya les yeux avec une manche mouillée et sanglante.

— Nous ne discutions pas de ses affaires, poursuivit-il. Je ne suis pas avocat. Je suis nutritionniste. C'est ainsi que nous nous sommes rencontrés. Fitz est venu me trouver, il y a douze ans, pour que je l'aide à choisir un régime. Nous sommes devenus amis, puis amants...

Ève le ramena au présent :

— Il avait du mal à dormir ?

— Oui. Il souffre... il souffrait souvent d'insomnie. Il se donnait tellement à ses clients. Ils l'obsédaient, littéralement. Il n'était pas rare qu'il se lève au milieu de la nuit pour programmer un jeu ou visionner un vieux film dans une autre pièce. Parfois, il prenait un bain chaud... Ô Seigneur...

Les larmes jaillirent à nouveau. Ève regarda autour d'elle et découvrit un petit droïde dans un coin de la chambre.

— Apportez un peu d'eau à M. Foxx, ordonna-t-elle.

La machine lui obéit sur-le-champ.

— C'est ce qui est arrivé ? s'enquit-elle. Il s'est levé au milieu de la nuit ?

— Je ne m'en souviens même pas.

Foxx leva puis laissa tomber ses mains.

— Je dors comme une masse. Je n'ai jamais eu le

moindre problème de ce côté-là. Nous nous sommes couchés un peu avant minuit. Nous avons regardé les dernières infos, bu un cognac. Je me réveille toujours tôt.

— A quelle heure vous êtes-vous levé?

— Cinq heures, cinq heures et quart. Nous aimons tous les deux commencer de bonne heure et j'ai pour habitude de programmer moi-même le petit déjeuner. Fitz n'était pas dans le lit. Je me suis dit qu'il avait dû passer une mauvaise nuit et qu'il devait être en bas. Je suis allé dans la salle de bains et je l'ai vu. Ô mon Dieu... Ô mon Dieu, tout ce sang... C'était comme un cauchemar.

Ses mains, pressées sur sa bouche, tremblaient.

— Je me suis précipité, j'ai essayé de le ranimer. Je crois que j'avais un peu perdu la tête. Il était mort. Je le voyais bien. Pourtant, j'ai tenté de le sortir de l'eau. Mais il est très lourd et j'étais... j'avais la nausée. J'ai appelé une ambulance.

Il semblait à nouveau égaré.

— Je sais à quel point tout ceci est difficile pour vous, monsieur Foxx. Je suis navrée de vous obliger à le revivre maintenant mais, croyez-moi, cela vaut mieux.

Il s'empara du verre d'eau qu'avait apporté le droïde.

— Ça ira... Il vaut mieux en finir.

— Dans quel état d'esprit était-il hier soir? Vous disiez qu'il se faisait du souci pour cette affaire.

— Du souci, oui, mais il n'était pas déprimé. Il y avait un flic qu'il n'arrivait pas à coincer à la barre et ça l'irritait.

Il but une nouvelle gorgée.

Ève jugea inutile de lui révéler qui était ce flic récalcitrant...

— Et puis, il avait plusieurs autres affaires. Son esprit était trop occupé pour qu'il trouve le sommeil, vous comprenez?

— A-t-il reçu des appels? En a-t-il passé?

— Certainement. Il rapportait souvent du travail à la maison. Hier soir, il a passé quelques heures dans son bureau en haut. Il est rentré vers cinq heures et demie. Il a travaillé jusqu'à huit heures. Puis nous avons dîné.

— En dehors de l'affaire Salvatori, a-t-il mentionné un autre problème qui le troublait?

Foxx esquissa un faible sourire.

— Son poids. Fitz détestait prendre le moindre gramme superflu. Nous avons envisagé d'améliorer son programme de maintien. Nous avons regardé une comédie au salon puis nous nous sommes couchés, comme je vous l'ai dit.

— Vous êtes-vous disputés?

— Disputés?

— Vous avez des bleus sur les bras, monsieur Foxx. Vous êtes-vous battu avec M. Fitzhugh hier soir?

— Non...

Il était encore plus pâle et les larmes menaçaient à nouveau.

— Nous ne nous battions jamais. Bien sûr, nous nous disputions de temps à autre. Comme tous les couples. Je... j'ai dû attraper ces bleus quand j'ai... essayé de le sortir de...

— M. Fitzhugh avait-il une relation avec quelqu'un d'autre?

Les yeux gonflés de Foxx devinrent froids comme l'acier.

— Si vous insinuez qu'il avait des amants, vous

vous trompez lourdement. Nous étions fidèles l'un envers l'autre.

— Qui possède cet appartement ?

Foxx se figea.

— Nous l'avons mis à nos deux noms il y a dix ans. Il appartenait à Fitz.

« Et maintenant, il vous appartient. Vous êtes son conjoint. » Cela faisait plusieurs décennies que les mariages homosexuels étaient légaux.

— J'imagine que M. Fitzhugh était un homme très riche. Savez-vous qui héritera de sa fortune ?

— Hormis quelques dons à des œuvres de charité, c'est moi... Vous pensez que je l'aurais tué pour de l'argent ? lança-t-il avec dégoût. De quel droit venez-vous chez moi à cette heure-ci pour me poser des questions aussi abjectes ?

— J'ai besoin de connaître les réponses, monsieur Foxx. Si je ne vous pose pas ces questions ici, je devrai vous les poser au poste. Ce qui serait nettement moins agréable pour vous... M. Fitzhugh collectionnait-il les couteaux ?

Foxx cligna des paupières. Son teint devint cireux.

— Non... C'est moi. J'ai une importante collection d'antiquités. Toutes enregistrées, ajouta-t-il vivement.

— Possédez-vous un couteau à manche d'ivoire, à lame droite d'environ vingt centimètres ?

— Oui, c'est un couteau de chasse anglais du XIXᵉ siècle... C'est ce qu'il a utilisé ? Il a utilisé un de mes couteaux pour... ? Je ne l'ai pas vu. Je ne voyais que Fitz. Il a utilisé un de mes couteaux ?

— Je l'ai emporté comme pièce à conviction, monsieur Foxx. Nous devons l'examiner. Je vous donnerai un reçu.

— Je n'en veux pas. Je ne veux plus revoir ce couteau !

Il s'enfouit le visage entre les mains.

— Comment a-t-il pu utiliser un de mes couteaux?

Il pleurait à nouveau. Ève entendit des voix dans les pièces voisines. Les techniciens du labo étaient arrivés. Elle se leva.

— Monsieur Foxx, un des agents va vous apporter des vêtements. Je dois vous demander de rester encore un moment ici. Y a-t-il quelqu'un que je puisse appeler pour vous?

— Non. Personne... Personne.

— Je n'aime pas ça, Peabody, grommela Ève tandis qu'elles remontaient en voiture. Fitzhugh se lève au milieu de la nuit, va chercher un couteau de collection, se fait couler un bain. Il allume des chandelles, met de la musique puis se tranche les poignets. Sans raison particulière! Voilà un homme au sommet de sa carrière, bourré de fric, nageant dans le luxe, et tout à coup il se dit : « Bah, à quoi bon tout ça? Salut les amis, je me tue! »

— Je ne comprends pas le suicide. C'est quelque chose qui m'échappe.

Ève, elle, le comprenait. Elle y avait certainement songé pendant sa première enfance, afin d'échapper à l'enfer.

Mais Fitzhugh, pourquoi diable s'était-il suicidé?

— Il n'avait aucun motif, aucun réel souci. Mais par contre, nous avons un conjoint qui collectionne les couteaux, qui était couvert de sang et qui héritera d'une fortune appréciable.

— Vous pensez que Foxx l'a tué? Fitzhugh était deux fois plus costaud que lui. Il ne se serait pas laissé faire sans se battre. Il n'y avait aucun signe de lutte.

— On peut effacer des signes, marmonna Ève. Foxx avait des bleus. Et si Fitzhugh était drogué, il ne s'est peut-être pas débattu. Nous verrons le rapport de toxicologie.

— Pourquoi voulez-vous que ce soit un meurtre ?

— Je ne veux rien du tout. Si ce n'est comprendre. Le suicide ne colle pas. Peut-être que Fitzhugh ne pouvait pas dormir, peut-être qu'il s'est levé. Quelqu'un a utilisé la pièce de relaxation. Enfin, c'est ce qu'il semble.

— Je n'avais jamais rien vu de semblable, remarqua Peabody, pensive. Tous ces jouets électroniques dans une seule pièce. Ce grand fauteuil avec tous les contrôles, le mur-écran, le bar automatique, la station et les lunettes de réalité virtuelle, le tube à humeurs. Vous avez déjà utilisé un tube à humeurs, lieutenant ?

— Connors en a un. Je n'aime pas ça. Je préfère que mes humeurs changent naturellement plutôt que de les programmer avec une machine.

Elles sortaient du garage. Ève repéra la silhouette qui se précipitait au-devant d'elles.

— Comme maintenant, ajouta-t-elle. Je sens que je ne vais pas tarder à m'énerver...

— Tiens, tiens ! Dallas et Peabody à nouveau ensemble ! s'exclama joyeusement Nadine Furst, grand reporter à Channel 75. La lune de miel s'est bien passée ?

— On aurait aimé moins de publicité ! répondit Ève sèchement.

— Hé, je croyais qu'on était copines...

— Tu n'as pas perdu de temps pour raconter à la Terre entière ma dernière nuit de célibataire.

Nadine leva ses jolies mains.

— Dallas, tu as arrêté un tueur, conclu une

enquête très importante la veille de ton mariage[1]. Ça s'est passé au cours d'une soirée à laquelle j'étais invitée. Le public avait non seulement le droit de savoir mais il en redemandait! L'audience est montée en flèche... Et maintenant, que vois-je? Tu es à peine de retour et déjà au travail. Quel est le problème avec Fitzhugh?

— Il est mort. J'ai du boulot, Nadine. Salut.

Nadine lui tira la manche.

— Allons, Ève. Après tout ce qu'on a traversé ensemble? Donne-moi quelques tuyaux.

— Les clients de Fitzhugh ont intérêt à se chercher un nouvel avocat. Voilà tout ce que j'ai à te dire.

— C'était un accident, un meurtre, quoi?

— Nous enquêtons.

— Peabody?

Celle-ci se contenta d'arborer un air contrit en haussant les épaules.

— Tu sais, Dallas, reprit Nadine, tout le monde sait que l'avocat et toi, vous ne preniez pas vos vacances ensemble. Au tribunal, hier, il a dit que tu étais un flic violent qui utilisait son insigne comme une matraque.

— Dommage qu'il ne puisse plus vous donner, à tes collègues et à toi, d'autres petites phrases aussi juteuses.

Nadine, têtue, se pencha par la fenêtre.

— Alors donne-m'en une, toi.

— S.T. Fitzhugh est mort. La police enquête. Point final.

Là-dessus, Ève démarra en trombe. Nadine ne sauva ses doigts de pieds qu'au prix d'un joli bond en arrière. Peabody gloussa.

1. Au bénéfice du crime, Éditions J'ai lu n° 4481.

— Quelque chose de drôle? fit Ève en lui lançant un regard de travers.

— Je l'aime bien.

Peabody ne put résister à l'envie de se retourner pour regarder Nadine... qui souriait.

— Et vous aussi, vous l'aimez bien, ajouta-t-elle.

— Y a des tas de choses écœurantes que j'aime bien, répliqua Ève en dissimulant un sourire.

Tout se déroulait à la perfection. C'était une sensation excitante, enivrante, de savoir qu'on tenait les rênes. Les informations en provenance des sources les plus diverses affluaient. Elles étaient dûment classées et enregistrées. De tels problèmes nécessitaient une parfaite organisation. La pile de disques était encore petite mais elle ne cessait de grandir.

C'était si drôle et c'était une surprise. Le plaisir n'avait pas été le but premier de cette opération.

Qui allait succomber à présent?

Une pression sur un bouton et le visage d'Ève Dallas apparut sur le moniteur. Des données s'affichèrent. Une femme fascinante. Parents et lieu de naissance inconnus. Une enfant maltraitée. Trouvée dans une ruelle de Dallas, Texas. Une femme qui ne se souvenait pas de ses premières années de vie. Les années qui formaient la personnalité. Des années au cours desquelles elle avait été battue, violée et tourmentée.

Comment de tels traumatismes affectaient-ils l'esprit, le cœur, l'être?

Maintenant, Ève Dallas était flic. Un flic qui avait la réputation de ne jamais laisser tomber et qui était devenu célèbre l'hiver précédent au cours d'une affaire sordide et fameuse.

Elle avait alors rencontré Connors.

L'ordinateur bourdonna et cracha la tête de Connors. Quel couple curieux... Le passé du mari était tout aussi laid que celui de la femme. Mais lui avait choisi, au moins au départ, l'autre côté de la loi pour faire son chemin et bâtir sa fortune.

A présent, ils étaient ensemble. Et un simple caprice pouvait les détruire.

Mais pas encore. Pas tout de suite.

Le jeu ne faisait que commencer.

5

— Ça ne colle pas, bougonna Ève en potassant le dossier de Fitzhugh.

Le beau visage noir la narguait sur son moniteur et elle secoua la tête.

— Ça ne colle pas...

Il était né à Philadelphie durant la dernière décennie du siècle précédent. Il avait été marié à Milicent Barrows de 2033 à 2036. Divorcé, pas d'enfant.

Il avait déménagé à New York l'année de son divorce pour monter son cabinet de droit pénal.

— Revenus annuels ? demanda-t-elle.

Sujet : Fitzhugh, derniers revenus fiscaux. Deux millions sept cent mille dollars.

— Vampire, murmura-t-elle. Liste et détails de toutes les arrestations.

Recherche. Pas de casier judiciaire.

— D'accord, il est propre. Essayons ça : liste des procès civils intentés contre lui.

Là, elle obtint des résultats. Une courte liste de noms dont elle demanda une copie ainsi qu'une liste des affaires perdues par Fitzhugh au cours des dix dernières années. Les noms correspondaient. Elle soupira. C'était typique de l'époque. Votre avocat ne vous fait pas sortir de prison, vous poursuivez votre avocat !

— D'accord, alors peut-être qu'on s'y prend par le mauvais bout. Nouveau sujet : Foxx Arthur, résidence 5002 Madison Avenue.

Recherche.

L'ordinateur hoqueta et gémit. Ève lui flanqua une bonne claque qui le fit repartir vaillamment.

Foxx apparut sur l'écran, vacillant quelque peu jusqu'à ce qu'Ève gratifie la machine d'une nouvelle gifle. Le visage se stabilisa. Il était nettement plus séduisant quand il souriait, remarqua-t-elle. De quinze ans plus jeune que Fitzhugh, il était né à Washington Est, fils de deux militaires de carrière. Il avait vécu en divers endroits du globe puis s'était installé en 2042 à New York, où il était consultant de Nutrition pour la vie.

Ses revenus annuels atteignaient quand même les six chiffres. Pas de mariage enregistré sinon celui avec Fitzhugh.

— Liste et détails des arrestations ?

La machine grogna comme si elle était lasse de répondre à ses questions, mais la liste apparut. Deux pour agressions et une pour trouble à l'ordre public.

— Tiens, tiens... Pour les deux sujets, liste et détails de toute consultation psychiatrique ?

Il n'y avait rien sur Fitzhugh mais elle obtint

encore quelque chose avec Foxx. Poussant un soupir, elle demanda une copie et leva un œil vers Peabody qui entrait.

— Le légiste a terminé ?

— Pas encore mais nous avons le rapport de toxicologie. (Peabody lui tendit un disque.) Faible niveau d'alcool, du cognac français de 45. Aucune trace de drogue.

— Flûte... J'ai peut-être quelque chose ici. Notre ami Foxx a passé une bonne partie de son enfance sur des divans de psys. Il s'est présenté de lui-même au Delroy Institute et y est resté un mois, il y a deux ans de cela. Et il a fait de la prison. Pas grand-chose mais c'était quand même de la prison. Quatre-vingt-dix jours pour agression. Il a dû porter un bracelet de probation pendant six mois. Ce garçon a un penchant pour la violence.

Peabody fronça les sourcils en consultant les données.

— Une famille de militaires. Ils ont encore tendance à refuser l'homosexualité. Je parie qu'ils ont essayé de le « soigner ».

— Peut-être. Mais il a un passé psychiatrique et un casier judiciaire. Voyons ce que le porte-à-porte a donné dans l'immeuble de Fitzhugh, puis nous irons parler à ses associés.

— Vous ne croyez pas au suicide, n'est-ce pas ?

Ève secoua la tête.

— Je le connaissais. Il était arrogant, pompeux, sûr de lui et vaniteux. Les hommes arrogants et vaniteux ne choisissent pas de mourir nus dans une baignoire remplie de leur propre sang.

— C'était un homme brillant...

Leanore Bastwick, de Fitzhugh, Bastwick & Stern, était assise dans un fauteuil en cuir cousu main dans son bureau aux murs de verre. Sa table de travail était une flaque de verre. « Impeccable bureau, pensa Ève. Impeccable blonde glacée. »

— C'était un ami généreux, ajouta Leanore en croisant des mains parfaitement manucurées sur le rebord de la flaque de verre. Nous sommes tous bien tristes, lieutenant.

La forêt d'acier et de verre de New York brillait derrière Leanore, qui paraissait en être la reine. Le rose pâle et le gris doux ajoutaient quelques touches de couleur à ce bureau méticuleusement décoré. Le raffinement suprême et la froideur suprême...

— Voyez-vous une quelconque raison pour laquelle Fitzhugh aurait mis fin à ses jours ?

— Absolument aucune.

Les mains de Leanore ne bougeaient pas. Ses yeux non plus.

— Il aimait la vie, son travail, plus qu'aucune autre personne de ma connaissance, poursuivit-elle. Je ne vois vraiment pas pourquoi il aurait fait cela.

— Quand l'avez-vous vu pour la dernière fois ?

Elle hésita. Ève eut l'image des rouages de son cerveau fonctionnant à toute vitesse sous son apparence sereine.

— En fait, je l'ai vu brièvement hier soir. Je suis passée lui remettre un dossier et discuter d'une affaire. Couverte par le secret professionnel, bien sûr. (Elle esquissa un sourire.) Mais je dirais qu'il était aussi enthousiaste qu'à l'ordinaire. Et il était impatient de se mesurer à nouveau avec vous au tribunal.

— Se mesurer ?

— C'est ainsi qu'il voyait les choses. Pour Fitz, un contre-interrogatoire était un match, un duel qui exigeait de l'esprit et des nerfs d'acier. Il adorait plaider, c'était sa passion.

— A quelle heure êtes-vous passée chez lui?

— Vers dix heures, je crois... Oui, ce devait être aux alentours de dix heures. J'avais travaillé tard et j'ai fait un petit détour avant de rentrer chez moi.

— Était-il habituel, madame Bastwick, que vous fassiez ainsi un petit détour?

— Ce n'était pas inhabituel. Après tout, nous étions associés.

— Et c'est tout ce que vous étiez? Associés d'affaires?

— Insinueriez-vous, lieutenant, que parce qu'un homme et une femme sont physiquement séduisants et unis par une longue amitié, ils ne sauraient travailler ensemble sans qu'existe une relation sexuelle?

— Je n'insinue rien. Combien de temps êtes-vous restée... à parler de votre affaire?

— Vingt minutes, une demi-heure. Je ne sais pas. Je n'ai pas fait attention. Il était très bien quand je suis partie. Je vous l'ai déjà dit.

— Il n'avait pas de soucis particuliers?

— Il était un peu préoccupé par l'affaire Salvatori... mais sans plus. Il avait confiance dans ses capacités professionnelles.

— Et en dehors du travail? Dans sa vie privée?

— Il était discret.

— Mais vous connaissez Arthur Foxx, je suppose?

— Bien sûr. Arthur et Fitz étaient entièrement dévoués l'un à l'autre.

— Pas de querelles?

Leanore haussa un sourcil.

— Comment le saurais-je?

« Bien sûr que tu le sais », songea Ève, rageuse.

— M. Fitzhugh et vous étiez associés. Apparemment, vos relations personnelles étaient aussi fortes que vos relations professionnelles. Il devait bien, de temps à autre, bavarder de ses problèmes personnels avec vous, non?

— Arthur et lui étaient très heureux...

Pour la première fois, Leanore montra un signe d'impatience : ses ongles corail pianotaient sur le verre du bureau.

— Même les couples heureux se disputent parfois, ajouta-t-elle. J'imagine qu'il vous arrive d'avoir des mots avec votre mari.

— Mon mari ne m'a pas trouvée morte dans une baignoire, répliqua Ève sèchement. Pourquoi Foxx et Fitzhugh se disputaient-ils?

Leanore laissa échapper un soupir ennuyé et se leva. Programmant son AutoChef, elle se fit servir un café. Sans en offrir à Ève ni à Peabody.

— Arthur connaît parfois des moments de déprime. Il ne possède pas une grande confiance en lui. Il avait tendance à être jaloux. Ce qui exaspérait Fitz.

Elle laissa passer un silence avant de reprendre :

— Vous savez probablement que Fitz a été marié avec une femme? Sa bisexualité représentait un problème pour Arthur, et quand il était déprimé, il avait tendance à se méfier de tous ceux, hommes et femmes, qui pouvaient être en contact avec Fitz. Ils se disputaient rarement mais quand ils le faisaient, c'était à cause de la jalousie d'Arthur.

— Avait-il des raisons d'être jaloux?

— Pour autant que je le sache, Fitz était absolument fidèle.

— Bien. Je vous remercie, dit Ève en se levant. Vous nous avez beaucoup aidées.

— Lieutenant, reprit Leanore tandis qu'Ève et Peabody gagnaient la porte, si je pensais, ne serait-ce qu'un instant, qu'Arthur ait pu... (Elle s'interrompit.) Non, je ne puis croire une chose pareille. C'est impossible.

Sur la passerelle courant autour du bâtiment, Ève aperçut le gratte-ciel qui abritait les bureaux de Connors : une flèche d'ébène qui dominait les autres. Au moins, cette affaire ne le concernait en rien. Elle n'avait pas à se soucier de le couvrir ou de découvrir certains aspects déplaisants de ses activités...

Sentant le regard interrogateur de Peabody, elle haussa les épaules.

— Leanore Bastwick connaissait la victime et le suspect, remarqua-t-elle. Et Foxx a oublié de nous dire qu'elle était passée hier soir.

— Vous cataloguez donc Foxx non plus comme témoin, mais comme suspect ?

— Jusqu'à ce que nous ayons prouvé qu'il s'agit d'un suicide, Foxx est notre principal — en fait, notre seul suspect. Le couteau lui appartenait. Ils étaient seuls dans l'appartement. Il avait un mobile : l'argent. A présent, nous savons qu'il a connu des crises de dépression, de violence, et qu'il était jaloux.

— Puis-je vous demander quelque chose ? (Peabody attendit qu'Ève hoche la tête.) Vous n'aimiez pas Fitzhugh, n'est-ce pas ?

— Je le méprisais cordialement. Et alors ? Ce n'est pas ça qui va m'empêcher de faire mon travail.

Elle observa une courte pause avant d'ajouter :

— Leanore déteste Arthur Foxx.

— Comment cela ? s'enquit Peabody, stupéfaite.

— Un avocat possédant une telle expérience ne donne pas autant de réponses à moins d'avoir une idée derrière la tête. Elle nous a appris que Foxx était jaloux, qu'ils se disputaient. Elle voulait que nous le sachions.

— Ça ne nous apporte pas grand-chose. Rien dans les dossiers et les notes de Fitzhugh n'accuse Foxx. J'ai tout épluché. Ceci dit, rien n'indique non plus qu'il avait des tendances suicidaires.

Ève contempla New York à ses pieds.

— Nous devons interroger Foxx à nouveau. Je dois encore aller au tribunal cet après-midi. Retournez au Central, rassemblez les rapports des agents qui ont fait du porte-à-porte dans l'immeuble et débrouillez-vous pour que le légiste nous donne son rapport d'autopsie. Je veux qu'on ait tout ça avant la fin de la journée. J'aurai fini au tribunal vers trois heures... Et nous demanderons à Foxx pourquoi il a omis de nous parler de la visite de Leanore Bastwick.

Quelques heures plus tard, Ève sortait du palais de justice avec la satisfaction du devoir accompli. La tueuse d'enfants contre qui elle venait de témoigner passerait, au minimum, les cinquante prochaines années de sa vie en prison.

Grimpant dans sa voiture, elle programma le pilote automatique sur le Central. Elle démarrait à peine quand le com sonna.

— Dallas.

— Dr Morris.

Les yeux verts du médecin légiste étaient voilés par de lourdes paupières. Son menton carré était mal rasé et sa tignasse noire toute décoiffée. Ève l'aimait bien. Il n'allait jamais assez vite à son goût mais il était très méticuleux.

— Vous avez fini votre rapport sur Fitzhugh ?

— J'ai un problème.

— Je n'ai pas besoin d'un problème, j'ai besoin d'un rapport. Vous pouvez le transmettre à mon bureau ? Je suis en route.

— Non, lieutenant. Il faut que vous veniez immédiatement. Je dois vous montrer quelque chose.

— Je n'ai pas le temps de venir à la morgue.

— Prenez-le.

Il coupa la transmission.

Ève poussa un juron. Les scientifiques étaient parfois si énervants ! Elle débrancha le pilote automatique.

De l'extérieur, l'institut médico-légal de Manhattan était en tout point semblable aux bâtiments qui l'entouraient. Ce qui avait été le but recherché lors de sa restauration. Personne n'aimait penser à la mort. On n'allait pas couper l'appétit des gens qui prenaient leur déjeuner dans le coin. L'idée de cadavres congelés dans des tiroirs pouvait gâcher une salade...

Ève n'aimait pas venir ici : l'odeur de mort aseptisée flottait dans les couloirs. Elle se dirigea sans tarder vers le Labo C où le Dr Morris effectuait la plupart de ses manipulations.

La médecine moderne avait éradiqué bien des maladies et prolongé l'espérance de vie jusqu'à cent cinquante ans. L'industrie des cosmétiques permettait aux humains de présenter une apparence décente pendant un siècle et demi.

On pouvait mourir sans rides, sans taches de

vieillesse, sans douleurs ni arthrose. Mais on finissait quand même par mourir, tôt ou tard.

Elle brandit son insigne devant l'unité de sécurité à la porte du labo. Son empreinte fut analysée. La porte glissa.

C'était une petite pièce sans fenêtre, déprimante, bourrée d'ordinateurs et d'instruments barbares. Des scies, des lasers, des scalpels, des pinces. A donner froid dans le dos.

Au centre de la pièce se dressait une table pourvue de gouttières pour recueillir les fluides qui, ensuite, étaient stockés dans des récipients sous vide pour analyse. Sur la table se trouvait Fitzhugh. Son corps nu arborait les traces de l'autopsie.

Morris était assis devant un moniteur qu'il scrutait comme si sa vie en dépendait. Il portait une blouse blanche qui flottait jusqu'au sol. Ses longs cheveux noirs étaient rassemblés en queue-de-cheval.

— Docteur Morris?

— Hum, lieutenant, fit-il sans se retourner. Jamais rien vu de pareil. Pas en trente ans de charcutage de cadavres...

Il pivota. Sous sa blouse, il portait un pantalon étroit et un T-shirt coloré.

— Vous avez bonne mine, lieutenant.

Il lui offrit un de ses brefs sourires charmeurs.

— Vous n'avez pas l'air mal, vous non plus. Vous avez perdu votre barbe?

Il se massa le menton.

— Ça ne m'allait pas. Mais, bon sang, je déteste me raser. Comment était la lune de miel?

Machinalement, elle enfonça ses mains dans ses poches.

— Très bien. J'ai du pain sur la planche, Morris.

Que vouliez-vous me faire voir que vous ne pouviez me montrer sur l'écran ?

Il fit rouler son tabouret jusqu'à la table où reposait Fitzhugh.

— Que voyez-vous ?

Elle baissa les yeux.

— Un mort.

Morris opina comme si cette réponse le satisfaisait.

— Un mort que nous devrions trouver parfaitement normal. Un type qui a succombé à une hémorragie. Peut-être un suicide.

— Peut-être ?

— En apparence, le suicide est la conclusion logique. Aucune trace de drogue dans le corps, très peu d'alcool, pas de blessures ou de contusions qui indiqueraient qu'il s'est défendu. L'angle de sa blessure au poignet...

Il se pencha pour saisir la main manucurée de Fitzhugh.

— ... indique qu'il se l'est faite lui-même : il est droitier, la plaie remonte légèrement. (Il fit la démonstration avec une lame imaginaire.) Très rapide, très précis.

— Quelqu'un aurait-il pu venir par-derrière et lui trancher le poignet exactement de cette façon ?

— Ce n'est pas absolument impossible mais, si c'était le cas, nous devrions voir des blessures. Si quelqu'un se glissait dans votre bain pour vous trancher le poignet, cela risquerait de vous agacer, de vous énerver un peu, non ? lança-t-il avec un large sourire. Vous n'attendriez pas tranquillement de mourir dans votre bain.

— Donc, vous concluez à un suicide.

— J'allais conclure mais... il y a un mais. J'ai

effectué l'habituelle analyse du cerveau et c'est là qu'il y a un problème. Une énigme.

D'un coup de pied, il propulsa son tabouret vers la paillasse en lui faisant signe de le suivre.

— Voilà son cerveau, dit-il en tapotant du doigt un récipient dans lequel flottait l'organe.

De minces câbles reliaient le récipient à l'ordinateur.

— Il n'est pas normal, annonça-t-il, théâtral.

— Comment cela ?

— Regardez, là, sur l'écran.

Il pivota, tapota sur le clavier. Un gros plan du cerveau de Fitzhugh apparut.

— Encore une fois, apparemment, tout est normal. Mais si nous faisons une coupe...

Il tapota à nouveau. Le cerveau fut tranché en deux.

— Il se passe tant de choses dans cette petite masse, murmura Morris, songeur. Les pensées, les idées, la musique, les désirs, la poésie, la colère, la haine. Les gens parlent du cœur, lieutenant, mais c'est le cerveau qui contient toute la magie et tout le mystère de l'espèce humaine. C'est ce qui nous différencie et nous définit comme individus... et je doute qu'on en perce jamais tous les secrets. Regardez là.

Ève se pencha.

— Pour moi, ça ressemble à un cerveau.

— Ne vous inquiétez pas, j'ai moi-même failli le rater.

Il changea quelque chose et des couleurs tournoyèrent sur l'écran.

— Voilà ! Avec ce réglage, les tissus apparaissent en bleu, du bleu clair au bleu sombre, les os en blanc et les vaisseaux sanguins en rouge. Comme vous le voyez, il n'y a aucune tumeur qui indiquerait un trouble neurologique quelconque... Agrandir section B, trente pour cent.

L'écran sauta et une partie de l'image grossit subitement. Perdant patience, Ève commença par hausser les épaules avant de se figer.

— Qu'est-ce que c'est que ça? On dirait... une tache?

Une minuscule ombre voilait le cerveau.

— N'est-ce pas? On dirait presque l'empreinte d'un doigt, un doigt d'enfant graisseux. Mais quand on agrandit encore... (ce qu'il fit)... ça ressemble plus à une petite brûlure.

— Comment attrape-t-on une brûlure à l'intérieur du cerveau?

— Excellente question.

Visiblement fasciné, Morris contemplait toujours l'écran.

— Je n'ai jamais rien vu de semblable, reprit-il. Cette tache n'a pas été causée par une hémorragie, une attaque ou un anévrisme. J'ai consulté tous les programmes disponibles de neurochirurgie sans trouver ce qui a bien pu provoquer ça.

— Pourtant, c'est là...

— Oh, il se pourrait que ce ne soit rien. Rien de plus qu'une légère anomalie qui provoquait de vagues migraines ou des vertiges. Ce n'est en aucun cas fatal. Mais c'est curieux. J'ai demandé tous les dossiers médicaux de Fitzhugh pour savoir s'il avait été traité pour cela.

— Cela aurait pu causer de l'anxiété?

— Je ne sais pas. Cela affecte le lobe frontal gauche de l'hémisphère droit. On estime généralement que c'est le siège de la personnalité. (Il haussa les épaules.) Mais je ne peux dire que cette tache ait contribué à sa mort. Le fait est que pour le moment, je suis fasciné mais ignorant. Je vais continuer à chercher. Je n'abandonnerai pas cette affaire avant d'avoir trouvé les réponses à mes questions.

Une brûlure dans le cerveau, se disait Ève en décodant les scellés posés sur l'appartement de Fitzhugh. Elle était venue seule, car elle avait besoin de silence et de tranquillité pour réfléchir. Tant qu'elle n'en déciderait pas autrement, Foxx devrait vivre ailleurs.

Elle monta à l'étage pour réexaminer la salle de bains.

Une brûlure dans le cerveau... Provoquée par une drogue quelconque ? Si on n'avait rien trouvé, c'est qu'il s'agissait peut-être d'un nouveau produit inconnu.

Elle pénétra dans la salle de relaxation. Il n'y avait là rien d'autre que les jouets onéreux que s'offraient la plupart des hommes riches.

« Il ne pouvait pas dormir, songea-t-elle. Il est venu ici se détendre. Il prend un cognac. Il se repose sur le fauteuil, regarde quelques trucs... » Elle s'empara des lunettes de réalité virtuelle abandonnées près du fauteuil. « Il s'est offert un petit voyage... »

Curieuse, elle enfila les lunettes, demanda la dernière scène jouée. Elle se retrouva sur un petit bateau blanc ballotté sur une rivière. Des oiseaux chantaient, un poisson sauta tel un éclair d'argent avant de replonger dans les flots. Sur les rives, de grands arbres frémissaient au gré du vent. Elle avait l'impression de flotter et laissa sa main traîner dans l'eau. Le soleil se couchait et l'horizon était rose et pourpre. Elle entendait le bourdonnement des abeilles, le chant des criquets.

Étouffant un bâillement, elle enleva les lunettes. Une scène inoffensive, apaisante. Rien qui puisse décider un homme à se trancher les poignets. Mais l'eau lui avait peut-être donné envie d'un bain et il s'en était fait couler un. Et si Foxx s'était alors glissé derrière lui...

Ève sortit son com pour demander un deuxième interrogatoire avec Arthur Foxx.

6

Sans surprise, Ève étudia les rapports des agents qui avaient fait le porte-à-porte dans l'immeuble. Fitzhugh et Foxx étaient calmes, discrets et aimables avec leurs voisins. Mais elle s'attarda sur l'enregistrement du droïde, portier de l'immeuble, qui établissait que Foxx était sorti à vingt-deux heures trente et revenu à vingt-trois heures.

— Il ne nous a pas dit qu'il était allé se promener ce soir-là, Peabody?

— Non.

— Nous avons les enregistrements de la caméra du hall et de l'ascenseur?

— Je les ai chargés. Fichier Fitzhugh, un-zéro-cinq-un.

— Regardons un peu ça.

Ève appela le fichier.

Peabody se pencha sur son épaule pour regarder le moniteur.

— Stop.

Ève se redressa, tandis que l'image sur l'écran se figeait. Elle étudia la blonde élégante qui pénétrait dans l'immeuble à vingt-deux heures quinze.

— Bon, voilà cette chère Leanore.

— Elle ne s'est pas trompée sur l'heure.

— Ouais, elle est à l'heure. Qu'en pensez-vous, Peabody ? Travail ou plaisir ?

— Eh bien, elle est en tenue de travail...

Peabody inclina la tête en s'autorisant un petit soupir d'envie à la vue du tailleur trois-pièces de Leanore.

— Elle porte une mallette, ajouta-t-elle.

— Une mallette et... une bouteille de vin. Agrandir quadrant D, trente à trente-cinq. Une bouteille de vin très chère, murmura Ève en contemplant l'étiquette qui emplissait à présent l'écran. Connors en a quelques-unes comme ça dans sa cave. Je crois que ça va chercher dans les deux cents dollars.

— La bouteille ? Whaa...

— Le verre, corrigea Ève, amusée. Il y a quelque chose qui cloche... Revenir à taille normale et passer à caméra de l'ascenseur. Hum. Oui, oui, elle se fait belle...

Sortant un poudrier doré, Leanore se tapota le nez avant d'utiliser son bâton de rouge à lèvres.

— Et regardez, elle déboutonne les trois premiers boutons de son chemisier.

— Elle se prépare à passer à l'attaque, fit Peabody.

— C'est ce que je crois aussi.

Elles observèrent Leanore quitter la cabine au trente-huitième étage et sonner à la porte de l'appartement de Fitzhugh. Ève fit dérouler le film jusqu'au départ de Foxx un quart d'heure après.

— Il n'a pas l'air très heureux...

— Non. Je dirais même qu'il est en rogne... Oh là ! très en rogne, ajouta Peabody quand Foxx flanqua un coup de pied dans la porte de l'ascenseur.

Leanore partit une demi-heure plus tard, le rose

aux joues, les yeux brillants. Un peu après, Foxx revint. Il portait un petit paquet.

— Elle n'est pas restée vingt ou trente minutes mais en fait, quarante-cinq minutes, constata Ève. Que s'est-il passé dans cet appartement cette nuit-là? Et qu'est-ce que Foxx a rapporté? Contactez le cabinet. Je veux interroger Leanore ici. J'ai Foxx à neuf heures et demie. Faites-la venir en même temps. Nous en prendrons chacune un.

— Vous voulez que je dirige un interrogatoire?

Ève débrancha la machine.

— Il faut bien commencer un jour. Retrouvons-nous ici à huit heures et demie. Non, passez chez moi à huit heures. Cela nous donnera plus de temps pour nous préparer.

Le com sonna. Ève lui jeta un regard noir, hésitant à décrocher. Il était tard. Mais finalement elle répondit.

— Dallas.

Le visage ravi de Mavis emplit l'écran.

— Salut! J'espérais bien te joindre avant que tu partes. Ça va?

— Ça va. J'étais sur le point de rentrer. Qu'y a-t-il?

— Super génial! Je suis au studio de Jess. Nous avons une séance d'enregistrement. Leonardo est ici. On a l'intention de faire une petite fête après. Alors passe nous voir, d'acc?

— Écoute, Mavis, j'ai eu une journée chargée. Je veux juste...

— Allez, viens! On va se faire livrer à manger et Jess a une gnôle du tonnerre. Un truc qui te lubrifie les neurones en cinq minutes. J'aimerais vraiment que tu sois là. Pour le soutien moral et tout ça... Tu ne peux vraiment pas passer une minute?

— Bon, d'accord. Je vais prévenir Connors que je serai en retard. Mais je ne resterai pas.

— J'ai déjà prévenu Connors.

— Tu... quoi ?

— Je l'ai appelé, il y a un moment. Il était dans son super-bureau. On aurait dit qu'il présidait une session des Nations unies ou un truc de ce genre. C'était incroyable ! Bon, ils ont quand même accepté de me laisser causer au roi des rois parce que j'étais ta copine. (Mavis fit semblant de ne pas entendre le soupir d'Ève.) Je lui ai dit ce qu'on préparait et il a dit qu'il passerait après sa réunion ou son sommet... enfin, je ne sais pas trop comment il a appelé ça...

— Alors, tout est réglé, fit Ève, sarcastique.

— Comme du papier à musique. Hé, c'est pas Peabody à côté de toi ? Peabody, venez aussi ! On va faire la fiesta. A tout de suite, hein ?

— Mavis, la rappela Ève avant qu'elle ne raccroche. Où diable es-tu ?

— Oh, j'ai oublié de te le dire ? Le studio se trouve au 8 avenue B. Cogne sur la porte. Quelqu'un viendra t'ouvrir. Je dois y aller ! hurla-t-elle tandis que quelque chose qui devait être de la musique explosait dans les haut-parleurs. A tout à l'heure !

Ève grimaça, rejeta une mèche rebelle et lança un regard en coin à Peabody.

— Vous voulez assister à une séance d'enregistrement, vous faire trouer les oreilles et démolir l'estomac avec de l'alcool pourri ?

Peabody ne réfléchit pas une seconde.

— En fait, lieutenant, j'en serais ravie !

La pluie du matin s'était transformée en une vapeur nauséabonde qui sentait l'huile et les unités de recyclage qui ne fonctionnaient jamais correctement dans ce quartier. Ève cogna pour la troisième fois sur la porte d'acier toute gondolée.

Celle-ci s'ouvrit enfin pour livrer passage à un phénomène. Une femme. Un mètre quatre-vingt-quinze au bas mot et des épaules larges comme une autoroute. Des muscles couverts de tatouages émergeaient d'un gilet en cuir sans manches. Dessous, elle portait une combinaison moulante dont la couleur évoquait une plaie qui se cicatrisait. Elle arborait un anneau de cuivre dans le nez et une chevelure coupée en boucles courtes et brillantes.

— C'est vous, la flic de Mavis? demanda-t-elle d'une voix à peine plus discrète qu'un coup de canon.

— Exact. Et j'ai amené une autre flic avec moi.

La femme évalua Peabody d'un regard bleu laiteux.

— Hum... les deux font la paire. Mavis dit que vous êtes réglo. Je suis Mary la Grosse.

Ève inclina la tête.

— J'aurais pu le deviner.

Il fallut à peu près dix secondes, puis le visage immense de Mary se creusa. Cela ressemblait vaguement à un sourire.

— Entrez. Jess commence à se chauffer.

En signe de bienvenue, elle saisit Ève par le bras et la souleva pratiquement pour la faire pénétrer dans un petit couloir.

— Venez, la flic de Dallas, ajouta-t-elle à l'attention de sa compagne.

— Peabody, précisa celle-ci en veillant prudemment à rester hors de portée de Mary.

Elles s'entassèrent dans un minuscule ascenseur.

— Jess a dit de vous amener tout de suite en bas. Vous avez de l'argent?

86

Ève avait le nez coincé contre le bras de Mary. Elle essaya de se tourner.

— Pourquoi ?

— On fait livrer la bouffe. Faut que vous payiez vot' part.

— D'accord. Connors est arrivé ?

— Pas vu de Connors. Mavis dit qu'on peut pas le rater, qu'il est beau comme le diable.

La porte s'ouvrit enfin. Ève respira à nouveau librement, mais ce fut au tour de ses oreilles de souffrir. La voix aiguë de Mavis déchirait l'air de ses accents sauvages, accompagnée par une musique démente.

— Elle a l'air en forme, commenta Mary.

Seule sa profonde affection pour Mavis empêcha Ève de fuir.

— Oui, elle a l'air.

— J'vais vous chercher à boire. C'est la cuvée spéciale de Jess.

Mary s'éloigna, abandonnant Ève et Peabody dans une cabine de contrôle aux murs de verre qui dominait le studio où Mavis s'époumonait.

Elle avait remonté ses cheveux sur le sommet de sa tête de façon qu'ils jaillissent comme une fontaine pourpre d'un ruban multicolore. Elle portait une combinaison dont les bretelles de cuir noir passaient entre ses seins nus pour venir se fixer à une sorte de short. Celui-ci était taillé dans un tissu aux reflets changeants comme un kaléidoscope. Elle dansait au rythme de la musique sur une paire de lamelles qui laissaient les pieds nus et la haussaient à une douzaine de centimètres du sol.

C'était sans aucun doute Leonardo qui avait élaboré cette tenue, se dit Ève. Elle le repéra dans un coin du studio. Il avait revêtu une combinaison moulante qui lui donnait l'apparence d'un élégant grizzly.

— Quelle équipe! murmura-t-elle en fourrant ses pouces dans les poches arrière de son jean.

Se tournant vers Peabody, elle la trouva éblouie. Dans son expression se mêlaient le choc, l'admiration et le désir.

Suivant son regard, Ève aperçut pour la première fois Jess Barrow, qui se trouvait lui aussi dans la cabine. Il était magnifique. Une statue vivante à la longue chevelure couleur de chêne poli. Ses yeux d'argent aux cils interminables suivaient tout ce qui se passait dans le studio tandis que ses mains volaient au-dessus d'une console. Son teint hâlé se mariait parfaitement avec les pommettes rondes et le menton volontaire. La bouche était pleine et ferme, et les mains semblaient sculptées dans du marbre.

— Ravalez votre langue, Peabody, suggéra Ève. Vous allez marcher dessus.

— Seigneur... Seigneur tout-puissant! Il est encore mieux en vrai. Il ne vous donne pas envie de le croquer?

— Pas particulièrement. Mais ne vous gênez pas pour moi.

Peabody rougit jusqu'à la racine des cheveux. Elle s'agita.

— J'admire son talent, se reprit-elle.

— Peabody, vous admirez son corps. Et je vous comprends. Vous avez bon goût.

Mary revint avec deux bouteilles remplies d'un liquide sombre.

— C'est la famille de Jess qui fabrique ça dans le Sud. C'est du bon.

La bouteille n'étant pas étiquetée, Ève se prépara

à la torture. Elle fut agréablement surprise de sentir le liquide glisser délicatement au fond de sa gorge.

— C'est excellent. Merci.

— Il y en a encore, si vous voulez... Bon. Je dois aller attendre Connors. Paraît qu'il est riche à un point que c'en est pas croyable. Comment se fait-il que vous portiez pas des fringues un peu plus flashy, si vous êtes avec un type pareil ?

Ève décida de ne pas mentionner le diamant de la taille d'un poing de bébé qui se balançait entre ses seins.

— Mes sous-vêtements sont en or massif. Ça me gêne un peu, mais je me sens protégée.

Après un nouveau temps de réflexion, Mary rugit de rire et flanqua une claque sur le dos d'Ève qui, projetée en avant, faillit heurter la paroi de verre. Puis elle s'esquiva en barrissant comme un mammouth.

— On devrait l'enrôler dans la police, grommela Ève. Elle n'aurait besoin ni d'arme ni d'armure.

La musique enfla dans un crescendo à vous écorcher les tympans puis cessa subitement. Dans le studio, Mavis poussa un hurlement avant de se jeter dans les bras ouverts de Leonardo.

— C'était une excellente prise, mon sucre, annonça la voix de Jess dans les haut-parleurs. Dix minutes de repos pour tes cordes vocales.

Mavis poussa un nouveau hurlement tout en agitant frénétiquement les bras vers Ève.

— Dallas, tu es là ! C'était pas génial ? Je monte, ne bouge pas !

Elle se rua vers la porte sur ses échasses.

— Ainsi donc, voilà Dallas...

Jess se leva de sa console. Il semblait en excellente forme physique. Son jean et sa chemise de coton — qui, malgré sa simplicité, valait peut-être un mois de salaire de flic — le montraient à son avantage. Il portait un diamant dans le lobe de l'oreille et une chaîne en or qui glissait le long de son poignet.

— Mavis n'arrête pas de parler de sa copine flic.

— Mavis n'arrête jamais de parler, répliqua Ève. Cela fait partie de son charme.

— Exact. Je suis Jess et je suis ravi de vous rencontrer enfin.

Il offrit un sourire paresseux à Peabody :

— En plus, on a droit à deux flics pour le prix d'une.

— Je... je suis une de vos fans, bafouilla Peabody. J'ai tous vos disques, audio et vidéo. Je vous ai vu plusieurs fois en concert.

Il lui serra la main.

— Les fans de musique sont toujours les bienvenus ici... Et si je vous montrais mon jouet préféré ? suggéra-t-il en l'entraînant vers la console.

Ève n'eut pas le temps de réagir ; Mavis se jetait sur elle :

— Qu'en as-tu pensé ? Tu as aimé ? Je l'ai écrite. Jess l'a orchestrée mais c'est moi qui l'ai écrite. Il pense que ça pourrait faire un succès, tu te rends compte !

— Je suis vraiment fière de toi. Tu étais géniale, répondit Ève tout en souriant à Leonardo par-dessus l'épaule de son amie. Quel effet ça fait de vivre avec une future légende de la musique ?

— Elle est merveilleuse.

Il pressa le bras d'Ève en signe de salut.

— Vous avez l'air en pleine forme, ajouta-t-il. J'ai remarqué aux bandes d'infos que vous portiez mes créations. Je vous en remercie.

— C'est moi qui vous remercie, dit Ève, sincère. Vous m'avez évité d'avoir l'air de la cousine pauvre de Connors.

Leonardo était un génie du stylisme. Sa carrière débutait avec un succès prometteur.

— Vous aurez toujours l'air d'être vous-même, corrigea-t-il avant de plisser les yeux. Mais vos cheveux auraient besoin d'une bonne coupe. Il faut vous en occuper toutes les semaines, sinon ils perdent leur forme.

— J'allais me les couper mais je n'ai...

Il secoua la tête d'un air solennel.

— Non, non. Plus question de vous taillader au sécateur. Appelez Trina, elle s'occupera de vous.

— Il va falloir qu'on la traîne, intervint Mavis qui n'arrêtait pas de glousser. Sinon, elle trouvera tout le temps des excuses. On va dire à Connors de la forcer.

— J'en serais ravi !

Connors sortait de l'ascenseur. Il rejoignit Ève pour la prendre dans ses bras.

— Te forcer à quoi ?

— A rien.

Il embrassa Mavis.

— Merci pour l'invitation. Quel studio !

— C'est génial, hein ? La sono est ce qui se fait de mieux et Jess accomplit des miracles avec sa console. Il a six millions d'instruments programmés là-dedans. Il peut jouer de tout. Il peut tout faire... Oh, j'ai l'impression de vivre un rêve !

— Mavis, c'est toi le rêve.

Jess venait de se joindre à eux. A son bras, Peabody avait les joues violettes et le regard vitreux.

— Du calme, ma fille, lui murmura Ève.

— Tu as rencontré Dallas et Peabody, hein ? dit Mavis à Jess. Et voici Connors. Mes meilleurs amis.

Jess serra la main de Connors.

— C'est un réel plaisir. J'admire votre réussite en affaires... et votre goût en matière de femmes.

— Merci.

Connors parcourut la pièce d'un regard circulaire.

— C'est une fameuse installation que vous avez là, commenta-t-il.

— C'est ma fierté. Cela fait plusieurs années que j'y travaille. Mavis est, en fait, la première artiste à l'utiliser, en dehors de moi-même... Mary va nous commander à manger. Vous voulez que je vous montre ma plus belle création avant de remettre Mavis au boulot?

Il les conduisit à la console, derrière laquelle il prit place tel un capitaine de navire.

— Tous les instruments imaginables y sont programmés, bien sûr. Je peux effectuer toutes les combinaisons possibles et varier la hauteur et le tempo.

Il effleura quelques touches. Un rythme simple s'éleva des haut-parleurs.

— Voix enregistrée.

La voix de Mavis retentit, étonnamment rauque et riche. Sur un moniteur, des vagues de couleurs se transformaient en accords.

— C'est un analyseur, expliqua Jess. Nous autres musiciens, on ne peut pas s'empêcher de tout analyser.

— Ça sonne bien, remarqua Ève.

— Et ça sonnera encore mieux. Doublage.

La voix de Mavis se dédoubla à l'unisson.

— Accompagnement.

Les mains de Jess dansaient sur les contrôles, donnant naissance à une ligne de basse, à des guitares, aux tintements d'un tambourin, au gémissement d'un saxo.

— Plus lent.

Tout ralentit, s'adoucit.

— Plus dur.

Le tempo s'accéléra.

Il laissa la musique jouer quelques secondes avant de reprendre ses explications :

— Tout cela est relativement simple, comme de lui faire enregistrer des duos avec des artistes du passé. Vous devriez entendre sa version de *Hard Day's Night* des Beatles. Je peux aussi coder n'importe quel son.

Avec un sourire malicieux, il tourna un bouton. La voix d'Ève résonna dans un murmure amplifié :

— Du calme, ma fille.

Ces mots se mélangèrent à la chanson de Mavis, se répétant en écho infini qui s'estompait peu à peu.

— Comment faites-vous ça ? s'enquit Ève, stupéfaite.

— Un micro vous a enregistrée. J'ai entré votre voix dans le programme et maintenant je peux même remplacer la voix de Mavis par la vôtre.

Il effectua quelques réglages et Ève grimaça en s'entendant chanter.

— Arrêtez, ordonna-t-elle. Je préfère Mavis.

Hilare, Jess reprogramma la chanson initiale.

— Désolé, je n'ai pas pu résister. Vous voulez vous entendre chanter, Peabody ?

Elle se mordit la lèvre.

— Non... Enfin, peut-être.

— Voyons, un truc brumeux et cool...

Il chercha un moment avant de se reculer sur son siège. Peabody ouvrit de grands yeux en s'entendant interpréter d'une voix désespérée *I've Got You Under My Skin*.

— C'est une de vos chansons ? demanda-t-elle. Je ne la connais pas.

Jess eut un petit rire.

— Non, c'est un vieux classique. Vous avez une bonne voix, officier Peabody. Du souffle. Vous ne voulez pas quitter votre boulot et vous joindre à la fête ?

Elle rougit et secoua la tête. Jess arrêta la chanson, laissant un instrumental bluesy en fond sonore.

— J'ai travaillé avec un ingénieur qui a conçu une grande partie de l'autotronique pour Disney Universe. Il m'a fallu près de trois ans pour achever ceci. (Il caressa la console.) A présent que j'ai le prototype, j'espère pouvoir en fabriquer d'autres. Cette console est programmable à distance. J'ai aussi des plans pour une unité plus petite, portable...

Il parut se reprendre, secoua la tête.

— Mais je m'emporte. Mon agent se plaint toujours que je passe trop de temps à travailler sur l'électronique plutôt qu'à enregistrer des disques.

— La bouffe est là ! rugit Mary.

Jess sourit.

— Eh bien, mangeons ! Tu as besoin d'énergie, Mavis.

— Je suis affamée.

Attrapant la main de Leonardo, elle gagna la porte. En bas, dans le studio, Mary empilait les boîtes de nourriture à emporter.

— Allez vous servir, leur dit Jess. J'ai encore quelques trucs à régler. Je vous rejoins tout de suite.

— Qu'en penses-tu ? murmura Ève à Connors tandis qu'ils descendaient, suivis par Peabody.

— Qu'il cherche un investisseur.

Ève soupira.

— Ouais, c'est ce que je crois aussi. Je suis désolée.

— Ce n'est pas un problème. Il a un produit intéressant.

— J'ai demandé à Peabody de faire une recherche sur lui. On n'a rien trouvé. Mais ça ne me plaît pas qu'il cherche à se servir de toi... ou de Mavis.

— C'est ce qu'on verra.

Il s'arrêta avant l'entrée du studio pour la prendre dans ses bras.

— Tu m'as manqué, murmura-t-il.

Elle sentit la chaleur dans ses reins, un désir brûlant, inattendu.

— Tu m'as manqué, toi aussi. Et si on trouvait une excuse pour abréger cette soirée et rentrer chez nous ?

Il se pencha pour lui mordiller l'oreille.

— Bonne idée. Seigneur, j'ai tellement envie de toi...

Et, là-dessus, se moquant de la présence des autres, Connors l'embrassa avidement.

Aux commandes, à la console, Jess les observait et souriait. Encore quelques minutes et ils se rouleraient par terre, copulant comme des bêtes... Non, mieux valait attendre. Ses doigts habiles coururent sur la console, modifiant le programme. Plus que satisfait, il se leva pour les rejoindre.

Deux heures plus tard, tandis qu'ils rentraient, Ève dépassait allégrement les limitations de vitesse. Un besoin lancinant lui labourait les reins, les cuisses, le ventre.

— Vous enfreignez la loi, lieutenant, remarqua Connors d'une voix méconnaissable.

Il était à nouveau follement excité, comme un adolescent en pleine crise hormonale.

— Je la contourne, marmonna Ève, alors qu'elle

se targuait d'habitude de ne jamais abuser de son insigne.

Connors lui pétrit un sein.

— Contourne-la un peu plus.

— Ô Seigneur...

Elle l'imaginait déjà en elle. La voiture bondit comme une balle dans Park Avenue, quand elle écrasa l'accélérateur.

Un malheureux touriste lui montra son médius après qu'elle l'eut raté d'un centimètre. Ève brancha sa sirène et son gyrophare.

— Je n'arrive pas à croire que c'est moi qui fais ça. Je ne fais jamais ça...

La main de Connors glissa sur ses cuisses.

— Tu sais ce que je vais te faire ?

Elle déglutit péniblement.

— Ne me le dis pas, au nom du ciel ! Je vais nous tuer !

Ses mains étaient collées au volant et tremblaient. Son corps vibrait comme une corde de guitare. Elle haletait.

-- Ouvre la grille à distance, ordonna-t-elle. Ouvre-la, je ne ralentis pas !

Il tapa le code. Le portail en fer forgé s'ouvrit majestueusement et elle se rua dans l'allée.

— Arrête la voiture.

— Dans une minute. Dans une minute...

Elle fonça dans l'allée circulaire, passant comme un bolide devant les arbres centenaires et les fontaines.

— Arrête la voiture ! répéta-t-il en lui caressant l'entrejambe.

Elle jouit immédiatement, violemment, évitant d'un cheveu un grand chêne. Le souffle court, elle immobilisa enfin le véhicule, qui dérapa et s'arrêta en travers de l'allée.

Elle se jeta sur Connors.

Ils arrachèrent leurs vêtements, se débattant frénétiquement dans l'espace confiné de la cabine. Elle lui mordit l'épaule, ouvrit sa braguette. Il jura. Elle éclata de rire quand il la tira dehors. Ils s'effondrèrent dans l'herbe.

— Dépêche-toi, dépêche-toi, suppliait-elle.

La bouche de Connors s'écrasa sur son sein à travers la chemise. Elle fouilla son pantalon, agrippa ses fesses.

Il haletait lui aussi, ravagé par un désir irrépressible. Féroce, il lui écarta les jambes sans ménagement pour s'enfoncer en elle.

Elle hurla de plaisir. Un plaisir sauvage, affolant. Trempée, brûlante, elle se vissait à lui de toute la force de ses muscles.

Incapable de s'arrêter, il ne pensait plus, plongeant encore et encore en elle comme un étalon sur une jument en chaleur. Il la voyait à peine à travers la brume rouge qui voilait sa vision mais il la sentait, luttant avec lui vers l'extrême du plaisir, l'extrême de l'extrême.

Et chacun de ces cris résonnait en lui comme un chant primitif.

Tout à coup, la vague brûlante déferla sur lui, l'avala, le noya. Jamais, depuis la première fois où il avait fait l'amour avec elle, il n'avait joui ainsi.

Il s'effondra, glissa sur l'herbe. Sous la lueur de la lune, ils gisaient en nage, à moitié nus, frissonnant comme les derniers survivants d'une guerre sans merci.

Avec un gémissement, elle roula sur le ventre, laissant l'herbe rafraîchir ses joues brûlantes.

— Seigneur... c'était quoi, ça ?

Il réussit à ouvrir les yeux.

— Dans d'autres circonstances, j'aurais dit que c'était de l'amour. Je n'ai pas de mot pour ça.

— Je t'ai mordu?

Il prit conscience de quelques douleurs ici et là. Tournant le cou, il regarda son épaule sur laquelle il vit l'empreinte violacée de ses dents.

— On le dirait bien.

Il observa une étoile filante qui laissa une brève traînée d'argent dans le ciel. Cela avait été un peu comme ça, comme de plonger aveuglément dans l'oubli.

— Tu vas bien? demanda-t-il.

— Je ne sais pas. Je dois y réfléchir... Nous sommes sur la pelouse, dit-elle lentement. Nos vêtements sont éparpillés, déchirés. Je suis quasiment sûre que la trace de tes doigts est imprimée sur mes fesses.

— En tout cas, j'ai fait de mon mieux.

Le ricanement d'Ève se transforma en gloussement, puis en fou rire.

— Seigneur, Connors, regarde-nous!

— Dans une minute. Je crois que je suis à moitié aveugle pour l'instant.

Mais il souriait en se redressant. Elle tremblait toujours de rire, ses cheveux étaient tout ébouriffés et quelques brins d'herbe parsemaient ses jolies fesses.

— Vous n'avez rien d'un flic, lieutenant.

Elle roula sur le côté.

— Et toi, tu n'as pas grand-chose d'un riche industriel respectable. (Elle tira ce qui lui restait de manche.) Mais la vue est intéressante. Comment vas-tu expliquer cela à Summerset?

— Je vais simplement lui dire que ma femme est une bête.

— Ça, il le pense déjà.

Jetant un coup d'œil vers la maison, elle vit que les lumières brillaient au rez-de-chaussée.

— Comment va-t-on rentrer ?

— Eh bien...

Il trouva un lambeau de sa chemise qu'il noua autour des seins d'Ève, ce qui la fit glousser de plus belle. Ils parvinrent à retrouver leurs pantalons et se regardèrent.

— Il va falloir commencer par se lever.

— D'accord.

Ni l'un ni l'autre ne bougea. Ils rirent à nouveau. Puis ils s'accrochèrent l'un à l'autre pour se redresser en titubant comme deux ivrognes.

— Il y a encore des vêtements là-bas. Des chaussures.

— Oh, flûte ! On les laisse.

— D'accord.

Pouffant comme des enfants qui viennent de faire une bonne farce, ils trébuchèrent sur les marches du porche. Ils ouvrirent la porte tout doucement, l'index sur les lèvres...

— Connors !

La voix était choquée.

— Je le savais, maugréa Ève, amère.

Summerset jaillit de l'ombre, son visage d'ordinaire si impassible creusé par l'inquiétude. Il contempla leurs vêtements, leurs yeux hagards.

— Il y a eu un accident ?

Connors se redressa de toute sa hauteur, gardant un bras autour des épaules d'Ève sans trop savoir lequel des deux soutenait l'autre.

— Non. Nous avons fait une petite promenade, voilà tout.

Ève jeta un regard par-dessus son épaule tandis

que Connors et elle s'aidaient mutuellement à monter l'escalier. En bas, Summerset les observait, bouche bée. L'image lui plut tellement qu'elle rigola jusqu'à la chambre.

Ils tombèrent sur le lit enlacés et s'endormirent sur-le-champ, comme des bébés.

7

Un peu avant huit heures le lendemain matin, en proie à une espèce de gueule de bois, Ève s'assit à son bureau. En fait, cette pièce que Connors avait fait aménager pour elle lui servait plutôt de sanctuaire. Elle était à l'image de l'appartement où elle vivait avant de le rencontrer, un appartement qu'elle avait eu du mal à quitter.

Il avait fait en sorte qu'elle le considère comme son propre espace. Même après plusieurs mois de vie commune, elle dormait rarement dans leur lit quand il était absent. Elle préférait se reposer ici, dans le fauteuil de relaxation.

Les cauchemars étaient moins fréquents désormais mais ils revenaient encore. Souvent aux moments les plus imprévisibles.

Ici, elle pouvait travailler, s'enfermer si elle désirait un peu de tranquillité. Et elle disposait d'une vraie cuisine équipée d'un AutoChef dernier cri dont elle préférait les services à ceux de Summerset.

Elle passa en revue les différentes affaires qui l'attendaient, essentiellement des dépositions au tribunal. Pas question de s'offrir le luxe de plancher exclusivement sur l'affaire Fitzhugh qui, pour le moment, était cataloguée comme suicide. Si elle ne trouvait pas quelque chose de solide d'ici un jour ou deux, elle devrait sans doute la classer.

A huit heures précises, on frappa à la porte.

— Entrez, Peabody.

— Je ne m'habituerai jamais à cette maison, annonça celle-ci en entrant. J'ai l'impression de me retrouver dans une vieille vidéo.

— Vous devriez demander à Summerset de vous faire visiter, répliqua Ève distraitement. Il y a du café.

Elle fit un vague geste vers l'AutoChef tout en continuant à examiner son emploi du temps.

Peabody s'éloigna en passant en revue les unités de divertissement alignées le long d'un mur et en se demandant quel effet cela faisait de pouvoir s'offrir toutes les distractions possibles et imaginables : musique, art, vidéos, hologrammes, réalité virtuelle, chambre de méditation. Jouer un set avec le dernier vainqueur de Wimbledon, danser avec un hologramme de Fred Astaire ou bien faire un voyage virtuel dans les palais du plaisir sur Régis III...

Rêveuse, elle gagna la cuisine. La machine était déjà programmée pour du café. Elle en commanda deux et rapporta les tasses fumantes dans le bureau. Patiemment, elle attendit qu'Ève ait fini de grogner.

— Exquis ! s'extasia Peabody en humant sa tasse. Du vrai café !

— Ouais, je finis par être trop gâtée. Je ne supporte plus le jus de chaussette du Central.

La mine extatique de son adjointe la fit sourire. Il n'y avait pas si longtemps, elle aussi avait réagi ainsi.

— Je n'avais jamais bu de vrai café avant de venir ici.

Peabody prenait de minuscules gorgées, comme si

elle avalait de l'or liquide. Ce qui était quasiment le cas car avec l'agonie des forêts tropicales, le café était devenu aussi cher que l'or.

— C'est incroyable, reprit-elle.

— Vous avez une demi-heure pour vous faire une overdose de café... le temps de passer en revue notre affaire.

Peabody ouvrit de grands yeux.

— Je peux en prendre encore ? Dallas, je vous vénère !

Amusée, Ève décrocha son com qui clignotait.

— Dallas, fit-elle avant de sourire. Oh salut, Feeney !

— C'est comment le mariage, ma petite ?

— Tolérable. Il n'est pas un peu tôt pour vous autres, les détectives électroniques ?

— J'ai une urgence. Un sac de nœuds au bureau du chef. Un plaisantin s'est introduit dans son logiciel et a failli bousiller tout le système.

— Ils ont réussi à pénétrer ?

Elle écarquilla les yeux de surprise. Elle n'était pas certaine que même Feeney le magicien soit capable de forcer les barrages de sécurité des ordinateurs de la police.

— On dirait bien. Ils ont semé un vrai bordel là-dedans. Je suis en train de tout remettre en place. Et comme je n'avais pas de tes nouvelles, je me suis dit que j'allais te passer un petit coup de fil.

— Je n'ai pas eu une minute à moi depuis mon retour.

— Tu veux dire que tu n'as pas pris une minute pour toi depuis ton retour, je te connais. C'est toi qui t'occupes de Fitzhugh ?

— Oui. Tu as quelque chose ?

— Non. Ici, on pense qu'il s'est refroidi tout seul et personne ne le regrette. Ce petit malin a ridiculisé trop de flics à la barre. Mais c'est drôle, quand même. C'est le deuxième suicide d'une grosse légume en un mois.

Ève fronça les sourcils.

— Le deuxième ?

— Ouais. Oh, c'est vrai, tu étais en pleine lune de miel ! Il s'agit d'un sénateur de Washington. Il y a deux ou trois semaines, il a sauté par une fenêtre. Les politiciens et les avocats sont tous fous, de toute manière.

— Tu pourrais m'avoir le dossier de ce type, par hasard ?

— Pourquoi ? Tu veux tenir un registre ?

— Ça m'intéresse, c'est tout. (Elle avait un étrange pressentiment.) Je t'invite la prochaine fois qu'on se retrouve à la cantine, O.K. ?

— Pas de problème. Dès que j'en ai fini avec ce sac de nœuds, je te transmets ça sur ton unité. Ne m'oublie pas, ajouta-t-il avant de raccrocher.

Peabody continuait à siroter son café.

— Vous pensez qu'il y a un lien entre Fitzhugh et le sénateur ?

— Un avocat, un politicien, marmonna Ève. Et un ingénieur en autotronique...

— Quoi ?

Ève secoua la tête.

— Je ne sais pas, fit-elle en attrapant son sac. Allons-y.

Peabody esquissa une grimace. Elle aurait bien pris un dernier café.

— Deux suicides dans deux villes différentes en un mois, ça n'a rien d'extraordinaire, commenta-t-elle en allongeant le pas pour rester à la hauteur d'Ève.

— Trois. Pendant que nous étions sur Olympus, un gosse s'est pendu. Drew Mathias. Essayez de trouver un lien entre eux, n'importe quoi qui les relie. Des gens, des endroits, des habitudes, leurs passe-temps...

— J'ignore le nom du politicien. Je n'y ai pas accordé une grande attention quand ça s'est passé, fit Peabody en sortant son ordinateur de poche.

— Mathias avait à peine plus de vingt ans. C'était un ingénieur en autotronique. Il travaillait pour Connors...

Elle hésita. Elle avait l'impression que Connors allait à nouveau se trouver mêlé à l'une de ses enquêtes.

— Si vous tombez sur un os, Peabody, demandez à Feeney. Il vous dénichera ces informations en un rien de temps.

Ouvrant la porte d'entrée, Ève fronça les sourcils. Sa voiture n'était pas en bas des marches.

— Bon sang, Summerset! Je vous dis toujours de laisser la voiture là où vous la trouvez.

Peabody mit ses lunettes de soleil.

— Je ne crois pas qu'il l'ait touchée. Elle bloquait l'allée quand je suis arrivée. Vous la voyez?

— Ah oui...

Ève s'éclaircit la gorge. La voiture était bien là où elle l'avait laissée la veille, en travers de l'allée. Sur la pelouse traînaient encore des lambeaux de vêtements.

— Gardez vos questions pour vous, gronda-t-elle en se dirigeant vers le véhicule.

— Je n'avais pas de questions, répondit Peabody d'une voix soyeuse. Je préfère imaginer.

— La ferme, Peabody!

— A vos ordres, lieutenant.

Elle se glissa sur le siège du passager et faillit éclater de rire quand Ève démarra en trombe.

Arthur Foxx transpirait. Oh, pas énormément! Juste un petit film luisant au-dessus de la lèvre supérieure, mais cela suffisait à réjouir Ève. Elle n'avait pas été surprise de constater qu'il se faisait aider par un avocat de la firme de Fitzhugh. Un jeune loup dans un costume très chic.

— Vous comprendrez sans peine que mon client soit bouleversé, attaqua d'emblée celui-ci. Le service funèbre à la mémoire de M. Fitzhugh a lieu à treize heures cet après-midi. Vous avez choisi un moment fort peu approprié pour cette entrevue.

— La mort choisit le moment, maître Ridgeway, et il est rarement approprié... Interrogatoire d'Arthur Foxx, affaire Fitzhugh, par le lieutenant Ève Dallas. Date : 24 août 2058. Heure : neuf heures trente-six. Pouvez-vous donner votre nom pour l'enregistrement?

— Arthur Foxx.

— Monsieur Foxx, vous savez que cet interrogatoire va être enregistré, n'est-ce pas?

— Oui.

— Vous avez exercé votre droit à bénéficier d'un conseil et vous comprenez vos responsabilités?

— Oui.

— Monsieur Foxx, souhaitez-vous réentendre vos précédentes déclarations concernant vos activités la nuit où M. Fitzhugh a trouvé la mort?

— Ce n'est pas nécessaire. Je vous ai dit ce qui s'est passé. Je ne vois pas ce que vous attendez encore de moi.

— Pour commencer, dites-moi où vous étiez entre

vingt-deux heures trente et vingt-trois heures cette nuit-là ?

— Je vous l'ai déjà dit. Nous avons dîné. Nous avons visionné une comédie puis nous nous sommes couchés pour regarder le journal de la nuit.

— Vous êtes resté chez vous toute la soirée ?

— C'est ce que je vous ai dit.

— Oui, monsieur Foxx, c'est ce que vous avez dit. Mais ce n'est pas ce que vous avez fait.

— Lieutenant, mon client est ici volontairement. Je ne vois pas...

— Épargnez-vous cette peine, maître, suggéra-t-elle. Vous avez quitté l'immeuble vers vingt-deux heures trente et y êtes revenu trente minutes plus tard. Où êtes-vous allé ?

Foxx tira sur le fil d'argent qui lui servait de cravate.

— Je... je suis sorti quelques minutes. J'avais oublié.

— Vous aviez oublié ?

La cravate crissait tandis qu'il la triturait.

— J'étais en pleine confusion. Sous le choc. Je ne me suis pas souvenu d'une chose aussi peu importante.

— Mais vous vous en souvenez maintenant, n'est-ce pas ? Où êtes-vous allé ?

— J'ai fait un tour, c'est tout. Dans le quartier.

— Vous êtes revenu avec un paquet. Qu'y avait-il dedans ?

Il comprit enfin que les caméras de sécurité de l'immeuble l'avaient surpris. La cravate crissa davantage.

— J'ai acheté quelques trucs dans un magasin. Des cigarettes végétales. J'en fume de temps en temps.

— Il nous sera facile de vérifier auprès du magasin en question.

— Des tranquillisants! cracha-t-il. Je voulais des tranquillisants pour me calmer et dormir! Il n'y a pas de lois contre ça.

— Non, mais il y a des lois contre les fausses déclarations faites à la police au cours d'une enquête.

— Lieutenant Dallas...

La voix de l'avocat était toujours aussi courtoise mais il semblait un peu agacé. Visiblement, Foxx ne s'était pas montré plus franc avec son avocat qu'avec la police.

— Le fait que M. Foxx ait quitté l'appartement pendant quelques minutes n'apporte pas grand-chose à l'enquête, poursuivit-il. Et la découverte de la mort de l'être aimé est une excuse plus que raisonnable pour négliger un détail aussi mineur.

— Un détail mineur? Peut-être... Vous n'avez pas mentionné non plus, monsieur Foxx, que M. Fitzhugh et vous avez eu une visite ce soir-là?

— Ce n'était pas vraiment une visite, dit Foxx avec raideur. Leanore est... était l'associée de Fitz. Ils devaient discuter travail. C'est aussi pourquoi j'ai décidé d'aller faire un tour. Je voulais les laisser tranquilles pour parler de leurs affaires. (Une pause.) C'était plus pratique pour tout le monde.

— Je vois. Donc, maintenant, vous affirmez avoir quitté l'appartement afin de permettre à votre compagnon et à son associée de discuter tranquillement... Pourquoi avez-vous omis de parler de la visite de Mme Bastwick dans vos précédentes déclarations?

— Je n'y ai pas pensé.

— Vous n'y avez pas pensé... Vous avez affirmé

que vous aviez dîné, visionné une comédie, puis que vous étiez allés vous coucher, mais vous avez négligé cette visite. Quels autres faits avez-vous encore négligé de me dire, monsieur Foxx ?

— Je n'ai rien de plus à dire.

— Pourquoi étiez-vous en colère en quittant l'immeuble, monsieur Foxx ? Cela vous dérangeait-il qu'une jolie femme, une femme avec laquelle M. Fitzhugh travaillait chaque jour, passe chez vous si tard le soir ?

— Lieutenant, vous n'avez aucun droit de sous-entendre...

Elle accorda à peine un regard à l'avocat.

— Je ne sous-entends rien, maître. Je demande, d'une façon très directe, si M. Foxx était furieux et jaloux quand il s'est rué hors de chez lui.

Foxx serrait les poings sur la table.

— Je ne me suis rué nulle part. Je suis sorti, c'est tout. Et je n'avais aucune raison d'être furieux ou jaloux à l'encontre de Leanore. Elle avait beau se jeter dans les bras de Fitz, il n'était pas le moins du monde intéressé.

Ève haussa les sourcils.

— Mme Bastwick se jetait dans les bras de M. Fitzhugh ? Cela a dû vous agacer prodigieusement, Arthur. Sachant que votre compagnon était aussi attiré par les femmes et qu'ils passaient des heures ensemble chaque jour au bureau... Oui, cela a dû vous être pénible de la voir venir chez vous pour lui faire du charme. Pas étonnant que vous ayez été en colère. A votre place, j'aurais eu envie de lui taper dessus.

— Il trouvait ça amusant ! s'exclama Foxx, qui perdait son sang-froid. En fait, il était flatté. Elle était beaucoup plus jeune que lui et très attirante. Et quand je me plaignais, il rigolait.

— Il se moquait de vous?

Ève savait comment s'y prendre. Sa voix se fit compatissante :

— Cela devait vous être insupportable, n'est-ce pas? Et cela vous rongeait de les imaginer ensemble, en train de se toucher et de rire de vous...

— J'aurais pu la tuer! explosa Foxx en repoussant rageusement la main de son avocat. Elle voulait me le prendre. Elle se moquait pas mal de savoir que nous étions mariés, que nous avions un engagement l'un vis-à-vis de l'autre. Tout ce qu'elle voulait, c'était gagner. Saloperie d'avocate!

— Vous n'aimez pas trop les avocats, je me trompe?

— Non. Je ne les aime pas en général. Mais Fitz n'était pas un avocat pour moi. Il était mon époux. Et si j'avais été disposé à commettre un meurtre, lieutenant, j'aurais assassiné Leanore.

Soudain calmé, il croisa les doigts.

— Maintenant, je n'ai plus rien à dire.

Jugeant que cela suffisait pour l'instant, Ève se leva.

— Nous nous reverrons, monsieur Foxx.

— J'aimerais savoir quand vous nous rendrez le corps, dit-il en se dressant à son tour avec raideur. J'ai décidé de ne pas annuler le service funèbre aujourd'hui, mais...

— C'est au médecin légiste de décider. Ses examens ne sont pas encore terminés.

Foxx secoua la tête d'un air dégoûté.

— Cela ne vous suffit pas qu'il soit mort? Cela ne vous suffit pas qu'il se soit tué, il faut encore que vous le charcutiez, que vous étaliez au grand jour tous les détails les plus intimes et les plus sordides de notre vie?

Elle ouvrit la porte.

— Non. Non, cela ne suffit pas...

Elle hésita puis tenta un coup en aveugle :

— J'imagine que M. Fitzhugh a été très choqué et bouleversé par le récent suicide du sénateur Pearly ?

Foxx se contenta de hocher vaguement la tête.

— Il a été choqué, sans aucun doute, même s'ils se connaissaient à peine. (Un muscle joua sur sa joue.) Si vous voulez dire que Fitz s'est ôté la vie parce qu'il était influencé par Pearly, c'est ridicule. Ils ont dû se rencontrer deux ou trois fois.

— Je vois. Ce sera tout.

Après leur départ, elle jeta un coup d'œil vers l'autre salle d'interrogatoire, où Leanore devait répondre aux questions de Peabody.

Prenant son temps, Ève s'arrêta devant un distributeur de boissons et de friandises et choisit un demi-tube de Pepsi. La machine la servit tout en lançant son habituel avertissement sur la nécessité de recycler les ordures et les dangers d'une trop forte consommation de sucre.

— Occupe-toi de tes oignons, rétorqua Ève.

Adossée au mur, elle sirota tranquillement sa boisson. Une attente de vingt minutes, estimait-elle, agacerait Leanore. Elle ne se trompait pas.

Quand elle pénétra dans la pièce, l'élégante avocate faisait les cent pas. Elle se retourna brusquement en entendant la porte glisser.

— Lieutenant Dallas, mon temps est très précieux, à la différence du vôtre !

— Cela dépend de quel point de vue on se place, répliqua paisiblement Ève. Je ne gagne pas deux mille dollars de l'heure, c'est vrai...

Peabody s'éclaircit la gorge.

— Pour enregistrement. Le lieutenant Ève Dallas

111

vient d'entrer en salle d'interrogatoire afin de conduire la suite de la procédure. Le sujet a été informé de ses droits et a choisi de se représenter lui-même.

— Parfait.

Ève s'assit et désigna la chaise face à elle :

— Dès que vous aurez fini votre ronde, madame Bastwick, nous pourrons commencer.

Leanore prit place, croisant ses jambes satinées.

— J'étais prête pour cet entretien à l'heure convenue. Avec vous, lieutenant, pas avec votre subordonnée.

— Vous entendez ça, Peabody ? Vous êtes ma subordonnée.

— C'est enregistré, chef, fit sèchement l'adjointe.

Leanore chassa une infime poussière de la manche de son tailleur noir.

— Je trouve cet interrogatoire inutile et insultant. Je dois assister au service à la mémoire de Fitz dans quelques heures.

— Vous ne seriez pas ici si vous n'aviez pas menti au cours de vos précédentes déclarations.

Le regard de Leanore devint glacial.

— Je présume que vous pouvez étayer cette accusation, lieutenant ?

— Vous avez affirmé être allée chez le défunt ce soir-là pour des motifs professionnels. Être restée là-bas, à parler affaires, entre vingt et trente minutes.

— Plus ou moins.

— Dites-moi, madame Bastwick, apportez-vous toujours une bouteille de vin à vos rendez-vous d'affaires ? Et est-ce que vous vous pomponnez toujours comme une reine du trottoir dans l'ascenseur ?

— Il n'y a pas de loi contre la coquetterie, lieutenant Dallas.

Elle effleura d'un regard méprisant la tignasse d'Ève et ajouta :

— Vous-même devriez essayer, de temps en temps.

— Merci pour le conseil... Bon. Vous vous poudrez, vous ouvrez les trois premiers boutons de votre chemisier, vous apportez une bouteille de vin. On dirait bien les prémices d'une tentative de séduction, Leanore.

Ève se pencha avec un air de connivence :

— Allez, on est entre filles. On connaît la chanson...

Leanore prit son temps. Elle restait de glace. A la différence de Foxx, elle ne transpirait pas.

— Je suis passée ce soir-là chez Fitz pour des motifs professionnels. Nous avons eu une brève conversation et je suis partie.

— Vous étiez seule avec lui ?

— Exact. Arthur a piqué une de ses crises et il est sorti.

— Une de ses crises ?

— C'était typique chez lui. (Il y avait un léger dédain dans sa voix.) Il était jaloux de moi. Il s'imaginait que j'essayais de lui enlever Fitz.

— Était-ce le cas ?

Un lent sourire se dessina sur les lèvres peintes de Leanore.

— Voyons, lieutenant, si je l'avais vraiment cherché, croyez-vous que j'aurais échoué ?

— Je dirais que si vous ne l'avez pas « vraiment » cherché, c'est parce que l'échec aurait été trop cuisant pour vous.

Leanore haussa une épaule.

— J'admets l'avoir envisagé. Fitz perdait son temps avec Arthur. Fitz et moi avions beaucoup en commun et je le trouvais très séduisant. J'avais beaucoup d'affection pour lui.

— Avez-vous parlé de cette affection ce soir-là ?

— Disons cela comme ça : j'ai clairement laissé entendre que je ne voyais aucun mal à une relation plus intime entre nous. Il n'a pas été immédiatement réceptif mais ce n'était qu'une question de temps.

Elle eut un geste désinvolte des épaules et ajouta :

— Arthur a dû le comprendre. Et c'est pour cela qu'il a tué Fitz.

— Curieux personnage, hein ? grommela Ève, une fois l'interrogatoire terminé. Elle ne voit rien de mal à séduire un homme marié, à briser une relation stable. En plus, elle est convaincue qu'il n'y a pas un homme au monde qui puisse lui résister. Une vraie garce, quoi.

— Vous allez la poursuivre ? s'enquit Peabody.

— Parce que c'est une garce ?

Avec un petit sourire, Ève secoua la tête.

— Je pourrais essayer de la coincer pour faux témoignage, mais elle et ses copains avocats nous riraient au nez. Ça n'en vaut pas la peine. Nous ne pouvons prouver qu'elle était sur les lieux à l'heure de la mort et elle n'a guère de mobile. Et je ne vois pas cette femme si élégante et si délicate se glisser derrière un type de cent kilos pour lui trancher les poignets. Tout ce sang sur son tailleur... elle aurait détesté ça.

— Donc, vous vous en tenez à Foxx ?

— Il était jaloux, furieux et il hérite de tout.

Ève se mit à arpenter la pièce.

— Mais nous n'avons rien de très solide, reprit-elle. En fait, j'ai tendance à croire ce qu'il m'a dit : il aurait plutôt tué Leanore que Fitzhugh. Je vais regarder ce qu'on a sur les deux premiers suicides.

— Je n'ai pas réussi à trouver grand-chose, annonça Peabody en la suivant hors de la salle d'interrogatoire. Je n'ai pas eu le temps.

— Maintenant, on a le temps. Et Feeney en a probablement terminé. Réunissez tout ce que vous pourrez, conclut Ève en entrant dans son bureau. Branchement, ordonna-t-elle à l'ordinateur. Nouveaux messages ?

Le visage de Connors apparut sur l'écran.

— Tu dois encore être en train de combattre le crime. Je suis en route pour Londres... un petit problème qui requiert ma présence. Ça ne devrait pas me prendre trop longtemps. Je serai de retour à huit heures, ce qui nous donnera largement le temps de nous envoler pour New Los Angeles assister à la première.

— Ah... ?

Sur l'écran, Connors sourit.

— J'étais sûr que tu avais oublié cette petite soirée. Voilà pourquoi je te la rappelle si gentiment. Prenez soin de vous, lieutenant.

Aller en Californie pour passer la soirée à jouer des coudes avec des célébrités, manger les ridicules petits légumes que ces gens-là considéraient comme de la nourriture et s'entendre poser les sempiternelles questions sur son métier n'avait rien de très excitant...

A deux heures, Ève entrait au Village Bistro. Elle était en sueur parce que le climatiseur de sa voiture était encore tombé en panne. Une agréable brise océanique soufflait dans le restaurant, caressant les palmiers qui poussaient dans d'immenses pots en porcelaine. Des tables en verre étaient disposées sur deux niveaux, stratégiquement placées autour d'un petit lagon ou auprès d'un hologramme qui représentait une plage de sable blanc. Des serveurs et serveuses en costumes tropicaux se frayaient un passage entre les tables, offrant des boissons colorées et des plats artistiquement décorés.

Le maître d'hôtel était un droïde vêtu d'un habit à queue-de-pie blanc et programmé avec un accent français prononcé. Un seul regard sur le jean délavé et la chemise froissée d'Ève le fit frémir.

— Madame, j'ai bien peur que nous ne soyons complet. Vous devriez pouvoir vous restaurer à la cafétéria un peu plus haut dans la rue.

Agacée, elle lui flanqua son insigne sous le nez.

— Oui, je pourrais. Mais c'est ici que je vais manger, mon gars. Où est le Dr Mira ?

— Rangez cela, siffla-t-il en regardant autour de lui d'un air affolé. Vous ne voudriez pas effrayer nos clients ?

— Et si je sortais mon arme, croyez-vous qu'ils en perdraient l'appétit ? C'est ce qui se passera si vous ne me conduisez pas immédiatement à la table du Dr Mira et si vous ne m'apportez pas un grand verre d'eau gazeuse bien fraîche. C'est enregistré ?

Il pinça les lèvres avant d'opiner. Raide comme un piquet, il la précéda à l'étage jusqu'à une alcôve qui ressemblait à une grotte marine.

Mira se dressa immédiatement pour lui prendre les deux mains.

— Ève ! Vous avez une mine superbe.

A la surprise d'Ève, elle l'embrassa sur la joue.

— Reposée. Heureuse, ajouta-t-elle.

— Ouais.

Après une brève hésitation, Ève lui rendit son baiser.

Le droïde avait déjà appelé un serveur :

— L'amie du Dr Mira souhaite un verre d'eau gazeuse.

— Glacée, précisa Ève avec un regard ironique pour le malheureux maître d'hôtel.

— Merci, Armand, dit Mira, un sourire aux lèvres. Nous commanderons dans quelques minutes.

Ève contempla les autres clients de ce restaurant très chic. Elle s'agita sur sa chaise.

— Nous aurions pu nous voir dans votre bureau.

— Je tenais à déjeuner avec vous. J'adore cet endroit.

— Le droïde est un casse-pieds.

— Eh bien, le programme d'Armand est peut-être un peu excessif mais la nourriture est délicieuse. Vous devriez essayer les Saint-Jacques. Vous ne le regretterez pas. (On servit l'eau d'Ève.) Dites-moi, comment s'est passée votre lune de miel ?

Ève avala d'un trait la moitié du verre.

— Et dites-moi combien de temps encore les gens vont me poser cette question ?

Mira éclata de rire. C'était une jolie femme à la chevelure couleur de sable, aux traits paisibles. Comme à son habitude, elle portait un tailleur, aujourd'hui dans les tons jaune pâle. C'était aussi un des meilleurs psychiatres du pays et elle était souvent consultée par la police.

Même si Ève n'en était pas consciente, Mira éprouvait pour elle une affection quasi maternelle.

— Cela vous gêne ?

— Eh bien, une lune de miel, l'amour, c'est assez personnel, vous comprenez ?... Enfin, c'est peut-être une réaction idiote. Je n'ai pas l'habitude, voilà tout. D'être mariée. De Connors. De tout ça.

— Vous vous aimez et vous vous rendez heureux.

Il est inutile de s'y habituer. Il faut seulement en profiter. Vous dormez bien ?

— La plupart du temps.

Et parce que Mira connaissait ses plus noirs et plus profonds secrets, Ève baissa sa garde :

— J'ai encore des cauchemars mais assez rarement. Les souvenirs vont et viennent. Maintenant, ils me semblent moins insupportables qu'avant.

— Vraiment ?

— Mon père abusait de moi, il me frappait, me violait, dit Ève d'un ton neutre. Je l'ai tué. J'avais huit ans. J'ai survécu. Tout cela est terminé. Ce qui s'est passé avant qu'on me retrouve dans cette impasse ne compte plus. Je suis Ève Dallas. Je suis un bon flic. Je me suis faite toute seule.

— Bien.

« Mais ce n'est pas encore terminé », songea Mira. Des traumatismes tels que ceux qu'avait vécus Ève engendraient des échos qui ne se taisaient jamais tout à fait.

— Vous placez toujours le fait d'être flic en premier, reprit-elle.

— C'est ce que je suis.

— Oui, fit Mira avec un petit sourire. Je suppose. Si nous commandions ? Après, vous me direz pourquoi vous m'avez appelée.

8

Ève suivit la recommandation de Mira et opta pour les coquilles Saint-Jacques. Elle s'accorda même du vrai pain au levain servi dans un panier d'argent. Tout en mangeant, elle dressa un portrait de Fitzhugh et rapporta au docteur les circonstances de sa mort.

— Vous aimeriez que je vous dise s'il était capable de se suicider? S'il y était disposé, émotionnellement, psychologiquement?

Ève opina.

— C'est à peu près ça.

— Malheureusement, c'est impossible. N'importe qui est capable d'un tel acte, dans certaines circonstances extrêmes.

— Je n'en crois pas un mot, répliqua Ève avec une telle fermeté, une telle conviction que Mira sourit.

— Vous êtes une femme, Ève. Vous êtes équilibrée, rationnelle, solide. Vous avez appris à survivre. Mais vous vous souvenez du désespoir, n'est-ce pas? De l'impuissance?

Oui, elle ne s'en souvenait que trop bien. Ève s'agita sur sa chaise.

— Fitzhugh n'était pas un homme désespéré.

— Qui sait ce qui se passe sous la surface? (Le Dr Mira leva la main avant qu'Ève ne l'interrompe.) Mais je suis d'accord avec vous : étant donné le portrait que vous m'avez fait de lui, son passé, son style de vie, il ne m'apparaît pas comme un candidat au suicide... en tout cas, pas de cette façon aussi soudaine et impulsive.

— C'était plus que soudain. J'avais eu affaire à lui au tribunal l'après-midi précédant sa mort. Il était égal à lui-même : suffisant et arrogant.

— Sans doute. Encore une fois, je peux seulement dire que beaucoup de ceux qui sont confrontés à une crise, à un choc émotionnel préfèrent y mettre un terme plutôt que d'essayer de surmonter ces épreuves. Ni vous ni moi ne pouvons deviner quel était l'état d'esprit de Fitzhugh la nuit de sa mort.

— Ça ne m'aide pas beaucoup, tout ça, grommela Ève. Bon, voyons avec les deux autres...

Brièvement, avec la concision d'un rapport de police, elle raconta les deux autres suicides.

— Cela vous inspire quelque chose? conclut-elle.

Mira eut un geste désolé.

— Qu'avaient-ils en commun? Un avocat, un politicien et un technicien.

Ève fronça les sourcils.

— Une tache dans le cerveau. Peut-être... Je n'ai pas encore toutes les données, mais ça pourrait être la raison. Après tout, il se peut que la cause soit physiologique et non psychologique.

— Vous vous éloignez de mon champ de compétence. Mais si vous trouvez quelque chose qui lie ces trois cas, je serai heureuse d'examiner tout ça.

Ève sourit.

— J'y comptais bien. Je n'ai pas beaucoup de temps. Après tout, il ne s'agit officiellement que d'un suicide. Je dois trouver quelque chose pour convaincre le commandant de ne pas classer l'affaire. Et pour l'instant...

— Ève?

Reeanna avait rejoint leur table. Elle était d'une élégance radieuse dans sa robe aux tons arc-en-ciel qui tombait jusqu'aux chevilles.

— Quelle excellente surprise! s'exclama-t-elle. Je déjeunais avec un collègue et je croyais bien vous avoir reconnue.

— Oh, bonjour Reeanna!

Ève parvint à sourire. Elle se moquait d'avoir l'air d'une clocharde à côté de la séduisante rousse, mais ça ne l'enchantait guère de voir sa discussion de travail interrompue.

— Dr Mira, Reeanna Ott.

Mira offrit sa main de bonne grâce.

— Docteur Ott. J'ai entendu parler de votre travail et je l'admire.

— Merci, et j'en dirais autant à votre sujet. C'est un honneur de rencontrer un de nos meilleurs psychiatres. J'ai lu nombre de vos publications et je les ai trouvées fascinantes.

— Vous me flattez. Voulez-vous vous joindre à nous pour le dessert?

— Avec joie. (Reeanna adressa un regard interrogateur à Ève.) Mais je ne voudrais pas m'imposer. Si vous parliez travail...

— Oh, nous avions fait le tour.

Ève leva les yeux vers le serveur que Mira avait discrètement appelé :

— Un café, simplement. Le mélange maison. Noir.

— Pareil pour moi, fit Mira. Et une Bagatelle aux Myrtilles. Je suis trop gourmande.

— Moi aussi, lança Reeanna avec un sourire rayonnant. Un double cappuccino et un Péché au Chocolat.

Elle se pencha vers Mira avec un air de conspiratrice et ajouta :

— J'ai l'intention de m'empiffrer tant que je suis à New York.

— Combien de temps resterez-vous en ville ?

— Cela dépend essentiellement de Connors... (Elle sourit à Ève.) Aussi longtemps qu'il désirera me garder ici. Je pense qu'il nous enverra sur Olympus dans quelques semaines, William et moi.

— Le Complexe Olympus est une fameuse réalisation, commenta Mira.

— Il voudrait qu'il soit pleinement opérationnel au printemps prochain. Nous verrons. En général, Connors obtient ce qu'il désire... N'est-ce pas, Ève ?

— Il ne serait pas arrivé là où il en est sans cela.

— En effet. Vous revenez du complexe. Avez-vous fait un tour aux Arcades autotroniques ?

— Un petit tour. Nous étions... assez occupés.

Reeanna esquissa un sourire malicieux.

— Je l'imagine aisément. Mais j'espère que vous avez pu essayer quelques programmes pendant votre séjour. William est si fier de ses jeux. Et je crois bien me rappeler que vous avez utilisé la chambre à hologrammes de la suite présidentielle ?

— Oui. Plusieurs fois, en fait. Très impressionnant.

— Pour l'essentiel, c'est une réalisation de William mais je l'ai un peu aidé. Nous prévoyons d'utiliser ce nouveau système pour le traitement des drogués et de certaines psychoses. (On leur servit les cafés et les desserts.) Cela devrait vous intéresser, docteur Mira.

— Certainement.

— C'est encore horriblement cher et nous espérons faire baisser les coûts de fabrication. Mais pour Olympus, Connors ne veut que ce qu'il y a de mieux. Comme le droïde Lisa.

Ève se souvenait de la séduisante droïde à la voix sucrée.

— Je l'ai vu.

— Il servira à l'accueil des clients. Un modèle très performant, qui a nécessité des mois de mise au point. Ses puces ne ressemblent à rien de ce qu'on trouve sur le marché. Il sera capable de prendre des décisions et même de développer une personnalité bien plus riche que les modèles existants. William et moi... (Elle s'interrompit en gloussant.) Mais je dois vous ennuyer. Je ne fais que parler travail !

Mira s'attaquait délicatement à sa Bagatelle.

— C'est fascinant, au contraire. Vos études des schémas des ondes cérébrales, des effets du code génétique sur la personnalité et des applications à l'électronique sont très convaincantes... même pour une psychiatre comme moi.

Elle hésita, lança un regard à Ève.

— En fait, reprit-elle, vos connaissances pourraient jeter une nouvelle lumière sur un cas dont Ève et moi discutions.

— Ah ? Comment cela ?

Les doigts d'Ève pianotaient sur le rebord de la table. Elle n'était venue ici que pour obtenir l'avis de Mira. Mais elle décida de profiter de l'occasion.

— Apparemment, il s'agit d'un suicide. Pas de motif, pas de prédisposition connue, pas d'incitation chimique, pas d'antécédent familial. L'analyse de son comportement ne donne aucun signe de penchant suicidaire. Aucun signe de dépression ou de fluctuation de la personnalité. Le sujet était un homme de soixante-deux ans, brillant, fortuné, bisexuel et engagé depuis des années dans un mariage homosexuel apparemment stable.

— Des troubles physiques ?

— Aucun. Un carnet de santé impeccable.

Les yeux plissés, Reeanna semblait profondément concentrée. Sur le cas, ou bien sur son dessert ? C'était difficile à dire...

— Aucun trouble psychologique ? Aucun traitement ?

— Non.

— Intéressant. J'aimerais voir le schéma de ses ondes cérébrales. C'est possible ?

— C'est une information classifiée.

— Hum... Sans anomalies connues, physiques ou psychologiques, et en l'absence de drogue ou de tout autre produit chimique, je pencherais pour un problème au cerveau. Peut-être une tumeur. Mais j'imagine que vous n'en avez trouvé aucune à l'autopsie ?

Ève pensa à la tache mais secoua la tête.

— Pas de tumeur, non.

— Certains cas de prédisposition échappent aux examens. Le cerveau est un organe compliqué qui défie encore les technologies les plus élaborées. Si je pouvais connaître ses antécédents familiaux...

Reeanna poussa un soupir et proposa :

— Eh bien, par pure hypothèse, je dirais que votre homme avait en lui une bombe génétique à retardement qui n'a pas été détectée aux examens qu'il a subis tout au long de sa vie. Il a atteint le moment où son fusible a sauté.

Ève haussa un sourcil.

— Son fusible a sauté ?

— C'est une façon de parler. Nous sommes tous

codés, Ève, dans la matrice. Ce que nous sommes, qui nous sommes. Pas simplement la couleur de nos yeux, la taille de nos os, notre teint, mais aussi notre personnalité, nos goûts, notre intellect et l'éventail de nos émotions. Le code génétique est gravé en nous au moment de la conception. Il peut être altéré dans une certaine mesure, mais les bases demeurent. Rien ne peut les changer.

— Nous sommes ce que nous sommes dès la naissance ?

Ève songea à une chambre crasseuse, à une lumière rouge clignotante et à une petite fille blottie dans un coin tenant un couteau couvert de sang.

— Précisément.

Mira esquissa une moue dubitative.

— Pour vous, l'environnement, le libre choix, le besoin primaire de tout être humain de s'améliorer ne comptent pas ? objecta-t-elle. Nous considérer simplement comme des créatures physiques sans âme, sans autre choix que de subir ce qui nous a été imposé à la naissance nous rabaisse au rang des animaux.

— Et c'est ce que nous sommes, dit Reeanna. Je comprends votre point de vue en tant que thérapeute, docteur Mira, mais le mien, en tant que physiologiste, me conduit à penser autrement. Les décisions que nous prenons tout au long de nos vies, ce que nous faisons, comment nous vivons et ce que nous devenons... tout cela a été imprimé dans nos cerveaux de fœtus. Votre sujet, Ève, devait s'ôter la vie à cet instant précis, en ce lieu précis et de cette façon précise. C'était son... destin et rien ne pouvait le modifier. Oui, je le répète, c'était son destin.

Le destin ? pensa Ève. Était-ce donc son destin d'avoir été battue et violée par son propre père ? D'être devenue moins qu'humaine ?

125

Mira secouait lentement la tête.

— Je ne puis vous approuver. Un enfant né dans la misère à Budapest, enlevé à sa mère à la naissance et élevé dans la richesse et l'amour à Paris, reflétera cette éducation. Vous ne pouvez évacuer ainsi le nid émotionnel, insista-t-elle.

— Je suis d'accord, jusqu'à un certain point, répondit Reeanna. Mais la marque du code génétique — ce qui nous prédispose au succès ou à l'échec, au bien ou au mal, si vous voulez — supplante tout le reste. Des monstres apparaissent aussi dans les familles les plus aimantes, les plus rassurantes. Et on trouve de la bonté et de la grandeur dans les bouges les plus sordides. Nous sommes ce que nous sommes, le reste, c'est de la littérature.

Ève se tapota la lèvre inférieure de l'index.

— Si je souscris à votre théorie, le sujet en question devait s'ôter la vie. Aucune circonstance, aucun événement n'aurait pu l'en empêcher. C'est cela ?

— Précisément. La prédisposition était là, dans l'ombre. Il est probable qu'un événement quelconque l'a libérée. Cela a très bien pu être une chose tout à fait mineure, qui n'aurait pas affecté un autre sujet. Les recherches en cours incitent à penser que le patrimoine génétique modèle fortement le cerveau et le schéma des ondes cérébrales, et qu'il exerce une irrésistible influence sur le comportement. Je peux vous prêter des disques sur le sujet, si vous le désirez.

— Je vous laisse la recherche fondamentale, à vous et au Dr Mira.

Ève repoussa sa tasse de café.

— Je dois rentrer au Central. Merci pour votre temps, docteur Mira, dit-elle en se levant. Et pour vos théories, Reeanna.

— J'aimerais vous en parler davantage. Quand vous le désirerez.

Reeanna serra la main d'Ève avec chaleur.

— Saluez Connors pour moi, ajouta-t-elle.

— Oui.

Ève ne put dissimuler sa gêne quand Mira se leva pour l'embrasser.

— A bientôt, docteur.

— Je l'espère bien, et pas simplement pour discuter d'une affaire. Dites bonjour à Mavis pour moi si vous la voyez.

— Pas de problème.

Jetant son sac sur son épaule, Ève adressa au passage une grimace au maître d'hôtel...

— Une femme fascinante, commenta Reeanna qui léchait sa cuillère avec délectation. Maîtresse d'elle-même, bouillant d'une colère contenue, sachant ce qu'elle veut et quelque peu gênée par une simple marque d'affection.

Elle eut un petit rire devant le sourcil haussé de Mira.

— Pardonnez-moi, déformation professionnelle. Cela rend William fou. Je ne pensais pas à mal.

— J'en suis sûre, répliqua Mira, amusée. Moi-même, je me surprends souvent à faire de même. Et vous avez raison, Ève est une femme fascinante. Qui s'est faite elle-même — ce qui, j'en ai peur, contredit votre théorie de l'empreinte génétique.

Reeanna éclata d'un rire joyeux.

— Vous avez peut-être raison. Pour tout vous avouer, elle n'est pas du tout ce à quoi je m'attendais en apprenant que Connors s'était marié. La première surprise était qu'il se marie. Mais je l'imaginais choisissant une épouse impeccable et sophistiquée, et non une détective de la Criminelle ! Pourtant, ils ont l'air de s'entendre à merveille. On pourrait même dire, ajouta-t-elle avec un sourire, qu'ils étaient prédestinés l'un à l'autre.

A son tour, Mira éclata de rire.

— Là, je suis d'accord avec vous !

A son bureau, Ève jonglait avec les informations recueillies sur Fitzhugh, Mathias et Pearly. Elle ne leur trouvait aucun point commun, si ce n'est qu'ils n'avaient jamais montré de tendances suicidaires par le passé.

— Probabilité pour que ces affaires soient liées ? demanda-t-elle.

Calcul. Probabilité : 5,2 %.

— Autant dire que dalle.

Ève lança un regard peu amène à l'aérobus qui venait de faire trembler ses vitres.

— Probabilité d'homicide dans le cas Fitzhugh selon les données connues ?

Calcul. La probabilité d'un meurtre s'élève à 8,3 %.

« Laisse tomber, Dallas, se dit-elle, maussade. Laisse tomber. »

Elle fit tournoyer sa chaise pour observer la circulation aérienne... La prédestination. Le sort. L'empreinte génétique. Si elle acceptait cette théorie, à quoi pouvait bien servir son travail... sa vie ? S'il n'y avait pas de choix, aucun changement, pourquoi sauver des vies ou défendre la justice ?

Si tout cela résultait d'un code physiologique, n'était-elle pas tout simplement le jouet du destin ? Son combat pour sortir de l'obscurité n'avait donc aucun sens. Et si jamais ce code était gravé en elle, allait-elle un beau jour se transformer en monstre, à l'image de son père?

Elle ne savait rien de ses autres parents. Elle ignorait tout de sa mère, elle ignorait si elle possédait des frères et sœurs, des tantes, des oncles, des grands-parents. Seul son père émergeait du grand vide de sa mémoire, cet homme qui l'avait frappée, violée et terrorisée tout au long de son enfance.

Et qu'elle avait fini par tuer.

A l'âge de huit ans. Était-ce pour cela qu'elle était devenue flic? Pour essayer de laver ce sang qu'elle avait sur les mains?

Peabody effleura l'épaule d'Ève, la faisant tressaillir.

— Désolée, chef. Ça va?

— Non.

Ève se massa les yeux. La discussion du dessert l'avait troublée bien plus qu'elle ne l'aurait cru.

— J'ai mal au crâne.

— J'ai des cachets.

— Non.

Ève avait peur des médicaments, de tous les médicaments.

— Ça va passer. Je suis à court d'idées sur l'affaire Fitzhugh, Feeney m'a donné tout ce qu'on avait sur le gosse d'Olympus, et je n'arrive pas à trouver le moindre lien eux et le sénateur. Je n'ai absolument rien contre Leanore et Arthur. Impossible de demander un passage au détecteur de mensonges. Je ne vais pas pouvoir continuer sur cette affaire.

— Vous pensez toujours que ces suicides sont liés?

— Je veux qu'ils soient liés. Ce n'est pas tout à fait pareil... Pour vos débuts à mes côtés, je ne vous donne rien de bien excitant à vous mettre sous la dent, n'est-ce pas ?

Peabody rougit légèrement.

— J'aime travailler avec vous. Je serais heureuse même si on passait les six prochains mois enfermées dans une voiture pour une filature inutile.

Ève se laissa aller dans sa chaise.

— Il en faut peu pour vous satisfaire, Peabody.

Celle-ci la fixa droit dans les yeux.

— Non, chef, c'est exactement le contraire. J'aime avoir ce qu'il y a de meilleur dans mon travail.

Amusée, Ève se passa une main dans les cheveux.

— Vous fayotez, officier ?

— Non, chef. Si je fayotais, je ferais quelques remarques personnelles. Par exemple : le mariage vous va bien, lieutenant. Vous n'avez jamais eu aussi bonne mine... Ça, ce serait du fayotage.

— C'est noté.

Ève réfléchit un instant avant d'incliner la tête.

— Vos parents sont des adeptes de l'Âge Libre, n'est-ce pas ?

— Oui, chef.

— Ces gens n'usent pas les bancs de l'académie de police. En général, ils deviennent artistes, fermiers, scientifiques ou plus souvent artisans.

— Je n'aimais pas le tissage.

— Vous sauriez tisser ?

— Oui, si on me menaçait avec un laser.

— Alors quoi ? Votre famille vous énervait et vous avez décidé de briser le moule, de vous rebeller et de choisir le métier le plus éloigné du pacifisme ?

Intriguée par ces questions, Peabody répondit néanmoins :

— Non, chef. J'adore ma famille. Nous sommes toujours très proches les uns des autres. Ils ne comprennent pas vraiment ce que je fais ni pourquoi, mais ils n'ont jamais essayé de me retenir. J'avais simplement envie de devenir flic, comme mon frère voulait devenir charpentier et ma sœur paysanne. L'un des grands principes de l'Âge Libre est l'expression individuelle.

— Mais vous ne correspondez pas à votre code génétique, marmonna Ève en pianotant sur son bureau. Vous ne correspondez pas. Votre hérédité, votre environnement, vos gènes... vous auriez dû être différente.

— Peut-être, mais je suis là et c'est ce qui me plaît.

— S'il vous vient l'envie de vous mettre au tissage...

— Vous serez la première à le savoir.

Le com d'Ève lança son appel feutré.

— Ah, le rapport d'autopsie du gosse !

Ève fit signe à Peabody d'approcher.

— Existence d'anomalie dans le cerveau ? demanda-t-elle.

Anomalie microscopique dans l'hémisphère cérébral droit, lobe frontal, quadrant gauche. Inexpliquée. Recherches et examens plus approfondis en cours.

— Tiens, tiens... Eh bien, je crois qu'on vient de trouver ce qu'on cherchait. Afficher vue du lobe frontal et de l'anomalie. (Une vue en coupe du cerveau apparut sur l'écran.) Là, cette ombre en tête d'épingle... Vous la voyez ?

— A peine.

Peabody se pencha un peu plus, jusqu'à ce qu'elles soient joue contre joue.

— On dirait un défaut dans la transmission, suggéra-t-elle.

— Non, c'est un défaut dans le cerveau. Agrandir quadrant six, vingt pour cent.

L'image bougea et la section avec la tache emplit l'écran.

— Ça ressemble plus à une brûlure qu'à un trou, non ? remarqua Ève à mi-voix. Ce n'est vraiment pas grand-chose, mais quels troubles ce truc peut-il causer ? Quelle influence peut-il avoir sur le comportement, la personnalité ?

Peabody haussa les épaules.

— Je n'étais pas très assidue aux cours de physiologie à l'Académie. J'étais plus douée en psycho et en tactique. Ceci me dépasse.

— Moi aussi, admit Ève. Mais c'est un lien. Notre premier... Comparer avec anomalie dans le cerveau de Fitzhugh, fichier : H-1-2-8-7-1.

L'écran grésilla puis se transforma en une nappe grise. Ève jura, flanqua une claque au moniteur qui afficha une image tremblante de la taille d'un timbre-poste.

— Quelle saloperie ! Mais quelle saloperie ! Pourquoi faut-il qu'on utilise ces trucs au rabais ? Je me demande comment on arrive à boucler des enquêtes avec un matériel pareil. Copie-moi toutes les données sur disque, crétin !

— Vous pourriez peut-être envoyer cette unité à la maintenance, suggéra sagement Peabody.

Ève eut un rictus féroce.

— Ils devaient me le réparer pendant mon absence. Ces idiots de la maintenance passent leur temps à glander. Je vais utiliser une des bécanes de Connors. (Elle surprit le sourcil levé de Peabody.) Ça vous pose un problème, officier ?

Peabody ravala ses observations sur le règlement qu'Ève s'apprêtait à enfreindre.

— Non, chef. Aucun problème.

— Parfait. Alors, mettez-vous au travail et rapportez-moi le scanner du cerveau du sénateur.

Le sourire confiant de Peabody s'effrita quelque peu.

— Vous voulez que j'aille me frotter aux services secrets de Washington Est ?

— Vous avez la peau assez dure pour ça.

Ève éjecta le disque et l'empocha.

— Appelez-moi dès que vous l'aurez, précisa-t-elle. A la seconde où vous l'aurez.

— Oui, chef... Si nous trouvons la même chose, il va nous falloir un expert pour analyser ce truc, non ?

Ève pensa à Reeanna.

— Oui. Il se peut que j'en connaisse un... Remuez-vous, Peabody.

— Je me remue, lieutenant.

9

Ève se tenait devant la porte verrouillée du bureau privé de Connors. C'était assez déconcertant qu'après une dizaine d'années passées à obéir aveuglément aux règlements, elle eût de moins en moins de mal à les contourner.

« La fin justifie-t-elle les moyens? songea-t-elle. Et les moyens sont-ils vraiment si mauvais? »

Elle posa la main sur l'écran de sécurité.

— Dallas, lieutenant Ève.

Les verrous se désengagèrent avec un chuintement feutré et elle pénétra au cœur de l'empire de Connors. La courbe des fenêtres était assombrie pour voiler le soleil. Elle demanda de la lumière et se dirigea vers l'immense console en forme de U.

Plusieurs mois auparavant, Connors avait programmé ses empreintes palmaire et vocale dans le système, mais elle n'avait jamais utilisé seule cet équipement. Même maintenant qu'ils étaient mariés, elle se sentait comme une intruse.

Elle prit place devant la console.

— Unité 1, en marche.

Le disque glissa soyeusement dans la fente et, en

quelques secondes, fut décodé par cette console obéissante.

— Bravo pour le matos de la police de New York, maugréa-t-elle. Écran mural en plein. Afficher données. Fitzhugh, fichier : H-1-2-8-7-1. Partager écran avec Mathias : fichier S-3-0-9-1-2.

Les informations coulèrent comme une cascade sur l'immense mur faisant face à la console. Admirative, Ève étudia les dates de naissance, les crédits bancaires, les dépenses courantes, les affiliations politiques.

— Des étrangers. Ils n'ont absolument rien en commun.

Puis elle pinça les lèvres en notant certaines dépenses.

— Bon, ils aimaient les jeux tous les deux. Beaucoup de branchements en temps réel, des tas de programmes interactifs. (Elle soupira.) Comme à peu près 70 % de la population... Afficher scanners du cerveau.

Une seconde plus tard, Ève examinait les deux images.

— Agrandir et préciser les anomalies inexpliquées.

Identiques, se dit-elle. Les brûlures avaient exactement la même taille, la même forme et se situaient exactement au même endroit.

— Analyser l'anomalie et identifier.

Recherche... données incomplètes... recherche des dossiers médicaux. Attendre, s'il vous plaît, pour analyse.

Elle s'écarta de la console tandis que l'ordinateur triturait sa cervelle informatique. Quand la porte s'ouvrit, elle faillit rougir en apercevant Connors.

— Salut, lieutenant !

— Salut.

Elle enfonça ses mains dans ses poches.

— Je... euh... j'avais des problèmes avec mon unité au Central. J'ai besoin de cette analyse alors... mais je peux attendre si tu veux la machine.

— Inutile.

Sa gêne évidente l'amusait. Il la rejoignit pour lui baiser doucement le front.

— Et inutile de me donner une explication parce que tu utilises cet équipement, ajouta-t-il. Tu cherches des secrets ?

— Non. Enfin, pas ceux que tu imagines. J'avais besoin d'une machine un peu plus évoluée que les boîtes de conserve du Central. Et je ne pensais pas que tu reviendrais si tôt.

Il continuait à sourire

— Je me suis libéré de bonne heure. Tu as besoin d'un coup de main ?

— Non. Je ne sais pas. Peut-être... Arrête de ricaner.

— Moi, ricaner ?

Il sourit de plus belle en glissant les mains dans les poches arrière du jean d'Ève.

— Comment était le déjeuner avec Mira ?

Elle fit grise mine.

— Tu as des espions dans tous les restaurants de la ville ?

— Quasiment. En fait, j'ai vu William, et il m'a dit que Reeanna était tombée sur le bon docteur et toi. Travail ou plaisir ?

— Les deux...

Elle haussa un sourcil.

— Je suis en service, Connors. Tu es en train de tripoter les fesses d'un flic en service !

— C'est encore plus excitant, murmura-t-il en lui léchant le cou. Tu veux qu'on enfreigne d'autres lois ?

— C'est déjà fait.

Mais elle se pencha instinctivement vers lui. Les mains de Connors remontèrent sur ses seins.

— Alors, pourquoi ne pas continuer ? J'aime te sentir...

Il était en train de lui effleurer la joue du bout des lèvres quand l'ordinateur émit un bruit.

Analyse terminée. Vidéo ou audio ?

— Vidéo, ordonna Ève en se tortillant pour se libérer.

— Zut ! soupira Connors. J'allais réussir...

— Qu'est-ce que c'est que ce truc ?

Les poings sur les hanches, Ève contemplait l'écran.

— C'est n'importe quoi, reprit-elle. Absolument n'importe quoi.

Résigné, Connors s'assit sur le rebord de la console et étudia l'écran.

— C'est technique. Des termes médicaux, essentiellement. Je ne suis pas très compétent là-dedans. Une brulûre d'origine électronique. Ça te dit quelque chose ?

— Je n'en sais rien. (Elle se tirait l'oreille d'un air pensif.) Et toi, ça te dit quelque chose, deux morts qui ont une brûlure dans le lobe frontal du cerveau ?

— Quelqu'un a fait joujou avec l'équipement pendant l'autopsie ? suggéra Connors.

Elle secoua lentement la tête.

— Non. Pas avec deux types différents, examinés par deux légistes différents, dans des morgues différentes. Et elles ne sont pas en surface. Elles sont à l'intérieur du cerveau. Des pointes microscopiques.

— Quel rapport entre les deux hommes ?

— Aucun. Absolument aucun.

Elle hésita avant de hausser les épaules. D'une certaine façon, il était déjà mêlé à cette histoire.

— Un de ces hommes travaillait pour toi, expliqua-t-elle. L'ingénieur en autotronique du Complexe Olympus.

— Mathias ?

Connors n'avait soudain plus l'air amusé du tout.

— Pourquoi enquêtes-tu sur un suicide survenu sur Olympus ?

— Je n'enquête pas. Pas officiellement. Mais j'ai un pressentiment. L'autre cerveau que ta belle machine a décortiqué est celui de Fitzhugh. Et si Peabody ne se fait pas manger par les gros manitous de Washington, j'aurai bientôt celui du sénateur Pearly.

— Et tu espères trouver cette brûlure microscopique dans le cerveau du sénateur ?

— Tu comprends vite, Connors. C'est une chose que j'ai toujours admirée chez toi.

— Pourquoi ?

— Parce que ça m'évite de tout expliquer en détail.

Il plissa les yeux.

— Ève !

Elle leva les mains.

— D'accord, d'accord... Fitzhugh ne me faisait pas l'effet d'un suicidaire. Je ne pouvais pas clore l'enquête avant d'avoir exploré toutes les pistes. Le problème, c'est que je n'avais aucune piste. J'aurais dû laisser tomber mais je n'arrêtais pas de penser à ce gamin qui s'était pendu.

Nerveuse, elle se mit à arpenter la pièce.

— Lui non plus n'avait aucune prédisposition. Pas de motif apparent, pas d'ennemi connu. Il s'est préparé une petite soirée tranquille chez lui puis il a fabriqué son nœud coulant. Point final... Et puis j'ai entendu parler du sénateur. Cela fait trois suicides inexpliqués. De plus, des gens fortunés comme Fitzhugh et Charly n'ont qu'à claquer des doigts pour obtenir ce qu'ils désirent. En cas de maladie fatale, ils pouvaient choisir l'euthanasie. Il existe aujourd'hui des moyens indolores d'en finir. Mais ils ont tous les deux préféré un scénario sanglant et pénible. Ça ne colle pas.

Connors opina.

— Continue.

— Quand l'autopsie de Fitzhugh a révélé cette anomalie, j'ai voulu voir si, par hasard, elle n'existait pas aussi chez le gamin. (Elle montra l'écran.) C'est le cas. Maintenant, je veux savoir ce qui a provoqué cette brûlure.

Connors étudia lui aussi l'écran.

— Un défaut génétique ?

— Possible, mais l'ordinateur dit que c'est peu probable. En tout cas, il n'a jamais rien vu de pareil jusqu'ici... que ce soit héréditaire, par mutation ou d'origine externe.

Elle passa derrière la console et fit défiler les données sur l'écran.

— Regarde... la projection des conséquences mentales possibles. Altérations du comportement d'ordre inconnu. Voilà qui m'aide beaucoup, maugréa-t-elle.

Elle se frotta les yeux en réfléchissant.

— Mais cela me dit quand même que le sujet devait se conduire d'une façon anormale. Pour ces deux-là, le suicide était une conduite anormale.

— C'est vrai, approuva Connors. Mais ils auraient tout aussi bien pu se mettre à danser nus dans une église ou bien à assommer des vieilles dames dans la rue. Pourquoi ont-ils tous les deux choisi le suicide ?

— Telle est la question. Mais pour l'instant, j'en ai assez pour aller trouver Whitney et lui demander de continuer l'enquête... Transmettre toutes les informations sur disque, imprimer une copie, ordonna-t-elle avant de se tourner vers Connors. J'ai un peu de temps devant moi, maintenant...

Soudain très intéressé, il haussa les sourcils dans un mouvement qui lui était familier et qu'elle adorait.

— Vraiment ?

— Quelle loi voulais-tu enfreindre, déjà ?

— Plusieurs, en fait.

Il jeta un coup d'œil à sa montre avant de déboutonner son élégante chemise de lin.

— Nous avons une première en Californie ce soir...

Elle se figea, l'air dépité.

— ... mais je crois que nous avons le temps de commettre quelques délits, ajouta-t-il, malicieux.

Avec un rire, il la prit dans ses bras.

Ève se débattait avec un fourreau de soie rouge quand son com sonna. Nue jusqu'à la taille, elle décrocha.

— Peabody ?

— Chef...

Plusieurs expressions passèrent sur le visage de l'adjointe avant qu'elle adopte un air prudemment neutre.

— C'est une très jolie robe, lieutenant. Vous lancez une nouvelle mode ?

Interloquée, Ève baissa les yeux.

— Vous avez déjà vu mes seins, non?

Elle posa le com pour enfiler le haut du fourreau.

— Et puis-je dire, chef, qu'ils sont ravissants?

— Vous fayotez, Peabody?

— Un tout petit peu.

Ève étouffa un gloussement et s'assit sur le rebord d'un sofa.

— Votre rapport?

— Oui, chef, je... euh...

Remarquant que Peabody fixait un point derrière elle, Ève se retourna. Connors sortait de sa douche, trempé, de petites gouttes d'eau ruisselant sur son torse nu, une serviette blanche nouée autour de la taille.

— Ne reste pas là, tu veux, Connors? Tu la déstabilises.

Apercevant le com branché, il sourit de toutes ses dents.

— Salut, Peabody.

— Bonjour. (Elle avait du mal à déglutir.) Ravie de vous voir... je veux dire, comment allez-vous?

— Très bien, et vous?

— Hein?

— Connors, soupira Ève, arrête, tu veux? Ou j'éteins l'écran.

— Ce sera inutile, lieutenant, fit Peabody d'une voix altérée tandis que Connors glissait hors du champ. Seigneur, souffla-t-elle en adressant un sourire idiot à Ève.

— Calmez vos hormones, Peabody, et au rapport!

— Bien, chef. (Elle s'éclaircit la voix.) J'ai pu déjouer la plupart des obstacles bureaucratiques, lieutenant. Encore une ou deux démarches à effectuer. Il nous sera possible d'obtenir les informations demandées demain à neuf heures. Mais nous devrons aller les consulter sur place, à Washington Est.

— C'est ce que je craignais. Très bien, Peabody. Nous prendrons la navette de huit heures.

— Prends plutôt mon jet privé, proposa Connors derrière elle tout en examinant son habit de soirée.

— C'est une affaire de police.

— Ce n'est pas une raison pour t'enfermer dans une boîte à sardines. Un peu de confort ne rendra pas ce voyage moins officiel. D'ailleurs, j'ai quelques affaires à régler à Washington Est. Je vous emmènerai.

Se penchant par-dessus l'épaule d'Ève, il sourit à Peabody.

— J'enverrai une voiture vous chercher. A sept heures quarante-cinq, ça ira ?

— Oh, oui ! Génial.

— Écoute, Connors...

Il ne laissa pas le temps à Ève d'enchaîner.

— Désolé, Peabody, nous sommes en retard. A demain.

Il coupa la communication.

— Tu sais, ça me met en boule quand tu fais des trucs pareils !

— Oui, je sais, répondit-il, enjoué. C'est pour ça que je les fais.

— Depuis que je t'ai rencontré, je n'arrête pas d'expérimenter de nouveaux moyens de transport, grommela Ève le lendemain matin en prenant place dans le Jet Star privé de Connors.

— Encore énervée, observa-t-il avant de faire signe à l'hôtesse. Ma femme a besoin d'une autre tasse de café, et moi aussi.

— Tout de suite, monsieur.

Elle s'éloigna en silence dans l'allée.

— Ça t'amuse de proclamer partout que je suis ta femme, hein?

— Énormément.

Lui soulevant le menton du bout du doigt, il embrassa sa fossette.

— Tu n'as pas assez dormi, murmura-t-il en frôlant du pouce les cernes qui soulignaient ses yeux.

L'hôtesse revint pour déposer deux tasses fumantes devant eux.

— Merci, Karen. Nous partirons dès que l'officier Peabody arrivera.

— Je vais informer le pilote, monsieur. J'espère que le vol vous sera agréable...

Ève considéra son mari d'un air suspicieux.

— Tu n'es pas vraiment forcé d'aller à Washington Est, n'est-ce pas?

— J'aurais pu régler ça de New York, admit-il en haussant les épaules. Bah! Parfois, il est bon de se déplacer en personne. Et je m'offre, en plus, le plaisir de te voir travailler.

— Je ne veux pas que tu sois mêlé à ça.

Il se contenta de sourire.

— Ma vie est mêlée à la tienne. Tu vas avoir du mal à me tenir à l'écart.

— Tu veux dire que tu refuses d'être tenu à l'écart!

— Précisément. Ah! voilà la redoutable Peabody...

Fraîche et impeccable, celle-ci grimpa à bord et se figea, bouche bée, regardant partout autour d'elle.

La cabine était aussi somptueuse que le salon d'un hôtel cinq-étoiles, avec des divans profonds, des tables étincelantes, des vases en cristal emplis de fleurs encore couvertes de rosée.

— Fermez la bouche, **Peabody**! Vous avez l'air d'une truite.

— Oui, lieutenant.

— Ne faites pas attention à elle, Peabody, elle s'est levée du pied gauche.

Galant, Connors se leva pour lui offrir un siège... ce qui déconcerta l'adjointe.

— Voudriez-vous un café? proposa-t-il gentiment.

— Euh... oui, oui. Merci.

— Je vais vous le chercher. Je vous laisse travailler.

— Dallas, c'est... extra.

— Non, c'est Connors, maugréa Ève.

— C'est ce que je veux dire, il est extra.

Il revenait avec le café.

— Attachez votre ceinture, Peabody, et appréciez la balade.

Le voyage fut bref, laissant à peine le temps à Peabody d'expliquer les détails. Elles devaient se présenter au chef de la Sécurité du Gouvernement. Toutes les informations seraient consultées dans l'enceinte du bâtiment, et aucune ne pourrait être transférée ou transportée.

— Maudits politicards! gronda Ève tandis qu'elles sautaient dans une voiture. Qui protègent-ils, bon sang? Pearly est mort.

— C'est la procédure normale de la C.I.A. Et il y a toujours quelqu'un à protéger, à Washington Est.

Ève considérait l'adjointe d'un air intrigué.

— Vous êtes déjà venue ici?

Peabody haussa les épaules.

— Une fois, quand j'étais gosse. Avec ma famille. Les militants de l'Âge Libre avaient organisé une manifestation silencieuse contre l'insémination artificielle du bétail à cornes.

Ève eut un petit rire.

— Vous êtes pleine de surprises, Peabody... Mais puisque vous n'êtes pas venue ici depuis un bon moment, je vous suggère d'apprécier le paysage. Regardez les monuments.

Elle fit un geste vers le Lincoln Memorial et ses touristes.

— J'ai vu des tas de vidéos... commença Peabody, mais Ève haussa les sourcils.

— Admirez le paysage, Peabody. C'est un ordre.

— Chef.

Avec ce qui pouvait être considéré comme une grimace, Peabody détourna la tête.

Ève sortit un enregistreur miniature pas plus gros qu'un timbre-poste qu'elle coinça sous sa chemise. Il y avait peu de chances, se dit-elle, qu'on les passe aux rayons X ou qu'on leur fasse une fouille corporelle.

— C'est une jolie ville à visiter, commenta-t-elle tandis qu'elles empruntaient la route qui longeait la Maison Blanche.

La vieille maison était à peine visible au-delà de son enceinte renforcée et des bunkers d'acier.

Peabody la fixa droit dans les yeux.

— Vous savez, vous pouvez me faire confiance, lieutenant.

— Ce n'est pas une question de confiance. Mais vous êtes mon adjointe et vous êtes en formation. C'est à moi de décider jusqu'où vous exposer.

— Oui, chef, fit Peabody avec raideur.

Ève soupira.

— Ne montez pas sur vos grands chevaux. Le jour viendra où je vous laisserai seule aux prises avec le commandant. Et croyez-moi, c'est un dur à cuire.

Le taxi s'arrêta devant le bâtiment de la Sécurité. Ève sortit la première et posa sa paume sur le scanner d'identification. Peabody en fit autant sur une plaque voisine.

— Dallas, lieutenant Ève, et son adjointe. Rendez-vous avec le chef Dudley.

— Autorisation confirmée. Nous vous prions de laisser vos armes en consigne. Avertissement : pénétrer avec une arme dans cette enceinte constitue un délit fédéral.

Ève déposa son arme de service dans un panier sorti du mur puis, après une brève hésitation, se pencha pour prendre une autre arme dans sa botte. Devant le regard interrogateur de Peabody, elle haussa les épaules.

— J'en porte une deuxième depuis ma soirée avec Casto. Une arme de secours m'aurait évité quelques problèmes.

Peabody abandonna son paralyseur réglementaire dans un panier jumeau et hocha la tête.

— J'aurais souhaité que vous acheviez ce salopard.

Jusqu'à ce jour, l'adjointe avait pris soin de ne pas mentionner le détective des Substances illégales qui l'avait séduite.

— Je suis désolée que ça se soit passé ainsi, fit Ève. Si vous désirez en discuter...

Peabody se racla la gorge.

— Je ne suis pas trop du genre à discuter. Merci quand même.

— Eh bien, dites-vous qu'il va bronzer dans sa cellule pendant un siècle.

Un mauvais sourire se dessina sur les lèvres de Peabody.

— C'est déjà ça.

— Autorisation d'entrer accordée. S'il vous plaît, franchissez la grille, utilisez l'autotram de la ligne verte jusqu'au second niveau.

— Seigneur, ils nous sortent le grand jeu! On dirait qu'on va voir le président en personne!

Elles franchirent la grille, qui se referma aussitôt derrière elles, avant de s'installer sur les sièges en plastique d'un tram. L'engin se faufila entre les bunkers puis pénétra dans un tunnel d'acier qui s'enfonçait dans la terre, jusqu'à ce qu'une voix désincarnée leur ordonne de sortir. Elles se trouvaient dans une immense antichambre éclairée par une lumière artificielle désagréable. Les murs étaient couverts de moniteurs.

— Lieutenant Dallas, officier...

L'homme qui les attendait portait l'uniforme gris des employés de la Sécurité du Gouvernement. Il avait le rang de caporal. Ses cheveux blonds étaient coupés si court qu'on voyait son crâne pâle. Son visage était tout aussi pâle. Il devait passer le plus clair de son temps dans cette grotte. Son uniforme avait du mal à contenir tous ses muscles.

— Laissez vos sacs ici, s'il vous plaît. Aucun matériel électronique ou d'enregistrement n'est autorisé au-delà de cette zone. Vous êtes sous surveillance et vous le resterez jusqu'à ce que vous ayez quitté l'enceinte. C'est compris?

— C'est compris, caporal.

Ève lui remit son sac puis celui de Peabody, avant d'empocher les reçus qu'il lui tendait.

— C'est une sacrée installation que vous avez là, commenta-t-elle.

— Nous en sommes fiers. Par ici, lieutenant.

Après avoir enfermé les sacs dans un coffre à l'épreuve des bombes, il les conduisit jusqu'à un ascenseur qu'il programma pour la Section 3, Niveau A. Les portes se refermèrent sans un bruit. Elles eurent à peine la sensation de mouvement. Ève avait envie de demander combien les contribuables payaient pour ce luxe mais se dit que le caporal ne comprendrait sûrement pas l'ironie...

L'étape suivante fut un grand hall peuplé de chaises en mousse et d'arbres en pots. La moquette était épaisse et sans nul doute équipée d'un détecteur de mouvement. La console à laquelle trois employés s'affairaient était bourrée de moniteurs, d'ordinateurs et de systèmes de communication. La musique d'ambiance était d'une fadeur consternante.

Les trois employés n'étaient pas des droïdes, mais ils étaient si raides, si mécaniques, qu'Ève les plaignit sincèrement d'être humains.

— Reconfirmation des empreintes palmaires, s'il vous plaît, demanda le caporal.

Dociles, Ève et Peabody étalèrent leur main droite sur la plaque.

— Désormais, le sergent Hobbs vous escortera.

Le sergent Hobbs était une femme. Sans un mot, elle quitta la console et les précéda vers une nouvelle porte blindée puis le long d'un corridor.

Au dernier point de contrôle, un détecteur de métal vérifia qu'elles ne portaient pas d'armes. Elles pénétrèrent enfin dans le bureau du chef.

Celui-ci était aussi vaste qu'un lac. Un mur était couvert d'écrans de surveillance montrant le bâtiment et ses environs. Sur un autre mur étaient accrochés des hologrammes de Dudley en compagnie de chefs d'État, de rois et d'ambassadeurs. Son centre de com rivalisait avec la salle de contrôle de la NASA.

Mais l'homme lui-même éclipsait tout le reste.

Il était énorme, facilement deux mètres de haut et cent trente kilos. Son visage large était tanné par le soleil, sa chevelure, impeccablement courte et blanche. Ses mains, aussi grosses que des jambons, arboraient deux bagues : l'une était le symbole de son rang, l'autre un épais anneau de mariage.

Dressé comme une montagne, il étudia Ève d'un regard d'onyx. Il n'accorda pas un coup d'œil à Peabody.

— Lieutenant, vous enquêtez sur la mort du sénateur Pearly ?

« A quoi servent les politesses ? » se dit Ève avant de lui répondre tout aussi directement :

— C'est exact, chef Dudley. Je tiens à vérifier si la mort du sénateur est liée à une de mes affaires. Votre coopération est bien sûr notée et appréciée.

— Ce lien que vous évoquez me semble plus qu'improbable. Néanmoins, et après avoir pris connaissance de vos états de service, je ne vois aucune objection à ce que vous consultiez le dossier du sénateur.

— Même une probabilité extrêmement mince mérite qu'on s'y intéresse, chef Dudley.

— Tout à fait d'accord. J'admire la ténacité.

— Dans ce cas, puis-je vous demander si vous connaissiez le sénateur personnellement ?

— Je le connaissais et, même si je ne soutenais pas son action politique, il m'apparaissait comme un serviteur fervent de la chose publique et un homme doté d'un solide sens moral.

— Un homme qui vous semblait susceptible de se suicider ?

Les yeux de Dudley bougèrent pour la première fois.

— Non, lieutenant. Et c'est la raison pour laquelle vous êtes ici. Le sénateur laisse derrière lui une famille désemparée, qui, tout comme moi, ne comprend pas son geste.

Dudley toucha un contrôle sur sa console.

— Écran 1 : sa vie personnelle, expliqua-t-il. Écran 2 : transactions financières. Écran 3 : carrière politique. Vous avez une heure pour examiner ces informations. Ce bureau est sous surveillance électronique. L'heure écoulée, vous n'aurez qu'à appeler le sergent Hobbs.

Là-dessus, il quitta le bureau.

— Il nous facilite les choses, déclara Ève. Au travail, Peabody.

Son œil de flic avait déjà passé la pièce en revue. Elle était pratiquement certaine d'avoir repéré toutes les caméras de sécurité et autres enregistreurs. Au risque d'encourir des sanctions, elle s'arrangea pour que le corps de Peabody lui fasse partiellement écran et sortit son propre enregistreur.

— Une vie banale, dit-elle à haute voix. Aucun délit d'aucune sorte. Des parents mariés, encore vivants, à Carmel. Son père était militaire, a fini sa carrière au rang de colonel et a servi pendant les guerres urbaines. Sa mère était médecin.

Peabody prenait soin de ne pas regarder l'enregistreur.

— Et une solide éducation, aussi, dit-elle. Diplômé de Princeton, puis une formation au World Learning Center de la station spatiale *Freedom*. Seuls les meilleurs étudiants sont admis là-bas. Marié à trente ans, juste avant l'ouverture de son premier cabinet. Un enfant, mâle.

Un regard sur un autre écran.

— Il était membre du Parti libéral, continua Peabody. Il s'est frotté à votre vieil ami DeBlass à propos de la révision de la loi sur l'interdiction des armes que DeBlass tentait de faire passer.

— J'ai l'impression que le sénateur m'aurait bien plu. Dossier médical, demanda Ève.

L'écran changea, déversant un flot de termes techniques qui la firent loucher. Elle les ferait traduire plus tard, si elle parvenait à sortir d'ici avec son enregistreur.

— Il semblait en bonne santé. Aucun trouble physique ou mental. Une opération des amygdales quand il était gamin. Un tibia cassé en faisant du sport.

— Voilà qui est intéressant, remarqua Peabody en étudiant le dossier politique. Il comptait présenter une loi obligeant tous les hommes de loi et tous les techniciens à passer un examen médical tous les cinq ans, à leurs propres frais. Cela aurait déplu aux avocats.

— Et à Fitzhugh, murmura Ève. On dirait qu'il en avait aussi après l'industrie électronique. Des tests plus complets pour l'homologation des brevets. Avec ça, il ne risquait pas de gagner le trophée de popularité de l'année. Rapport d'autopsie, demanda-t-elle.

Elle plissa les yeux quand celui-ci apparut sur l'écran.

— Seigneur, il s'est vraiment mis dans un sale état! Il ne leur a pas laissé grand-chose à examiner... Scanner du cerveau et dissection. Vue en coupe. Agrandir... Vous voyez quelque chose, Peabody?

— Un tas de matière grise pas très ragoûtant.

— Agrandir hémisphère droit. Bon sang, il s'est vraiment amoché. On n'y voit rien. On ne peut pas savoir.

Elle fixa l'écran jusqu'à en avoir mal aux yeux. Était-ce une ombre, là, dans ce coin?

— Une chose est sûre : il n'y a rien dans ce dossier qui indique des tendances suicidaires, ajouta-t-elle. Ce qui fait de lui le troisième dans ce cas... Bon. Fichons le camp d'ici. Cet endroit me donne des boutons.

Elle avait tout ce qu'elle désirait et elle replaça son enregistreur sous sa chemise.

10

De retour à New York, Ève passa par son bureau pour effectuer un rapport détaillé sur ces prétendus suicides et adressa ses conclusions au commandant. Ainsi, Whitney en aurait connaissance avant le lendemain matin.

Ceci fait, elle emprunta le couloir aérien qui menait de la Criminelle à la Division des enquêtes électroniques.

Elle trouva Feeney à son bureau, ses gros doigts manipulant des outils délicats. Ses microlunettes lui faisaient des yeux comme des soucoupes. Devant lui, un minitableau avait subi un déshabillage en règle.

— Tu donnes dans la maintenance et les réparations, maintenant ?

Elle s'assit sur le rebord du bureau, veillant à ne pas déranger son fourbi. Pour toute réponse, elle reçut le grognement auquel elle s'attendait et patienta tandis qu'il déposait un petit machin brillant dans une sorte de plat en métal.

— Y a quelqu'un qui s'amuse par ici, maugréa-t-il. Il a réussi à infiltrer un virus dans l'unité du chef. La mémoire a été boostée, le C.C.G. compromis.

Considérant le truc brillant, elle s'imagina que ce devait être le C.C.G. Elle n'avait jamais été très douée avec les ordinateurs.

— Tu t'en sors?

— Pas encore.

Avec une paire de pinces minuscules, il souleva le filament brillant, l'étudiant à travers ses lunettes.

— Mais ça viendra, reprit-il. J'ai trouvé le virus et je l'ai tué. C'était la priorité. Ce petit salopard est mort. Après l'autopsie, j'en saurai plus.

Elle sourit. Cela ressemblait bien à Feeney d'utiliser des termes humains pour parler de puces et de composants électroniques. Il reposa le filament et enleva ses lunettes.

Ses yeux clignèrent, s'adaptèrent. Et il redevint lui-même, ce bon vieux Feeney qu'elle adorait: ébouriffé, ridé et un peu grassouillet. C'était lui qui avait fait d'elle un flic, lui fournissant une formation sur le terrain qu'elle n'aurait jamais pu acquérir sur disque ou en réalité virtuelle. Et même s'il avait été transféré de la Criminelle pour diriger le service électronique, elle continuait à compter sur lui.

— Alors, commença-t-elle, je t'ai manqué?

— Pourquoi? Tu étais partie?

Avec un sourire complice, il cueillit dans un bol quelques amandes sucrées.

— Et la lune de miel? demanda-t-il. C'était réussi?

— Oui. Même s'il y a eu la mort de ce pauvre type. Merci de m'avoir fourni ces informations.

— Pas de quoi. Tu n'en fais pas un peu trop pour quelques suicides?

— Peut-être.

Son bureau était bien plus vaste que celui d'Ève. Il aimait l'espace et il était capitaine. Il bénéficiait même d'un écran vidéo qui, comme à l'ordinaire, était branché sur un vieux classique du cinéma. A cet instant précis, Indiana Jones tombait dans une fosse remplie de serpents.

— Mais il y a des trucs un peu bizarres, ajouta-t-elle.

— Tu veux m'en parler ?

— Je suis là pour ça. (Elle sortit un disque de sa poche.) J'ai une vue du cerveau du sénateur là-dedans mais l'image est légèrement brouillée. Tu pourrais la nettoyer, la rendre plus lisible ?

— Est-ce qu'on demande à un chien s'il sait aboyer ?

Il prit le disque, le chargea. Une seconde plus tard, il se renfrognait :

— Nul... Avec quoi tu as fait ça ? Un enregistreur de poche ?

— Évitons de parler de ça.

Toujours aussi renfrogné, il la dévisagea.

— Tu danses sur un fil, Dallas !

— J'ai le sens de l'équilibre.

— Espérons !

Préférant travailler manuellement, il sortit un clavier. Ses doigts virevoltèrent sur les commandes avec une dextérité digne d'un pianiste. Il haussa l'épaule quand Ève se pencha sur son cou.

— Laisse-moi respirer, petite.

— J'ai besoin de voir.

L'image s'éclaircissait, les contrastes se dessinaient. Feeney se mit à chantonner tout en travaillant. Derrière eux, c'était l'enfer entre Harrison Ford et les serpents.

— C'est à peu près tout ce qu'on peut faire sur cette bécane, déclara-t-il enfin. Si tu en veux plus, il faudra qu'on utilise l'ordinateur central.

Elle savait qu'il venait d'enfreindre certaines règles pour elle et qu'il risquait un interrogatoire de l'inspection des Services.

— On va en rester là pour l'instant. Tu vois ça, Feeney ?

Sur l'écran, elle montrait une ombre minuscule.

— Je vois des tas de choses pas très jolies. Cette cervelle a dû éclater comme un fruit trop mûr.

— Mais ça. J'ai déjà vu cette marque. Sur deux autres scanners.

— Eh bien, je ne suis pas neurologue, mais j'ai l'impression que ça ne devrait pas être là.

— Non. (Elle se redressa.) Ça ne devrait pas être là.

Lorsqu'elle rentra chez elle, Summerset l'attendait à la porte.

— Deux... gentlemen sont là pour vous, lieutenant.

Tressaillant, elle pensa à l'enregistrement pirate qu'elle avait réalisé dans un bâtiment fédéral.

— Des flics ?

Summerset prit un air encore plus pincé.

— Je ne le pense pas. Je les ai fait patienter dans le grand salon. Ils ont insisté pour vous attendre alors que j'ignorais à quelle heure vous rentreriez. Connors est retenu à son bureau.

— Je m'en occupe.

Elle aurait bien voulu une énorme assiette de crudités, un bain chaud et un moment de tranquillité pour réfléchir... Tant pis ! Un peu inquiète, elle se dirigea vers le salon... pour y trouver Leonardo et Jess Barrow. D'abord soulagée, elle songea à Summerset avec colère. Il connaissait Leonardo ; il aurait pu lui dire qui l'attendait.

— Dallas !

Le visage de Leonardo s'éclaira d'un sourire. Il traversa la pièce à sa rencontre : un géant dans un costume magenta drapé d'une gaze émeraude... Rien d'étonnant à ce que Mavis l'adore. Étreignant Ève, il parvint à ne pas lui broyer les os puis il plissa les paupières.

— Vous ne vous êtes toujours pas occupée de votre coiffure. J'appellerai Trina moi-même.

Intimidée, Ève se passa les doigts dans les cheveux.

— Oh, euh... je n'ai vraiment pas le temps en ce...

— Vous devez toujours prendre le temps de soigner votre apparence. Vous êtes non seulement une personne publique, mais aussi la femme de Connors.

Elle était flic, bon sang ! Les suspects et les victimes se moquaient bien de sa coiffure.

— Peut-être. Dès que...

— Vous vous négligez, l'accusa-t-il. Vous avez des cernes et mauvaise mine.

— Oui, mais...

— Trina va vous donner un rendez-vous. Et maintenant, poursuivit-il en la portant pratiquement jusqu'à un fauteuil, détendez-vous. Mettez vos pieds là-dessus. Vous avez eu une rude journée, j'imagine. Je peux vous servir quelque chose ?

— Non, vraiment, je...

Inspiré, il eut un sourire rayonnant, lui tapota gentiment l'épaule.

— Du vin ! Je m'en occupe... Et ne vous inquiétez pas. Jess et moi ne vous retiendrons pas longtemps.

— Inutile de discuter avec un bulldozer, commenta Jess tandis que Leonardo allait chercher du vin. Ravi de vous revoir, lieutenant.

157

— Allez-vous me dire que j'ai perdu du poids, ou que j'en ai pris, ou que j'aurais bien besoin d'un masque ?

Mais, avec un soupir, elle se laissa aller contre le dossier du fauteuil. Cela faisait un bien fou de se détendre.

— Bon, je vous écoute, reprit-elle. Ce doit être important pour que vous ayez accepté de supporter Summerset jusqu'à mon retour.

— En fait, il a simplement paru épouvanté et il nous a enfermés ici. Je suis sûr qu'il va passer la pièce au scanner après notre départ pour s'assurer qu'on n'a volé aucune babiole !

Jess prit place juste en face d'elle. Sa voix était aussi douce qu'une crème bavaroise, ses yeux d'argent pétillaient.

— Jolies babioles, soit dit en passant...

— Si vous vouliez visiter la maison, il fallait demander avant. Je suis trop fatiguée pour bouger maintenant.

— Vous regarder me suffira. J'espère que vous ne m'en voudrez pas si je vous dis que vous êtes le flic le plus séduisant à qui je me sois... frotté.

Elle haussa les sourcils.

— Vous vous êtes frotté à moi, Jess ? Je n'avais pas remarqué.

Il gloussa, lui effleurant le genou d'une main magnifique.

— J'aimerais faire cette visite, un de ces jours. Mais pour l'instant, nous avons une faveur à vous demander.

— Une contravention à faire sauter ?

Son beau visage s'éclaira.

— Eh bien, maintenant que vous en parlez...

Leonardo revint, portant lui-même un verre en cristal rempli d'un liquide d'or pâle.

— Ne te moque pas d'elle, Jess, gronda-t-il.

Ève accepta le verre.

— Il ne se moque pas, il flirte avec moi. Il aime vivre dangereusement.

Jess laissa échapper un rire musical.

— Je plaide coupable. Mais je n'avais pas la volonté de nuire, Votre Honneur.

Il prit la main d'Ève, glissant un doigt sur son alliance.

— Le dernier homme qui s'est amusé à ce petit jeu avec moi est en prison pour la vie, dit-elle calmement. Avant ça, je lui avais flanqué une belle raclée.

Gloussant, Jess la lâcha.

— Ouh là ! Je ferais mieux de laisser Leonardo vous demander cette faveur.

— C'est pour Mavis, expliqua celui-ci, et ses yeux se liquéfièrent d'amour quand il prononça son nom. Jess pense que la maquette est prête. Le show-business est un monde dur, vous savez. Il y a beaucoup d'appelés et peu d'élus. Après ce qui est arrivé avec Pandora... (Il frissonna délicatement.) Eh bien, Mavis a été arrêtée, renvoyée du Blue Squirrel... Ça a été très dur pour elle.

Ève acquiesça. Elle s'en voulait encore : elle se jugeait en partie responsable de ce qui était arrivé à son amie.

— Mais c'est fini, à présent, répondit-elle.

— Oui, grâce à vous.

Ève secoua la tête mais Leonardo insista :

— Vous avez cru en elle, vous avez travaillé pour elle, vous l'avez sauvée. Maintenant, je vais vous demander autre chose parce que je sais que vous l'aimez.

Consternée, elle plissa les yeux.

— Vous employez vraiment les grands moyens, dites donc !

Il était tout sourire.

— Je l'espère bien.

— C'est mon idée, intervint Jess. J'ai dû convaincre Leonardo de vous en parler. Il ne voulait pas tirer avantage de votre amitié ni de votre position.

— De ma position comme flic?

— Non, fit Jess en souriant. Comme femme de Connors. Votre mari a énormément d'influence, Dallas.

— Je sais.

Ce n'était pas tout à fait vrai. Elle n'avait pas la moindre idée de l'immensité de sa fortune.

— Que voulez-vous de lui? demanda-t-elle.

— Juste une soirée, dit vivement Leonardo.

— Une *quoi*?

— Une soirée pour Mavis.

— Une vraie fête, expliqua Jess. Un truc délirant.

— Un événement, corrigea Leonardo en lui lançant un regard d'avertissement. L'occasion pour Mavis de chanter et de rencontrer des gens. Je ne lui en ai pas encore parlé, au cas où vous ne seriez pas d'accord. Mais nous pensions que si Connors pouvait inviter... (Il était visiblement gêné.) Eh bien, il connaît tellement de gens...

— Des gens qui produisent des disques, vont dans les clubs, s'amusent, enchaîna Jess, pas le moins du monde embarrassé. Hum... Nous devrions peut-être vous servir un autre verre de vin.

Craignant un piège, elle les scrutait tous les deux.

— Vous voulez qu'il donne une soirée, c'est ça?

— Plus ou moins, dit Leonardo. Au cours de laquelle nous passerions le disque et Mavis donnerait un petit concert. Je sais que cela signifie des frais et je suis tout à fait prêt à prendre en...

— La dépense ne le gênera pas. (Ève réfléchit.) Je vais lui en parler et je vous tiendrai au courant. J'imagine que vous aimeriez une réponse rapide ?

— Aussi rapide que possible.

— Je vous tiendrai au courant, répéta-t-elle en se levant.

— Merci, Dallas.

Leonardo se plia comiquement pour l'embrasser à plusieurs reprises.

— Elle va faire un malheur, prédit Jess. Elle a juste besoin d'un petit coup de pouce.

Il sortit un disque de sa pochette.

— Voilà une copie de sa maquette. (« Une copie faite spécialement pour vous, lieutenant », songea-t-il.) Écoutez-la, vous verrez.

Pensant à Mavis, elle sourit.

— Je vais l'écouter.

Ève se fit couler un bain. Après une hésitation, elle y versa les sels que Connors lui avait achetés à Paris. Ils avaient l'odeur de sa lune de miel : riche et romantique.

Elle se glissa dans la baignoire, qui avait la taille d'un étang, et soupira d'aise avant de faire glisser le panneau de contrôle situé dans le mur à portée de main. Elle avait déjà chargé le disque de Mavis et programmé les haut-parleurs et les écrans de la salle de bains.

Elle se laissa aller dans l'eau brûlante et écumante, un deuxième verre de vin à la main. Que faisait-elle là-dedans ? se dit-elle. Ève Dallas, une flic élevée à la dure. Une gamine sans nom trouvée dans une impasse, abandonnée et blessée. Une gamine coupable d'un meurtre qu'elle ne se rappelait plus.

Quelques semaines plus tôt, la seule chose qui

comptait dans sa vie, c'était son travail. Et cela lui suffisait. Elle s'était arrangée pour que cela lui suffise.

Jusqu'à Connors.

Il l'aimait. Il la voulait. Lui, l'efficace, l'énigmatique Connors, l'homme qui avait tout réussi, avait besoin d'elle. Voilà l'énigme la plus insoluble qu'elle avait jamais rencontrée...

Après avoir avalé une nouvelle gorgée de vin, elle se renfonça avec délices dans l'eau et actionna la télécommande.

Aussitôt, les couleurs et les sons explosèrent dans la salle de bains. Machinalement, elle baissa le volume. Puis Mavis envahit l'écran, exotique et furieuse. Sa voix était un cri, mais un cri envoûtant, magnifiquement souligné par l'orchestration de Jess.

C'était sensuel, et sauvage. C'était Mavis. Mais, au fur et à mesure, Ève prit conscience que son spectacle et la chanson possédaient un raffinement inconnu jusque-là. Mavis avait toujours été un diamant à l'état brut. A présent, le diamant semblait avoir été taillé et poli, sans rien perdre de son éclat.

« Il a l'œil et le talent, pensa Ève. Il a su y faire. »

Son opinion au sujet de Jess remonta subitement. Il avait peut-être des attitudes de gamin insupportable mais c'était un génie. Il comprenait Mavis. Il l'appréciait pour ce qu'elle était. Il comprenait ce qu'elle voulait faire et avait trouvé un moyen de l'aider à atteindre son but.

Ravie, Ève leva son verre à la santé de son amie. Oui, une soirée pour fêter ça était une géniale bonne idée !

Dans son studio en ville, Jess revoyait la maquette. Il espérait sincèrement qu'Ève était en train de la visionner. Dans ce cas, son esprit s'ouvrirait. Il s'ouvrirait aux rêves... Il aurait aimé les connaître, les voir. Voir où ils emmèneraient Ève. Ainsi, il en saurait davantage. Il saurait. Mais ses recherches ne lui permettaient pas encore de la suivre sur le chemin des rêves. Un jour, pensait-il. Un jour...

Les rêves d'Ève la ramenèrent à l'obscurité et à la terreur. Ils étaient désordonnés, parfois atrocement clairs, parfois éclatés comme des fragments de verre brisé. C'était terrifiant.

Elle rêva de Connors et cela l'apaisa. Ils contemplaient ensemble un coucher de soleil au Mexique puis faisaient l'amour dans un lagon. Elle entendait sa voix dans son oreille alors qu'il était en elle, lui demandant de se laisser aller. De se laisser aller...

Puis ce fut son père qui la clouait au sol, et elle était une enfant impuissante, blessée, terrorisée.

Non, je t'en prie.

Son odeur l'enveloppait, une odeur de sucre et d'alcool. Trop douce, trop forte. Elle suffoquait et pleurait mais il la bâillonnait de la main pour étouffer ses cris tandis qu'il la violait.

Nos personnalités sont programmées dès la conception. La voix de Reeanna flottait, calme et sûre d'elle. *Nous sommes ce que nous avons toujours été. Nos choix sont déjà établis à la naissance...*

Elle était une enfant dans une horrible chambre, une chambre glacée qui puait la crasse, l'urine et la mort. Et elle avait du sang sur les mains.

Quelqu'un la tenait et elle se débattait comme une folle, désespérée, terrifiée.

— Non. Non. Non !

— Chut, Ève, c'est un rêve.

Connors la tenait dans ses bras, la berçait doucement.

— Tu es en sécurité.

— Je t'ai tué. Tu es mort. *Reste* mort.

— Réveille-toi.

Il posa les lèvres sur ses tempes humides de sueur,
cherchant un moyen de la calmer.

— Réveille-toi, mon amour. C'est Connors. Personne ne va te faire de mal. Il est parti, murmura-t-il
quand elle cessa enfin de se débattre pour se mettre
à trembler. Il ne reviendra jamais.

— Ça va... ça va.

Elle avait toujours honte d'être surprise au milieu
d'un cauchemar.

— Je vais bien maintenant, reprit-elle.

Il ne voulait pas la lâcher. Il la caressa jusqu'à ce
que ses frissons s'apaisent.

— Il était mauvais, celui-là.

Elle garda les yeux fermés, essayant de se concentrer sur Connors, sa force, sa présence rassurantes. Il
était encore habillé et les lumières de la chambre à
coucher étaient réglées au minimum.

— Tu ne t'es pas couché?

— Je viens de rentrer.

Il étudia son visage et essuya une larme sur sa
joue.

— Tu es pâle, murmura-t-il. Tu ne veux pas
prendre un calmant?

— Je n'aime pas ça.

Comme d'habitude, le cauchemar lui avait flanqué
une sérieuse migraine. Il le savait. Elle s'écarta.

— Ça faisait longtemps que je n'en avais pas eu.
Des semaines, au moins. (Plus calme, elle se frotta
les yeux.) Celui-là était étrange, désordonné. Tout se
mélangeait... Ce doit être le vin.

— Ou le stress. Tu travailles toujours jusqu'à la limite de tes forces.

Elle inclina la tête et consulta sa montre-bracelet.

— Et qui est-ce qui rentre du bureau à deux heures du matin? gronda-t-elle en souriant. Tu as acheté une planète aujourd'hui?

— Non, rien que quelques satellites.

Il se leva, ôta sa chemise, puis s'immobilisa devant le regard songeur avec lequel elle contemplait son torse nu.

— Tu es trop fatiguée.

— Peut-être, mais tu pourrais faire tout le travail.

Il éclata de rire en enlevant ses chaussures.

— Merci bien, mais pourquoi ne pas attendre que tu aies assez d'énergie pour participer?

— Ah, le vrai couple marié!

Elle se renfonça néanmoins dans le lit, épuisée. La migraine lui pilonnait le crâne. Quand il se glissa auprès d'elle, elle se nicha contre son épaule.

— Je suis heureuse que tu sois rentré.

— Moi aussi. (Il effleura ses cheveux du bout des lèvres.) Dors, maintenant.

Sentir le rythme de son cœur sous sa paume la calmait. Elle éprouvait simplement une vague honte d'avoir autant besoin de lui.

— Tu crois qu'on est programmés dès la conception?

— Hein?

Elle glissait déjà dans le sommeil et sa voix s'alourdissait.

— Que... sommes-nous?

— Des survivants, répondit-il, sachant qu'elle dormait déjà. Nous avons survécu.

Il resta longtemps éveillé, écoutant sa respiration. Quand il fut certain qu'elle ne rêvait pas, il s'abandonna enfin au sommeil.

Elle fut réveillée à sept heures par un message du commandant Whitney. Elle s'y attendait. Elle avait rendez-vous avec lui deux heures plus tard.

Ève ne fut pas autrement surprise de constater que Connors était déjà debout, habillé, et buvait son café tout en passant en revue le cours des actions sur son moniteur. Comme tous les matins, elle lui adressa un grognement en guise de salut et emporta son café sous la douche.

Il était en communication quand elle revint. Avec son agent de change, pour autant qu'elle pouvait en juger. Elle chipa un beignet dans l'intention de le manger tout en s'habillant mais Connors lui attrapa le poignet.

— Tu es pressée?

— Je dois voir Whitney d'ici une heure et demie pour le convaincre qu'il y a un lien entre les trois victimes, le persuader de me laisser continuer cette enquête, et ce, bien que je me sois procuré certaines informations illégalement. Ensuite, je dois retourner au tribunal témoigner contre un proxénète minable qui a battu à mort une gamine qu'il faisait travailler.

Il l'embrassa.

— En somme, une journée banale au bureau... Prends des fraises.

Elle avait un faible pour les fraises.

— Nous n'avons *rien* de prévu ce soir, n'est-ce pas?

— Non. Tu as quelque chose en tête?

— On pourrait simplement traîner à la maison. A moins que je ne sois inculpée pour avoir volé des informations dans un bâtiment fédéral.

Il sourit.

— Tu aurais dû me laisser faire. En un rien de temps, j'aurais pu t'avoir tout ça d'ici.

Elle ferma les yeux.

— Ne me dis pas ça. Je ne veux pas le savoir.

— Ça te dirait de regarder de vieilles vidéos en mangeant du pop-corn?

— J'en rêve déjà.

— Alors, c'est décidé. (Il hésita un instant.) Cette affaire ou ces affaires te troublent...

Elle haussa les épaules.

— Je n'arrive pas à trouver un point de départ. Il n'y a pas de pourquoi ni de comment. Je crois qu'il s'agit de meurtres, j'en ai l'impression. Mais ce n'est pas avec des impressions que je vais convaincre Whitney. Il va me passer un de ces savons!

— Tu te fies à ton instinct. Et Whitney me semble assez intelligent pour se fier à toi.

— C'est ce qu'on ne va pas tarder à savoir.

— S'ils te mettent en prison, chérie, je t'attendrai.

— Ha, ha. Très drôle!...

— Summerset m'a dit que tu as eu de la visite, hier soir? demanda Connors tandis qu'elle ouvrait son placard.

— Oh, flûte j'ai oublié!

Laissant tomber sa robe de chambre par terre, elle farfouilla dans ses affaires, entièrement nue. C'était une habitude que Connors ne manquait jamais d'apprécier. Elle enfila une chemise de coton bleu.

— Deux types qui sont venus m'offrir une petite orgie rapide après le travail.

— Tu as pris des photos?

Elle gloussa, sortit une paire de jeans, pensa au tribunal et se décida pour un pantalon à pinces plus formel.

— C'était Leonardo et Jess. Ils avaient un service à me demander. A *te* demander.

Connors ne la quittait pas des yeux. Elle avait

oublié ses sous-vêtements et dut donc recommencer toute la manœuvre.

— Oh, oh... Je crains le pire.

— Il n'y a pas de quoi. En fait, je suis plutôt d'accord avec eux. Ils te proposent d'organiser une soirée pour Mavis ici. Elle donnerait un concert. Sa maquette est prête. Je l'ai regardée hier soir et elle est vraiment bonne. Ils pensent que ça lui donnerait une chance.

— D'accord. On pourra organiser ça dans une semaine ou deux. Je vais vérifier mon agenda.

Étonnée, elle se retourna vers lui.

— Et c'est tout ?

— Pourquoi pas ? Ce n'est pas un problème.

Ève eut une moue boudeuse.

— J'imaginais que j'aurais à te persuader.

Une lueur malicieuse brilla dans les yeux de Connors.

— Ça t'aurait plu ?

Le visage neutre, elle boutonna son pantalon.

— Bon, je te remercie... Et puisque tu es d'aussi bonne humeur, il est temps de passer à la deuxième faveur.

— Quelle deuxième faveur ?

— C'est Jess qui y a pensé. (Elle dévisageait Connors, inventant au fur et à mesure.) Il veut faire un duo. Un truc très impressionnant. Et on pensait... pour la soirée, le concert, que tu pourrais le faire avec Mavis.

Éberlué, il cligna des paupières.

— Faire quoi avec Mavis ?

— Le concert. En réalité, c'est moi qui ai suggéré cette idée, poursuivit-elle en le voyant pâlir. Tu as un beau brin de voix. Sous la douche, en tout cas. Je le lui ai dit et Jess a trouvé ça fabuleux.

Il parvint — péniblement — à articuler :

— Ève...

— Vraiment, ce serait génial. Leonardo a une idée incroyable pour ta tenue de scène.

— Pour ma...

Connors se leva.

— Tu veux que je mette un déguisement et que je chante en duo avec Mavis ? En public ?

— Ce serait si important pour elle. Pense aux articles dans les journaux.

Il blêmit.

— Les journaux ? Seigneur Dieu, Ève !

— En plus, c'est vraiment un morceau très sensuel.

Elle le rejoignit et se mit en devoir de déboutonner sa chemise.

— Ça pourrait vraiment la lancer pour de bon, tu sais.

— Ève, je l'aime beaucoup, mais je ne crois...

— Tu es si important. (Elle glissa un doigt sur son torse.) Si influent. Et si... séduisant.

Là, elle commençait à en faire un tout petit peu trop. Il plissa les yeux, la scruta un moment.

— Tu me fais marcher.

Elle éclata de rire.

— Et tu as couru ! Oh, tu aurais dû voir ta tête !

Elle lui caressa la joue, poussant un petit cri quand il lui mordit l'oreille.

— J'ai failli te convaincre, claironna-t-elle.

— Sûrement pas.

Mais il n'était pas si sûr de lui.

— J'aurais pu. Tu l'aurais fait si j'avais vraiment essayé.

A nouveau pliée de rire, elle l'enlaça.

— Oh, je t'aime...

Connors se figea soudain. Puis il la saisit par les épaules.

— Quoi?

Le rire d'Ève s'éteignit. Il semblait bouleversé et ses yeux étaient sombres et féroces.

— Qu'y a-t-il?

— Tu ne le dis jamais.

Ému, il l'attira pour enfouir son visage dans sa chevelure.

— Tu ne le dis jamais, répéta-t-il. Que tu m'aimes...

Déconcertée à son tour, elle haussa les épaules.

— Mais si, je le dis. Ça doit m'arriver.

— Pas comme ça. Pas aussi spontanément. Pas dans des moments pareils.

Elle voulut protester mais elle comprit que c'était la vérité. Elle se sentait idiote.

— Je suis désolée. C'est dur pour moi. Je t'aime, dit-elle calmement. Parfois, ça me fait peur parce que tu es le premier. Et le seul.

Il la fixa droit dans les yeux.

— Tu as changé ma vie. Tu *es* ma vie. (Ses lèvres frôlèrent les siennes.) J'ai besoin de toi.

Elle noua les bras autour de son cou, l'attirant contre elle.

— Montre-moi à quel point. Maintenant.

11

Ève partit au travail en fredonnant, l'esprit léger. Comble de bonheur, sa voiture démarra du premier coup et le climatiseur se régla automatiquement sur un agréable vingt-trois degrés.

Elle se sentait prête à faire face au commandant et à la Terre entière.

Puis elle arriva au croisement de la Cinquième et de la Quarante-septième et à l'embouteillage. La circulation dans la rue était arrêtée, les véhicules aériens tournaient en rond comme une nuée de vautours. Plus personne ne respectait les lois antipollution sonore. Les klaxons, les cris, les noms d'oiseaux pleuvaient. A l'instant où elle s'arrêta, son climatiseur s'emballa et jugea que tout cela méritait un bon trente-six degrés.

Ève sortit en claquant la porte pour se joindre à la mêlée.

Bien sûr, les vendeurs ambulants, au mépris de la réglementation, profitaient de la situation pour vendre des fruits glacés et du café. Elle ne prit pas la peine de les faire déguerpir, préférant acheter un tube de Pepsi à un jeune homme sur des patins à air.

— Que se passe-t-il? lui demanda-t-elle.

— Des Âges Libres. Ils protestent contre les dépenses ostentatoires. Ils sont des centaines, allongés en travers de la Cinquième. Et ils chantent. Vous voulez un gâteau d'avoine avec ça ? Frais.

— Non.

— Y vont pas s'en aller tout de suite, prévint-il avant de s'envoler vers d'autres clients sur ses aéropatins.

Ève contempla la scène. Elle était bloquée de tout côté par des banlieusards en furie et sa voiture crachait des bouffées de chaleur dignes d'une fournaise.

Elle remonta à bord et, à coups de poing sur le tableau de bord, obtint un réfrigérant trois degrés.

Sans aucune pitié pour son engin, Ève le programma sur démarrage vertical et actionna sa sirène officielle. La sirène daigna se déclencher mais son ululement asthmatique faisait pitié dans la cacophonie ambiante. Ses roues ratèrent d'un centimètre le toit de la voiture qui la précédait.

— Je te promets que je t'emmène directement au recyclage, maugréa-t-elle avant de brancher son com. Peabody, qu'est-ce qui se passe ici, nom d'un chien ?

Peabody apparut, sobre comme toujours.

— Chef. Je crois que vous êtes tombée sur la manifestation de la Cinquième.

— Elle n'était pas prévue. Je sais qu'elle n'était pas prévue. Ils n'ont pas pu avoir d'autorisation !

— Les Âges Libres ne croient pas aux autorisations, chef. (Elle se racla la gorge.) Si vous allez vers la Septième, je pense que vous aurez plus de chance. La circulation y est difficile mais ça roule. Vous pouvez vérifier sur votre moniteur de bord...

— Il n'y a plus rien qui fonctionne dans cette fichue bagnole ! Appelez la Maintenance et dites-leur que je vais les égorger un par un. Et expliquez au commandant que j'aurai quelques minutes de retard.

Tout en parlant, elle luttait avec son véhicule qui avait une tendance prononcée à foncer sur les autres engins.

— Si je ne m'écrase pas quelque part, je devrais arriver dans vingt minutes, précisa-t-elle.

Elle évita de justesse un hologramme volant vantant les mérites d'un service de transport aérien. Puis elle obliqua dans la Septième et ne put en vouloir au malheureux cadre en costume trois-pièces qui l'insulta tout en fuyant comme un damné sur ses aéropatins.

Mais elle l'avait évité, non ?

Elle poussait un bref soupir de soulagement quand sa radio grésilla :

— A toutes les unités, 12-17. Sur le toit du Tattler Building, au coin de la Septième et de la Quarante-deuxième. Intervention immédiate. Femme non identifiée, peut-être armée.

« 12-17 ! Une tentative de suicide », pensa Ève.

— Contrôle, ici Dallas, lieutenant Ève. Prête pour intervention. Sur les lieux d'ici cinq minutes.

Elle flanqua un nouveau coup de sirène et vira dangereusement.

Le Tattler Building abritait la plus populaire des feuilles à scandale du pays. C'était un immeuble neuf et brillant, en acier qu'on aurait dit chromé. Il était entouré de passerelles aériennes.

Ève se gara en double file et se fraya un chemin à travers la foule rassemblée sur l'esplanade. Elle brandit son insigne sous le nez du garde de sécurité, qui parut immensément soulagé.

— Je suis content de vous voir. Elle est là-haut. Elle tient tout le monde à distance avec une bombe

173

anti-agression. Elle a eu Bill en plein dans les yeux quand il a essayé de l'attraper.

— Qui est-ce ? demanda Ève tandis qu'il la conduisait à l'intérieur du bâtiment, vers les ascenseurs.

— Cerise Devane. La grande patronne, bon sang.

— Devane ?

Ève la connaissait vaguement. C'était la P.-D.G. des Tattler Enterprise, une de ces personnes influentes et privilégiées qui gravitaient autour de Connors.

— Cerise Devane est sur le toit et menace de sauter ? reprit-elle. Qu'est-ce que c'est que cette blague ? Un truc publicitaire débile ?

— Elle a l'air plutôt sérieuse. Et elle est complètement à poil. C'est tout ce que je sais. C'est son assistant, Frank Rabbit, qui nous a appelés. Il vous en dira plus... s'il n'est pas dans les vapes. Il paraît qu'il s'est évanoui quand elle a grimpé sur la corniche.

— Vous avez appelé un psy ?

— Oui. Le psy de la compagnie. Et un spécialiste des suicides est en route. Les pompiers aussi, et les secours aériens. Mais y a un gros bouchon sur la Cinquième...

— Ne m'en parlez pas.

Les portes de l'ascenseur s'ouvrirent sur le toit, où soufflait un vent assez violent et frais, une véritable bénédiction après la fournaise d'en bas.

Le bureau de Cerise était bâti sur le toit. Des murs inclinés formaient une sorte de vaste serre, offrant à la propriétaire des lieux une vue à trois cent soixante degrés sur la ville et les gens qu'elle adorait traîner dans la boue.

A travers le verre, Ève distinguait le décor, les œuvres d'art et l'équipement dernier cri. Sur un immense sofa en forme de U, un homme était allongé, une compresse sur le front.

— Si c'est Rabbit, dites-lui de se reprendre et de venir me voir. Et chassez-moi de ce toit tous ceux qui n'ont rien à y faire. Éloignez la foule en bas. Si elle saute, inutile qu'elle aplatisse un passant.

— Je suis tout seul, se plaignit le garde.

— Amenez-moi Rabbit, répéta-t-elle avant d'appeler le Central. Peabody, j'ai un problème.

— J'en ai entendu parler. Que vous faut-il ?

— Venez ici avec des renforts pour tenir une foule à l'écart. Apportez-moi tout ce qu'on a sur Cerise Devane. Voyez si Feeney peut mettre le nez dans ses coms — chez elle, au bureau et sur ses portables. Magnez-vous.

— C'est comme si c'était fait.

Ève se tourna vers le garde qui revenait, soutenant un jeune homme en piteux état. La cravate de Rabbit était dénouée, sa coiffure stylisée, fichue irrémédiablement. Ses mains manucurées tremblaient.

— Dites-moi exactement ce qui s'est passé, aboya-t-elle. Vite et clairement. Vous pourrez vous effondrer après, je m'en contrefiche.

— Elle est simplement... sortie du bureau.

Sa voix grimpait dans les aigus et, sans le garde, il se serait déjà étalé par terre.

— Elle... elle semblait si heureuse. Elle dansait. Elle... elle avait enlevé ses habits. Elle s'était entièrement déshabillée...

Ève haussa un sourcil. Pour le moment, Rabbit paraissait plus choqué par la soudaine poussée d'exhibitionnisme de sa patronne que par l'éventualité de sa mort.

— Pourquoi ? demanda-t-elle.

— Je n'en sais rien ! Je vous le jure, je n'en ai aucune idée... Elle m'a demandé de venir de bonne heure, vers huit heures. Elle était troublée par un de nos procès. Nous avons toujours des tas de procès. Elle fumait, buvait du café et faisait les cent pas. Puis elle m'a envoyé engueuler les avocats en disant qu'elle allait se relaxer cinq minutes.

Il s'arrêta pour se couvrir le visage de ses mains.

— Un quart d'heure après, elle est sortie, souriante et... nue. J'étais pétrifié. (Il claquait des dents.) Je ne l'avais encore jamais vue sans ses chaussures...

— Le fait qu'elle soit nue n'est pas le problème essentiel pour l'instant, grogna Ève. Vous a-t-elle parlé ? A-t-elle dit quelque chose ?

— Eh bien, j'étais si choqué... J'ai dit quelque chose comme : « Madame Devane, que faites-vous ? Ça ne va pas ? » Et elle s'est mise à rire. Elle a dit que tout allait à merveille, au contraire. Qu'elle avait enfin compris et que tout était fantastique. Qu'elle allait rester un moment sur la corniche avant de sauter... J'ai cru qu'elle plaisantait. J'étais si nerveux. J'ai même ri un peu.

» Et c'est alors que je l'ai vue enjamber le parapet. Seigneur ! Et puis elle a disparu de l'autre côté. J'ai cru qu'elle avait sauté mais elle était là, assise sur la corniche, à balancer ses jambes dans le vide. Je lui ai demandé de bien vouloir revenir avant de perdre l'équilibre. Elle s'est contentée de rire, a fait mine de m'envoyer un coup de sa bombe au visage et m'a dit de la laisser tranquille comme un bon petit garçon.

— Elle a reçu un appel ? Elle en a passé un ?

Il s'essuya la bouche.

— Non. Tous les appels passent par moi... Elle va sauter, je vous dis. Elle regardait en bas et elle disait que ça allait être un fameux voyage. Elle va sauter !

— C'est ce que nous verrons. Ne vous éloignez pas.

Ève se détourna. Le psy de la compagnie était facile à repérer. Il était vêtu d'une blouse blanche et d'un pantalon noir. Sa natte se balançait tandis qu'il se penchait par-dessus la rambarde, visiblement anxieux.

Soudain, Ève jura. Au-dessus d'eux tournoyaient déjà quelques aérovans des médias. Elle repéra celui de Channel 75. Comme d'habitude, Nadine Furst était la première sur les lieux.

Le psy se redressa, lissa sa blouse pour les caméras. Ève sentit qu'elle allait le détester...

— Docteur?

Elle lui montra son insigne tout en remarquant avec quelle excitation il lorgnait vers les journalistes. Elle se dit qu'une firme de l'importance de Tattler aurait pu s'offrir mieux.

— Lieutenant, je pense progresser avec le sujet...

— Elle est encore sur la corniche, non?

Ève le dépassa et se pencha sur la rambarde.

— Cerise? cria-t-elle.

— Encore de la compagnie?

Lisse et jolie, un peau couleur de pétale de rose, les jambes pendant dans le vide, Cerise possédait un visage aigu, intelligent, et des yeux verts rêveurs et doux. Sa chevelure d'un noir d'encre gonflait dans le vent.

— Tiens, tiens! Ève, c'est ça? Ève Dallas, la jeune mariée... Félicitations, au fait. Vraiment, c'était l'événement mondain de l'année. On a ému des millions de foyers avec votre histoire.

— Tant mieux pour vous.

— Vous savez, j'ai fait des pieds et des mains pour connaître le lieu de votre lune de miel...

Elle agita un index gentiment réprobateur et ajouta :

— Vous auriez pu nous mettre un tout petit peu dans la confidence. Le public mourait d'envie de savoir.

Elle gloussa, bougea et faillit perdre l'équilibre.

— Woups! Pas encore. C'est trop drôle, je ne veux pas me presser. (Se redressant, elle fit un signe aux aérovans.) En général, je hais les concurrents. Mais maintenant, j'adore tout le monde!

Elle avait hurlé cette dernière phrase en écartant les bras.

— C'est bien, Cerise. Vous ne voulez pas remonter ici une minute? Je vous donnerai des informations sur notre lune de miel. Des détails exclusifs.

Cerise ricana.

— Et pourquoi ce ne serait pas vous qui viendriez me rejoindre? Vous pourriez même sauter avec moi. Je vous assure, il n'y a rien de mieux.

— Allons, madame Devane, commença le psy, nous connaissons tous des moments de désespoir. Je vous comprends. Je suis avec vous. J'entends votre peine.

— Oh, fermez-la, rétorqua Cerise. C'est à Ève que je parle. Venez ici, mon cœur. Mais pas trop près, prévint-elle en agitant sa bombe. Venez vous joindre à la fête.

Le psy leva une main impérieuse.

— Lieutenant, je vous recommande de ne pas...

— Fermez-la et allez attendre mon adjointe, lui dit Ève en passant une jambe par-dessus la rambarde.

Le vent ne lui parut plus aussi agréable, maintenant qu'elle se tenait en équilibre précaire sur une corniche de soixante centimètres de large, au-dessus du vide. Il tournoyait et les remous d'air provoqués par les aérovans n'arrangeaient rien. Ses vêtements se gonflaient, la déséquilibrant. Elle ordonna à son cœur de se calmer tout en se pressant contre le mur.

— C'est beau, hein? soupira Cerise. J'aimerais bien un verre de vin, pas vous? Non, une flûte de champagne. La réserve de Connors 47 me conviendrait parfaitement.

— On en a une caisse à la maison. Allons l'ouvrir.

Cerise éclata de rire avant de se tourner vers elle. « C'est le même sourire », se dit Ève avec un frisson. Le même sourire qu'elle avait vu sur le visage d'un jeune homme pendu au bout d'une corde de fortune...

— Je suis déjà ivre... de bonheur.

— Si vous êtes heureuse, pourquoi êtes-vous assise, nue, sur cette corniche, prête à accomplir le grand saut?

— C'est ça qui me rend heureuse. Vous ne comprenez pas?

Cerise leva le visage vers le ciel, fermant les yeux. Ève se rapprocha de quelques centimètres.

— C'est incroyable, personne ne comprend... C'est si beau. Si excitant. C'est tout à la fois.

— Cerise, si vous sautez de cette corniche, il n'y aura plus rien. Plus rien du tout. Tout sera terminé.

Elle ouvrit à nouveau des yeux exaltés.

— Non, non, non! C'est juste le début, vous ne voyez pas? Oh, nous sommes tous aveugles...

Prudemment, Ève posa la main sur celle de Cerise. Elle n'essaya pas de la saisir. C'était un risque qu'elle n'osait courir. Il fallait gagner du temps.

— Tout ce qui compte, c'est de survivre. Vous pourrez changer les choses, nous aider à y voir clair. Mais pour cela, il faut que vous surviviez.

— A quoi cela servirait-il alors qu'il y a un tel plaisir à attendre simplement? Je me sens si bien... Ne faites pas ça. (Joyeuse, Cerise pointa sa bombe vers le visage d'Ève.) Ne gâchez pas tout maintenant. Je m'amuse tellement.

— Des tas de gens se font du souci pour vous. Vous avez sûrement une famille, Cerise, qui vous aime. Vous allez leur faire beaucoup de peine.

— Seulement jusqu'à ce qu'ils comprennent. Le temps viendra où chacun comprendra. Alors, tout ira mieux. Tout sera beau.

Elle contempla Ève avec ce sourire éblouissant et terrifiant.

— Venez avec moi. (Elle saisit sa main.) Ça va être merveilleux. Vous n'avez qu'à vous laisser aller...

Un filet de sueur glacée courut le long du dos d'Ève. L'étreinte de la femme était comme un étau, et il n'était pas question de se débattre sur cette corniche. Elle se força à ne pas résister, à ignorer le vent tourbillonnant, le grondement des vans.

— Je ne veux pas mourir, Cerise, dit-elle calmement. Et vous non plus. Le suicide, c'est pour les lâches.

— Non, pour les explorateurs. Mais c'est à vous de voir.

Cerise lui tapota la main avant de la relâcher. Elle partit d'un long rire.

— Ô Dieu, comme je suis heureuse !

Et là-dessus, les bras écartés, elle se lança dans le vide.

Instinctivement, Ève essaya de la rattraper. Elle faillit perdre l'équilibre tandis que ses doigts glissaient sur la hanche nue de Cerise. Elle contempla ce visage hilare qui s'éloignait à une vitesse effarante.

— Mon Dieu... Ô mon Dieu !

Choquée, elle parvint néanmoins à se rejeter en arrière. Elle ferma les yeux. Des hurlements lui parvinrent et l'air déplacé par un van venu faire un gros plan lui frappa les joues.

— Lieutenant?... Dallas !

La voix était comme un bourdonnement d'abeille. Ève secoua la tête.

Penchée sur la rambarde, Peabody refoulait la nausée qui lui montait à la gorge. Ève était là, pâle comme un linge, affalée sur la corniche. Le moindre faux mouvement l'expédierait à la suite de la femme qu'elle avait tenté de sauver.

Respirant un bon coup, l'adjointe prit sa voix la plus neutre :

— Lieutenant Dallas, on a besoin de vous ici. Je demande votre enregistreur pour un rapport complet.

— Je vous entends, répliqua Ève avec lassitude.

Les yeux fixés au-dessus d'elle, elle agrippa le rebord du toit. Une main lui saisit le poignet et elle put enfin se dresser sur ses jambes flageolantes. Elle vit alors le regard terrifié de Peabody.

— La dernière fois que j'ai pensé à sauter, j'avais huit ans. Ce n'est pas mon truc.

Elle regrimpa sur le toit.

— Seigneur, Dallas !

Oubliant son uniforme, Peabody l'étreignit.

— Vous m'avez fichu une trouille bleue. J'ai bien cru qu'elle allait vous emmener.

— Moi aussi. Reprenez-vous, Peabody. La presse se rince l'œil.

Peabody s'écarta, le rose aux joues.

— Désolée.

— Pas de problème.

Ève enfouit les mains dans ses poches. Elle avait besoin d'une minute, rien que d'une minute...

— Je n'ai pas pu l'arrêter, Peabody. Je n'ai pas trouvé le bon bouton.

— Parfois, il n'y en a pas.

— Il y en avait un qui lui a fait faire le grand saut, répliqua Ève avec calme. C'est celui-là que j'aurais dû actionner dans l'autre sens.

— Je suis navrée, Dallas. Vous la connaissiez?

— Pas vraiment. C'était juste une vague relation... Bon, voyons ce qu'on peut trouver ici. Vous avez eu Feeney?

— Affirmatif. Il a verrouillé ses coms depuis la Division. Il a dit qu'il s'occupait de ça personnellement. J'ai chargé toutes les données mais je n'ai pas eu le temps de les passer en revue.

Elles gagnèrent le bureau. A travers le mur de verre, on apercevait Rabbit, la tête entre les genoux.

— Rendez-moi un service, Peabody. Qu'un agent emmène cette poule mouillée et prenne sa déposition. Je n'ai pas envie de le voir. Je veux que ce bureau soit mis sous scellés. Essayons de trouver ce qui l'a poussée à faire ça.

Peabody la précéda et fit sortir Rabbit avec un agent. Efficace, elle vida le bureau de tous ses occupants et verrouilla les portes extérieures.

— Nous sommes tranquilles, chef.

— Ne vous ai-je pas déjà dit de ne pas m'appeler chef?

— Oui, chef, fit gaiement Peabody, dans l'espoir de détendre l'atmosphère.

— Y a une petite maligne qui se cache sous cet uniforme, hein, Peabody?... Branchez l'enregistreur.

— C'est déjà fait.

— Bon, elle est là. Elle est arrivée tôt, de mauvaise humeur. Rabbit dit qu'elle était énervée par un procès quelconque. Vérifiez-moi ça.

Tout en parlant, Ève déambulait dans la pièce, observant les détails. Des sculptures, la plupart en bronze, des figures mythologiques. Très stylisées. Une moquette d'un bleu profond pour faire un effet de miroir avec le ciel. Le bureau en bois de rose. Un équipement moderne et efficace dans les mêmes tons. Une énorme urne de bronze remplie de fleurs exotiques. Deux arbustes en pots.

Ève utilisa son passe universel pour briser le code d'entrée de l'ordinateur et consulta la dernière utilisation.

Dernière utilisation, 8:10, appel du fichier 3732 L, procès Custler contre Tattler Enterprise.

— Ce doit être le truc qui l'énervait, conclut Ève. Ça corrobore la déposition de Rabbit.

Elle jeta un coup d'œil à un cendrier rempli d'une demi-douzaine de mégots. Utilisant des pinces, elle en ramassa un.

— Tabac des Caraïbes. Très cher. Emballez-moi ça.

— Vous croyez que ses cigarettes étaient trafiquées ?

— Ses cigarettes, je n'en sais rien, mais elle, certainement. Elle avait un regard bizarre. (Elle n'oublierait pas ce regard de sitôt.) Prélevez aussi un échantillon dans ces tasses à café.

Ève ne pensait pas qu'on trouverait quoi que ce soit dans le café ou le tabac. Il n'y avait eu aucune trace de produits chimiques chez les autres suicidés.

— Son regard était bizarre, répéta-t-elle. Et son sourire. J'ai déjà vu ce sourire, Peabody. Deux fois.

L'adjointe emballait les pièces à conviction.

— Vous pensez que ce suicide est lié aux autres ?

— Je pense que Cerise Devane était une femme

ambitieuse et qui avait réussi. Je suis prête à parier que rien ne la prédisposait au suicide... Bon, résumons. Elle a renvoyé Rabbit de ce bureau, poursuivit Ève en arpentant la pièce.

Agacée par le bourdonnement constant, elle contempla les vans qui planaient toujours au-dessus d'elles.

— Essayez d'actionner les écrans. J'en ai marre de ces vautours.

— Avec plaisir.

Peabody se pencha sur le panneau de contrôle et, bientôt, les murs de verre s'obscurcirent.

— Parfait. Lumières, ordonna Ève. Elle voulait se détendre, se mettre en forme pour la journée...

Elle farfouilla dans le réfrigérateur, trouva des sodas, des fruits, du vin. Une des bouteilles de vin était ouverte mais il n'y avait aucun verre sorti qui indiquât que Cerise se fût mise à picoler de bonne heure. Et ce n'étaient certainement pas deux verres de vin qui l'avaient mise dans cet état.

Dans la salle de bains adjacente, équipée d'un jacuzzi, d'un sauna personnel et d'un tube à humeurs, elle ouvrit un placard rempli de calmants, de tranquillisants et de stimulants légaux.

— Une grande adepte de la chimie moderne, notre Cerise, commenta-t-elle. Prenez ça pour examen.

— Seigneur, c'est une vraie pharmacie!... L'améliorateur d'humeur est réglé sur concentration et elle l'a utilisé pour la dernière fois hier matin. Rien aujourd'hui.

— Alors qu'a-t-elle fait pour se détendre?

Ève pénétra dans la pièce voisine, une sorte de petit salon pourvu d'un dispositif complet de divertissement avec un fauteuil de sommeil et un droïde serveur.

Un tailleur d'un vert très sage était soigneusement plié sur un guéridon. Des souliers assortis étaient posés à côté. Des bijoux — une lourde chaîne en or, des boucles d'oreilles compliquées, un bracelet-montre enregistreur — avaient été glissés dans un globe de verre.

— Elle s'est déshabillée ici. Pourquoi ?

— Certaines personnes se détendent mieux sans leurs vêtements, dit Peabody avant de rougir quand Ève la considéra avec ironie. Enfin, c'est ce qu'on raconte...

— Ouais. Peut-être. Mais ça ne colle pas. Son assistant m'a dit qu'il ne l'avait jamais vue enlever ne serait-ce qu'une chaussure, et voilà qu'elle se transforme en nudiste convaincue. Je ne marche pas.

Elle aperçut alors des lunettes de réalité virtuelle sur le bras du fauteuil.

— Et pourquoi pas un petit voyage ? Elle est agacée, elle veut se calmer. Alors elle vient ici, s'allonge, programme quelque chose et s'offre une balade virtuelle.

Elle s'assit et prit les lunettes. Fitzhugh et Mathias avaient eux aussi fait un petit tour dans la réalité virtuelle avant de mourir.

— Je vais voir où elle est allée et quand... Ah, Peabody ! S'il me vient des envies suicidaires — ou si je décide de me passer de mes vêtements —, vous avez l'ordre de m'envoyer dans les pommes.

— Sans hésitation, chef.

Ève haussa un sourcil.

— Vous n'êtes pas censée y prendre plaisir.

— Je vais détester ça, promit l'adjointe.

Avec une grimace, Ève enfila les lunettes.

— Dernière utilisation ?... Ah, ah ! elle les a utilisées à huit heures dix ce matin.

— Dallas, si c'est le cas, vous ne devriez peut-être pas faire ça. On pourrait les emporter pour les examiner sous contrôle.

— Vous êtes mon contrôle, Peabody. Si la vie me semble indigne d'être vécue, zappez-moi... Répéter dernier programme utilisé, ordonna Ève. Seigneur !

Deux jeunes apollons venaient vers elle. Uniquement vêtus de bandes de cuir noir habilement disposées, ils étaient très huilés, très musclés et très excités.

Elle se trouvait dans une chambre blanche, essentiellement constituée d'un lit, et il y avait du satin sous son corps nu. Un voile flottait au-dessus d'elle pour atténuer la lumière d'une chandelle.

De la musique païenne égrenait ses notes sensuelles. Elle reposait sur une montagne de coussins et, comme elle voulait bouger, le premier jeune dieu la chevaucha.

— Hé, écoute, mon gars...

— Pour votre plaisir seulement, maîtresse, dit-il d'une voix rauque en étalant une huile parfumée sur ses seins.

« J'ai eu une mauvaise idée », pensa-t-elle, tandis qu'elle sentait monter en elle le plaisir.

Elle comprenait comment une telle situation pouvait donner envie de sourire à une femme, mais pas comment elle pouvait la conduire au suicide.

« Sors de là », s'ordonna-t-elle.

Des dents se refermèrent délicatement sur son mamelon, une langue lécha le bouton emprisonné. Elle se cambra mais la main qu'elle envoya pour repousser son assaillant glissa sur une énorme épaule huileuse.

Puis le deuxième étalon s'agenouilla entre ses jambes et se mit à utiliser sa bouche.

Malgré elle, elle jouit aussitôt, avec un petit sentiment de délivrance... Haletante, elle arracha les lunettes.

Peabody la fixait avec des yeux ronds.

— Ce n'était pas une promenade au clair de lune, marmonna Ève d'une voix déformée.

— Ça, je m'en suis aperçue. C'était quoi, au juste ?

— Deux types à moitié nus et un lit de satin. Comment imaginer qu'elle se détendait avec des fantasmes érotiques ?

— Ah, lieutenant ! Étant votre adjointe, je crois qu'il est de mon devoir de tester ce programme. Il faut contrôler les pièces à conviction.

Ève se mordit la lèvre pour ne pas rire.

— Peabody, je ne peux pas vous laisser prendre ce genre de risque.

— Je suis flic, chef. Le risque, c'est ma vie.

Ève se leva, tendit les lunettes à Peabody dont le regard pétillait.

— Emballez-moi ça.

Déçue, l'adjointe les enferma dans un sac scellé.

— Zut... Ils étaient beaux ?

— Comme des dieux, Peabody.

Ève regagna le bureau.

— Je vais demander au labo de passer cette pièce au peigne fin mais je ne pense pas qu'ils trouveront quoi que ce soit... (Elle s'immobilisa soudain.) Je n'ai aucune envie de me suicider.

— Je suis soulagée de vous l'entendre dire, lieutenant.

Ève contempla les lunettes en fronçant les sourcils.

— Combien de temps ça a duré ? Cinq minutes ?

— Presque vingt. Le temps passe vite quand on fait l'amour, ajouta Peabody avec un sourire amer.

Gênée, Ève baissa les yeux sur son alliance.

— Je ne faisais pas l'amour. Pas exactement...
Bon. S'il y avait quelque chose dans ce programme,
j'aurais dû le sentir. Donc, là aussi, nous sommes
dans une impasse. Faites-les analyser quand même.

— Oui, chef.

— Attendez Feeney. Il trouvera peut-être un
indice dans son ordinateur. Je dois aller voir le
commandant. Quand vous en aurez fini ici, apportez
les pièces à conviction au labo puis venez au rapport
dans mon bureau.

Ève se dirigea vers la porte avant de lancer un dernier regard par-dessus son épaule.

— Et, Peabody, on ne joue pas avec les pièces à
conviction, O.K.?

— Rabat-joie, maugréa celle-ci lorsque sa chef fut
sortie.

12

Derrière son bureau massif et bien organisé, le commandant Whitney écoutait. Il appréciait la concision et la clarté du rapport de Dallas, tout en sachant qu'elle omettait de lui signaler certains détails.

Un bon flic devait garder son sang-froid en toute circonstance. Et cette jeune femme avait de la glace dans les veines.

— Vous avez fait analyser les données d'autopsie de Fitzhugh hors du département, remarqua-t-il.

Elle ne cilla pas.

— Oui, chef. L'analyse exigeait un matériel plus sophistiqué que le nôtre.

— Et vous aviez accès à ce matériel ?

— J'ai pu y avoir accès.

— Et effectuer l'analyse ? s'enquit-il en haussant un sourcil. L'informatique n'est pas votre fort, lieutenant.

Elle le fixa droit dans les yeux.

— Je m'y suis mise, commandant.

Il la considéra d'un air ironique.

— Par ailleurs, des dossiers secrets de la Sécurité du Gouvernement sont tombés entre vos mains.

— C'est exact. Je ne souhaite pas révéler ma source.

— Votre source ? répéta-t-il. Vous êtes en train de me dire que vous avez un indic dans les services gouvernementaux ?

— Il y a des indics partout.

— Hum. Ça peut marcher, murmura-t-il. Et vous pouvez aussi vous retrouver en face d'une commission d'enquête à Washington Est. Vous en avez conscience, bien sûr ?

— J'en ai conscience et je suis prête.

— Vous feriez bien. Passons à l'affaire sur le Complexe Olympus. Là aussi, vous avez eu accès à des données. C'est un peu loin de votre juridiction, lieutenant.

— J'étais sur les lieux pendant l'incident et j'ai transmis toutes mes conclusions aux autorités spatiales.

— Qui ont, dès lors, pris l'affaire en main, ajouta Whitney.

— Je suis autorisée à requérir des informations quand une affaire externe est liée à l'une des miennes, commandant.

— Cela reste à prouver.

— Pour le prouver, il me fallait ces informations.

— Cela tiendrait, Dallas, s'il s'agissait d'un meurtre.

— Je crois que nous avons affaire à quatre meurtres, y compris pour Cerise Devane.

— Dallas, je viens de voir un enregistrement de ce drame. J'ai vu une flic et une folle sur une corniche. La flic tentait de sauver la folle et la folle a choisi de sauter. Elle n'a pas été poussée, menacée ou incitée de quelque manière que ce soit.

— Je crois qu'elle y a été incitée.

— Comment ?

Pour la première fois, elle montra sa frustration.

— Je ne sais pas. Mais je suis sûre et certaine que s'il reste assez de cervelle pour pratiquer une analyse après cette chute, on trouvera cette même brûlure sur son lobe frontal. Je le sais, commandant. Ce que j'ignore, c'est comment cette brûlure est arrivée là. (Une pause.) Ou comment on l'y a faite.

Il cligna des paupières.

— Selon vous, quelqu'un incite des gens à se suicider grâce à une sorte d'implant dans le cerveau ?

— Ils ont tous cette tache. C'est leur unique point commun. Ça ne peut pas être une coïncidence, commandant. Si cette brûlure a été provoquée et si elle est responsable du fait que des gens se sont tués, alors il s'agit de meurtres. Et donc je dois enquêter.

Un lourd silence s'installa.

— Vous marchez sur un fil extrêmement mince, Dallas, reprit finalement Whitney. Les morts ont une famille et les familles voudraient qu'on en finisse. Votre enquête ne fait que prolonger leur deuil.

— J'en suis navrée.

— Elle soulève aussi certaines questions à la Tour, ajouta-t-il, faisant référence au chef de la police.

— Je suis prête à présenter mon rapport devant le chef Tibble, si on m'en donne l'ordre. Je sais ce que j'avance, commandant. Je ne suis pas une débutante qui cherche à se faire mousser.

— Même des flics expérimentés commettent parfois des erreurs.

— Alors, laissez-moi assumer mes erreurs. J'étais sur cette corniche aujourd'hui, commandant. J'ai vu son visage, j'ai vu son regard quand elle a sauté.

Il croisa les mains. L'administration obligeait à un compromis perpétuel. Il avait d'autres affaires sur lesquelles il aurait eu besoin d'elle. Leur budget était trop mince et les effectifs réduits.

— Je vous donne une semaine, pas un jour de plus. Si vous n'avez pas les réponses d'ici là, cette affaire sera classée.

Elle poussa un soupir.

— Et le chef?

— Je m'en occupe. Trouvez-moi quelque chose, Dallas, ou préparez-vous à faire le ménage dans les cellules du Central.

— Merci, chef.

— Entrevue terminée.

Mais avant qu'elle n'atteigne la porte, il ajouta :

— Oh, Dallas! S'il vous reprend l'idée de faire des recherches en dehors des circuits officiels, faites attention où vous mettez les pieds... Bien des choses à votre mari.

Elle rougit imperceptiblement et marmonna un vague salut. Avec un juron, elle courut vers l'ascenseur le plus proche. Elle allait être en retard au tribunal.

La fin de son service approchait quand elle revint à son bureau pour y trouver Peabody installée derrière l'ordinateur, une tasse de café à la main.

Ève s'adossa à la porte.

— Vous êtes à l'aise, officier?

Peabody tressaillit, renversa un peu de café et s'éclaircit la voix.

— Je pensais que vous étiez rentrée chez vous.

— C'est ce que je vois. Un problème avec votre ordinateur?

— Euh... non, non chef. Je me suis dit qu'il serait

plus rapide d'entrer toutes les nouvelles données directement ici.

— C'est une bonne histoire, Peabody. Faites semblant d'y croire.

Ève se programma une tasse de café sur l'Auto-Chef. C'était le café de Connors qui avait attiré Peabody dans son bureau.

— Quelles nouvelles ?

— Le capitaine Feeney a fait une transcription de toutes les communications de Devane. Elles ne nous apprennent pas grand-chose. Nous avons aussi son agenda personnel et les résultats de son dernier bilan de santé.

— Et ?

— Rien de spécial. Elle fumait beaucoup et pratiquait régulièrement ses injections anticancer. Aucun signe de maladie, physique ou mentale. Un peu de stress, dû à trop de travail. Elle prenait des calmants et des tranquillisants. Elle avait un petit ami avec qui elle s'entendait bien. Il n'est pas sur la planète en ce moment. Elle avait un fils d'un précédent compagnon. Nous l'avons prévenu.

Ève opina, réfléchit quelques secondes avant d'incliner la tête.

— Je ne vous dérange pas trop, Peabody ?

— Non, chef... Oh, désolée...

Elle se leva vivement pour lui laisser sa place.

— Et votre entrevue avec le commandant ?

— Nous avons une semaine. Donc, pas de temps à perdre. Rapport du légiste sur Devane ?

— Pas encore arrivé.

Ève brancha son com.

— Voyons si on ne peut pas les faire bouger un peu.

Elle rentra chez elle épuisée. Elle n'avait pas dîné, ce qui valait mieux, car elle avait fini la journée à la morgue où l'on avait transféré les restes de Cerise Devane.

Même l'estomac d'un flic expérimenté pouvait se révolter...

Quant à trouver quelque chose dans cette bouillie, c'était impensable.

Elle monta directement dans la chambre. Connors la découvrit quelques minutes plus tard, affalée sur le lit avec le chat roulé en boule contre son flanc.

Il se contenta de la contempler un instant. Il avait regardé les flashs d'information. Pétrifié, la bouche sèche, il l'avait vue sur ce toit.

Il savait qu'elle affrontait souvent la mort et il se disait qu'il l'acceptait. Mais ce matin, il l'avait regardée, impuissant, chanceler sur cette corniche. Il avait lu le courage et la peur dans ses yeux. Et il avait souffert.

A présent elle était là, chez eux, cette femme délicieuse qui avait plus d'os et de muscles que de courbes, des cheveux qui avaient besoin d'une bonne coupe et des bottes usées jusqu'à la corde...

Il s'assit sur le rebord du lit.

— Tu peux m'enlever ce truc qui m'écrase le ventre ? murmura-t-elle.

Obligeamment, Connors souleva Galahad.

— Vous avez eu une sacrée journée, lieutenant. Les médias ne parlent que de vous.

Elle roula sur elle-même mais garda les yeux fermés.

— Tant pis pour moi.

— J'étais branché sur Channel 75 en préparant ma première réunion de la journée. J'ai tout vu en direct.

Sentant la tension dans sa voix, elle ouvrit les yeux.

— Désolée.

Il posa le chat pour chasser délicatement quelques cheveux de sa joue.

— Tu diras que tu ne faisais que ton travail. Mais tu y as été un peu fort. Elle aurait pu t'entraîner avec elle.

— Je n'étais pas prête à sauter.

Elle saisit la main qui lui caressait la joue.

— Je n'étais pas prête pour ça, répéta-t-elle. Et je ne le suis toujours pas.

Galahad regrimpa sur le lit avant de s'installer et de s'étirer sur le ventre d'Ève. Connors sourit.

— On dirait bien qu'on a tous les deux envie de te garder encore avec nous... Tu as mangé aujourd'hui ?

Elle pinça les lèvres.

— Je gagne quelque chose si je réponds ?

— Rien qui en vaille la peine.

— Je n'ai pas faim. Je viens de la morgue. Le contact avec le béton après une chute de soixante-dix étages a un effet désastreux sur la chair et les os.

— J'imagine qu'il ne doit pas rester de quoi faire une comparaison avec les autres ?

Elle sourit, se redressa et lui donna un gros baiser sonore.

— Tu as toujours la bonne réplique, Connors. C'est ce que je préfère chez toi.

— Ah bon ? Je croyais que c'était mon corps.

— Ça aussi, dit-elle tandis qu'il se levait pour gagner l'AutoChef. Non, il n'y a pas de quoi faire une comparaison, mais je suis sûre que ce suicide est lié aux autres. Tu ne penses pas ?

Il attendit que la boisson aux protéines qu'il avait programmée soit prête.

— Cerise était une femme intelligente, sensée et ambitieuse. Elle était souvent égoïste, toujours vaniteuse, et terriblement casse-pieds.

Il revint et lui tendit le verre en ajoutant :

— Je ne la vois pas sauter du toit de son immeuble pour le plus grand plaisir de la concurrence...

Ève fronça les sourcils devant la boisson laiteuse couleur menthe.

— C'est quoi, ça ?

— De la nourriture. Bois.

Méfiante, elle goûta une gorgée, jugea que ce n'était pas si mauvais et l'avala d'un trait.

— Voilà. Tu es content ? s'enquit-elle.

— Oui. Whitney t'a donné du temps ?

— Une semaine. Et il sait que j'ai utilisé tes... services mais il ne dira rien. (Elle s'étira.) Au fait, on ne devait pas regarder de vieilles vidéos, manger du pop-corn et nous câliner ?

— Tu m'as posé un lapin. Je veux divorcer.

— Seigneur, quelle sévérité !

Soudain nerveuse, elle se tordit les mains.

— Puisque tu es dans cette disposition d'esprit, je ferais mieux de tout t'avouer...

Il haussa les sourcils.

— Tu as flirté avec quelqu'un d'autre ?

— Pas exactement.

— Je te demande pardon ?

— Tu veux un verre ? On a du vin ici, n'est-ce pas ?

Elle voulut quitter le lit mais il lui saisit le poignet.

— Explique-toi.

— Je vais le faire. Je crois simplement que ça passerait mieux avec un verre de vin. D'accord ?

196

Elle essaya de sourire. Ce qui lui valut un long regard glacé. Mais il la lâcha. Elle prit son temps pour le servir.

— J'étais avec Peabody, commença-t-elle. Nous faisions les premières constatations dans le bureau de Devane. Elle a une chambre de relaxation.

— Je sais.

Elle but une gorgée pour se donner du courage.

— Bon, alors j'ai remarqué qu'elle avait une paire de lunettes de réalité virtuelle. Mathias avait été dans la réalité virtuelle avant de se pendre. Fitzhugh aimait également ça. C'est maigre mais c'est au moins quelque chose qui les relie.

— Plus de quatre-vingt-dix pour cent des gens de ce pays possèdent au moins un système de réalité virtuelle chez eux, remarqua Connors, les yeux comme des fentes.

— Oui, mais il fallait bien commencer par quelque part. Il s'agit d'un truc dans le cerveau et la réalité virtuelle affecte le cerveau à travers les sens. Je me suis dit qu'il y avait peut-être un défaut, accidentel ou voulu, dans les lunettes qui avait provoqué cette volonté de suicide.

Il opina lentement.

— D'accord, je te suis.

— Donc, j'ai essayé son système.

Il leva la main.

— Attends. Tu croyais que ces lunettes pouvaient l'avoir poussée au suicide et, du coup, tu as voulu les essayer ? Tu as perdu la tête ou quoi ?

— Peabody était là, au cas où... avec l'ordre de me paralyser si nécessaire.

Dégoûté, il leva les yeux au ciel.

— Géniale. Tu es géniale...

— Tiens.

Elle lui tendit son verre de vin avant de s'asseoir à son côté.

— J'ai vérifié le dernier programme utilisé. Elle se l'est passé quelques minutes seulement avant de sauter. J'étais persuadée de trouver quelque chose... (Une pause.) Tu sais, je pensais qu'il s'agirait d'un programme de détente. Une séance de méditation, une croisière en mer ou une balade à la campagne...

— Je parie que ce n'était pas ça.

— Non. C'était un... fantasme. Tu vois ? Un fantasme sexuel.

Intrigué, il croisa les jambes. Mais son visage restait impassible.

— Vraiment ? Quel fantasme sexuel ?

— Eh bien, il y avait des types.

— Plusieurs ?

— Deux.

— Tu étais nue ?

— Bon sang, Connors...

— C'est une question qui me semble parfaitement raisonnable !

— C'était un programme, et il fallait que je l'examine. Ce n'est pas ma faute si ces types se sont jetés sur moi... et j'ai arrêté avant... enfin, presque avant...

Bourrelée de remords, elle s'interrompit. Soudain, à sa totale stupéfaction, elle l'entendit glousser.

— Tu trouves ça drôle ?

Elle lui expédia un coup de poing dans l'épaule.

— Toute la journée, je me suis sentie minable, et toi tu trouves ça drôle !

— Avant quoi ? demanda-t-il. Tu as arrêté le programme avant quoi, précisément ?

Elle le toisa avec hauteur.

— Ils étaient géniaux. Je vais faire une copie de ce

programme pour mon usage personnel. Je n'aurai plus besoin de toi désormais. J'aurai mes deux esclaves d'amour.

— Tu veux parier ?

Il la repoussa sur le lit, lutta avec elle et lui enleva sa chemise.

— Arrête ! Je n'ai pas envie de toi. Mes esclaves d'amour me suffisent...

Elle le renversa, réussit presque à l'immobiliser. Mais la bouche de Connors se referma sur son sein et sa main glissa entre ses jambes.

Une onde de chaleur déferla en elle.

— Bon sang... (Elle eut un hoquet.) Je fais juste semblant d'aimer ça.

— D'accord.

Il la dépouilla de son pantalon puis joua avec elle du bout des doigts. Il lui mordilla un mamelon tout en continuant de l'agacer.

Cette fois, ce ne fut pas un orgasme paisible. Une vague de plaisir éclata en elle, la submergea. Elle gémit son nom.

Mais lorsqu'elle voulut le toucher, il lui emprisonna les poignets au-dessus de la tête.

— Non.

Lui aussi haletait en la regardant dans les yeux.

— Prends, murmura-t-il. Prends-moi.

Il se glissa lentement en elle, millimètre par millimètre, contemplant les pupilles d'Ève qui se dilataient à mesure. Elle avait un regard d'aveugle. Refoulant son envie torturante, il la guida au sommet de la jouissance.

Et quand elle se détendit soudain, quand son souffle se ralentit en râles hachés, il changea de rythme mais ne s'arrêta pas.

— Encore, chuchota-t-il. Encore.

Pour Ève, c'en était trop. Son cœur battait à se rompre, son plaisir confinait à la douleur. Mais il bougeait lentement, paresseusement.

— Je n'en peux plus, haleta-t-elle. Je...

— Non, Ève, laisse-toi faire. Encore une fois.

Et il ne s'abandonna que lorsqu'elle eut connu l'explosion du plaisir une ultime fois.

13

Pendant les jours suivants, Ève ne fit que se cogner contre des murs. Elle n'avançait pas. Elle traquait Feeney, exigeant chaque minute de son temps libre pour lui trouver quelque chose. N'importe quoi.

Elle serrait les dents quand d'autres affaires atterrissaient sur son bureau, et accumulait les heures supplémentaires.

Les gars du labo traînaient les pieds mais elle les harcelait sans relâche. Au point qu'ils commencèrent à éviter ses appels. Elle alla donc en personne les relancer :

— N'essayez pas de me dire que vous manquez de personnel, Dickie !

Dickie Berenski, plus communément connu sous le nom de Tête de Nœud, parut désolé. En tant que chef du labo, il aurait dû pouvoir éviter cette confrontation mais aucun de ses employés n'avait osé affronter le lieutenant Dallas.

— Écoutez, Dallas, tous mes gars travaillent pour vous. C'est une faveur que je vous fais.

— Une faveur, mon œil ! Je vous ai procuré des billets pour l'Arena Ball demain.

Il fit la moue.

— Je pensais qu'il s'agissait d'un cadeau.

Elle le poussa du doigt.

— Qu'est-ce qu'il y a dans les lunettes de réalité virtuelle, Dickie? Pourquoi n'ai-je pas reçu votre rapport?

— Parce que je n'ai rien trouvé à mettre dans un rapport. C'est un programme de sexe, Dallas... mais c'est tout. Nous n'avons décelé aucun défaut. J'ai même demandé à Sheila de les démonter entièrement. C'est un sacré équipement. Ce que l'on fait de mieux sur le marché... Une technologie hors pair. Mais c'est normal, c'est un produit Connors.

— Co... (Elle s'interrompit, essayant de ne pas montrer sa surprise et sa détresse.) Dans quelle usine sont-elles fabriquées?

— Sheila doit savoir ça. Sûrement pas sur la planète. La main-d'œuvre est trop chère. Ces trucs ne sont sur le marché que depuis un mois.

L'estomac d'Ève était noué.

— Mais ils n'ont pas de défaut?

— Aucun. Un vrai régal. J'en ai commandé une paire moi-même. (Plein d'espoir, il haussa les sourcils.) Dites, vous pourriez peut-être me les avoir moins cher...

— Donnez-moi un rapport complet et j'y penserai.

— C'est la journée de repos de Sheila, couina-t-il d'un air suppliant. Elle finira votre rapport demain et vous l'aurez à midi.

— Tout de suite, Dickie. Et je me débrouillerai pour qu'on vous en fasse cadeau.

Un bon flic savait utiliser les faiblesses de ses interlocuteurs.

— Ah, dans ce cas... Attendez dix minutes!

Tout joyeux, il se jeta sur son ordinateur.

— Dallas, ces trucs valent au moins deux mille

dollars la paire. Ce n'est plus un cadeau, c'est un pot-de-vin !

— Peu importe. Je veux ce rapport.

Connors avait probablement un stock de ces lunettes qu'il utilisait comme cadeaux promotionnels, se dit-elle, mal à l'aise. Des cadeaux aux politiciens, aux employés, aux éminents citoyens.

— Il ne nous reste plus que trois jours, ajouta-t-elle. Et je n'ai toujours rien.

Quelques instants plus tard, Dickie se tournait vers elle.

— Sheila avait pratiquement terminé.

Il lui donna un disque tout en lui montrant des éclairs et des tourbillons de lumière sur l'écran.

— Regardez ça. C'est un compugraphe de votre programme. Sheila a mis en évidence quelques échos.

— Comment ça, des échos ?

— Comment dire ? Il s'agit sans doute de stimulations subliminales. Certains de ces engins les plus modernes offrent une large gamme de stimulations. Vous voyez, ces échos apparaissent sur le programme comme des ombres. Ils reviennent à quelques secondes d'intervalle.

— Des suggestions ? Vous voulez dire que ce programme envoie des suggestions subliminales à l'utilisateur ?

— C'est une pratique assez commune. On les utilise pour changer d'habitudes, accroître les possibilités sexuelles, la concentration et ainsi de suite. Mon père a arrêté de fumer grâce aux suggestions subliminales il y a cinquante ans.

— Et peut-on implanter des envies, des besoins... comme celui de se suicider ?

Il tira sur sa lèvre, peu convaincu.

— Non. Ça permet de dominer les envies — manger ou fumer, par exemple, mais une suggestion aussi directe, aussi puissante? Il faudrait aller bien plus profond que ça et je dirais qu'il faudrait de nombreuses séances pour que la suggestion s'implante dans un cerveau normal. L'instinct de survie est trop fort.

Il secoua la tête.

— Nous avons visionné plusieurs fois ce programme. Nous l'avons fait utiliser par des sujets de tests, et des droïdes. Personne n'a eu envie de se jeter par la fenêtre. En fait, personne n'a eu de réaction anormale, ni les humains ni les droïdes. C'est juste un petit voyage agréable et c'est tout.

— Je veux une analyse complète de ces ombres subliminales.

Il avait prévu ça.

— Alors il faudra que je garde ces lunettes. Sheila a déjà commencé, comme vous le voyez, mais ça prendra un peu de temps. Il va falloir décortiquer le programme, voir à quel moment les sublis apparaissent, comparer, analyser et tester. Une bonne stimulation — et je vous garantis que celles-ci le sont — est subtile. Pour les mettre en évidence, il faudra du travail et du temps.

— Combien de temps?

— Deux jours. Un jour et demi si on a de la chance.

— Alors, ayez de la chance!

En rentrant chez elle, Ève trouva la maison sens dessus dessous. Des traiteurs, des employés s'activaient, sous le regard implacable de Summerset. Connors lui-même était là, surveillant les opérations.

Elle avait oublié : la soirée en l'honneur de Mavis avait lieu aujourd'hui.

Décontenancée, elle évita de justesse deux types portant des haut-parleurs, avant de rejoindre son mari qui la guettait avec un regard amusé.

— Prête pour le grand soir ?

Elle ne sourit pas.

— Presque. Connors, ajouta-t-elle, grave, il faut qu'on parle.

Il comprit immédiatement que c'était sérieux.

— Summerset peut s'occuper de tout ça. Allons dans la bibliothèque.

— Le moment est mal choisi, je sais, mais il n'y a pas moyen de faire autrement...

Ils pénétrèrent dans la pièce et Connors se tourna vers elle, interrogateur.

Elle poussa un long soupir.

— Tu as mis sur le marché de nouvelles lunettes de réalité virtuelle.

— Exact.

Il s'assit sur le bras d'un fauteuil et alluma une cigarette.

— Il y a un mois ou six semaines, cela dépend des régions, expliqua-t-il. Nous avons apporté quelques modifications sensibles dans les options et les programmes.

— Vous utilisez des suggestions subliminales.

Il souffla la fumée d'un air pensif, tout en l'observant.

— Naturellement. Elles ont beaucoup de succès... Cerise possédait une paire de ces lunettes. Elle les a utilisées juste avant de sauter, c'est ça ?

— Oui. Le labo n'a pas encore été capable d'identifier les sublis. Ils ne trouveront peut-être rien d'anormal, mais...

— Mais tu ne le penses pas, conclut-il à sa place.

— Quelque chose les a poussés. Quelque chose les a tous poussés à se tuer. Je vais faire confisquer les lunettes de réalité virtuelle des autres victimes. S'il s'avère qu'il s'agit du même modèle, l'enquête va s'orienter sur ta compagnie... Sur toi.

— J'aurais eu une soudaine envie de faire monter la courbe des suicides ?

— Je sais que tu n'as rien à voir avec ça, dit-elle vivement. Je vais faire tout ce que je peux pour te tenir à l'écart. Je veux...

— Ève, la coupa-t-il avec calme, tu ne me dois aucune explication.

Fouillant dans sa poche, il trouva sa carte-mémo et tapa un code.

— La recherche et le développement sur ce modèle ont été effectués dans deux endroits. A Chicago et sur Travis II. La production a été prise en charge par une de mes filiales, là aussi sur Travis II. La distribution a été assurée par Fleet. Le packaging par Trillium, le marketing par Top Drawer, ici, à New York. Je peux transférer toutes ces informations sur ton ordinateur de bureau, si tu veux.

— Je suis désolée.

— Arrête. (Il se leva.) Il y a des centaines, des milliers d'employés dans ces compagnies. Je peux t'obtenir une liste.

Il s'arrêta devant elle, caressa le diamant niché entre ses seins.

— Tu dois aussi savoir que je suis intervenu personnellement sur ce projet, continua-t-il. J'en ai approuvé le concept, affiné les directives. Cela fait plus d'un an que nous travaillons sur ces lunettes et j'ai supervisé chaque stade de leur fabrication. S'il y a un responsable, c'est moi.

C'était bien ce qu'elle craignait.

— Il se peut que je m'affole pour rien. Tête de Nœud prétend que ma théorie ne tient pas. Selon lui, il est impossible de pousser au suicide par sublimation.

Connors sourit.

— Comment se fier à quelqu'un qui s'appelle Tête de Nœud ?... Ève, tu as essayé ces lunettes toi-même.

— Oui, et ça aussi, ça ne cadre pas avec ma théorie... Je veux avoir tort, Connors. Je veux avoir tort et conclure ces enquêtes par des suicides. Mais si je ne...

— Nous ferons face. Demain à la première heure, je mènerai ma petite enquête moi-même.

Elle secoua la tête mais il lui prit la main.

— Ève, c'est mon domaine, pas le tien. Je connais mes employés, en tout cas, tous les chefs de département qui ont œuvré sur ce projet. Et toi et moi, on a déjà travaillé ensemble...

— Ça ne me plaît pas.

Il joua à nouveau avec le diamant entre ses seins.

— Dommage. Moi, ça me plaît.

14

— Y a pas de doute, Connors sait organiser une fête !

Mavis enfourna un œuf de caille dans sa bouche déjà pleine.

— Tout le monde est là, ajouta-t-elle, ébahie. Absolument tout le monde. Tu as vu Roger Keene ? C'est le patron de Be There Records. Et Lilah Monroe ? Elle fait un malheur en ce moment avec son show sur Broadway. Avec un peu de chance, elle va peut-être demander à Leonardo de lui dessiner ses nouveaux costumes. Et là-bas, c'est...

— Prends le temps de respirer, Mavis, conseilla Ève tandis que son amie continuait à babiller et à se bourrer de canapés. Ralentis l'allure.

— Je suis si nerveuse.

Profitant de ce que ses mains étaient momentanément libres, Mavis les pressa sur son ventre nu, orné d'un énorme tatouage représentant une orchidée rouge.

— Je ˋn'arrive pas à me calmer. Quand je suis comme ça, je ne sais plus que parler et manger.

— Et vomir, si tu n'arrêtes pas !

Ève parcourut la pièce du regard et dut admettre

que son amie avait raison : Connors savait organiser une fête.

La pièce étincelait et les gens aussi. Même la nourriture semblait trop jolie, trop décorative pour qu'on la mange. Ce qui ne gênait nullement Mavis. Et puisque que la météo s'était montrée coopérative, le toit était ouvert. Une douce brise soufflait et un tapis d'étoiles flottait au-dessus d'eux. Un écran recouvrait un mur entier. Une Mavis gigantesque s'y contorsionnait, sa musique se déversant dans la pièce.

— Je ne pourrai jamais vous rembourser ça...

— Ce n'est rien, Mavis.

— Non, je suis sérieuse...

Après avoir adressé un sourire radieux à Leonardo, accompagné d'un baiser exagéré, elle se retourna vers Ève :

— Toi et moi, Dallas, ça fait un bail qu'on se connaît. Bon sang, si tu ne m'avais pas coincée, je serais sans doute encore en train de faire les poches des passants et de monter des arnaques minables.

— Ça remonte à loin.

— Peut-être, mais c'est la vérité. Et j'ai fait pas mal d'efforts pour changer. Je suis assez fière de mon chemin. « Changer, nous reconstruire, pensa Ève. C'est possible. Ça arrive. » Elle jeta un coup d'œil vers Reeanna et William plongés dans une conversation animée avec Mira et son époux.

— Et il y a de quoi. Je suis fière de toi.

Mavis s'éclaircit la gorge.

— Bon sang, Dallas ! Je te connais et je t'aime vraiment. Voilà. Je t'aime vraiment.

— Arrête, Mavis, tu vas me faire pleurer. C'est Connors qui a tout organisé.

Sans la moindre honte, Mavis s'essuya le nez d'un revers de main.

— Tu l'aurais fait toi-même... si tu avais su comment t'y prendre.

Tandis qu'Ève fronçait les sourcils, l'émotion de Mavis se transforma en amusement :

— C'est vrai, quoi, Dallas. Avec toi, on aurait eu droit à des hot dogs au soja et à des pâtés de légumes ! C'est Connors le responsable de tout ça.

S'il y a un responsable, c'est moi. Les mots de Mavis faisaient écho à ceux de Connors. Ève frissonna.

— Oui, c'est lui...

— Tu lui as demandé de le faire et il l'a fait pour toi.

Ève secoua la tête.

— Il l'a fait pour toi, Mavis.

— Ouais, peut-être... Tu sais, Dallas, tu as un putain de prince charmant. Un putain de prince charmant... Il faut que j'aille vomir. Je reviens.

— Je t'attends.

Avec un petit rire, Ève s'empara d'un verre d'eau gazeuse sur un plateau qui passait par là et rejoignit Connors.

— Excusez-nous une minute, dit-elle en l'enlevant à un groupe d'invités. Tu es un putain de prince charmant, lui glissa-t-elle à l'oreille.

— Ah ? Merci.

Il passa un bras autour de sa taille et l'entraîna dans une danse suggestive.

— Avec le style de Mavis, il faut faire preuve d'un peu d'imagination, expliqua-t-il. Ce morceau est presque romantique.

Ève haussa un sourcil pour écouter la voix de Mavis qui s'élevait par-dessus le brouhaha ambiant.

— Oui, c'est une vieille chanson sentimentale... Oh, je danse comme un pied !

— Ça irait beaucoup mieux si tu n'essayais pas de mener. Appuie-toi sur moi. Ça va te détendre.

— Je suis très détendue. Au fait, Mavis est en train de vomir.

— Charmant.

— C'est le trac. Et puis, merci.

Cédant à une impulsion, elle lui donna un de ses rares baisers en public.

— Je t'en prie... Merci de quoi?

— De ne pas nous avoir donné des hot dogs au soja et des pâtés de légumes.

Il l'attira contre lui.

— C'est un plaisir. Un réel plaisir... Hé, hé, Peabody s'est habillée en noir, ce soir!

Suivant son regard, Ève découvrit son adjointe qui venait d'entrer dans la pièce et s'attaquait déjà à sa première coupe de champagne. Elle portait une combinaison noire qui la moulait un peu trop. Apercevant Ève, elle lui adressa un clin d'œil en levant sa coupe.

Les mondanités n'étaient pas le passe-temps favori d'Ève, mais elle fit de son mieux. Elle se résigna même à danser avec des inconnus, jusqu'à ce qu'elle se retrouve embarquée — c'était le mot qui convenait — par Jess sur le parquet.

— William est un copain à vous? commença-t-il.

— A Connors, plutôt. Je ne le connais pas vraiment.

— En tout cas, il a des idées assez intéressantes. Il pense être capable de réaliser une interface pour le disque. Un truc qui amène le public dans la musique... dans Mavis.

Les sourcils haussés, Ève jeta un regard vers l'écran. Mavis tortillait ses hanches à moitié nues en hurlant quelque chose à propos du feu de l'amour qui la consumait. Tout cela dans une explosion de flammes rouge et or.

— Vous croyez que les gens vont avoir envie d'aller là-dedans?

Il gloussa. Sa voix tomba d'une octave.

— Mon chou, ils seraient prêts à se marcher dessus pour y entrer. Et à payer cher.

— Et plus ils paieront, plus votre pourcentage grossira.

— C'est la règle du jeu.

— Mavis a fait son choix...

Elle s'adoucit, remarquant que nombre d'invités étaient absorbés par ce qui se passait sur l'écran.

— Un bon choix, à ce qu'il semble, ajouta-t-elle.

— Nous avons tous les deux fait un bon choix. Nous tenons un succès. Et quand ils verront le concert, ça va être le triomphe.

— Vous n'avez pas le trac? (Elle l'étudia: confiant, sûr de lui.) Non, vous n'avez pas le trac.

— Je joue depuis trop longtemps. C'est un boulot.

Il sourit tandis que ses doigts pianotaient sur le dos d'Ève comme sur un instrument de musique.

— Quand vous pourchassez vos tueurs, vous n'avez pas le trac, reprit-il. Vous êtes excitée plutôt, non? Gonflée à bloc?

— Ça dépend.

Elle songea à ce qu'elle pourchassait en ce moment et réprima une grimace.

— Non, vous êtes en acier. Je l'ai compris dès la première fois que je vous ai vue. Vous n'abandonnez pas, vous ne reculez pas. Vous ne flanchez pas. C'est fascinant. Qu'est-ce qui pousse Ève Dallas? La justice, la revanche, le devoir, la moralité? Je dirais que c'est une combinaison de tout cela, nourrie par un conflit entre la confiance en soi et l'incertitude. Vous possédez un fort sens de ce qui est juste et vous vous posez sans arrêt des questions sur vous-même...

Elle n'était pas sûre d'apprécier le tour que prenait cette conversation.

— Vous êtes quoi, musicien ou psy ?

— Les créateurs se doivent d'étudier les autres. Et la musique est une science autant qu'un art, et une émotion autant qu'une science.

Ses yeux d'argent restaient braqués sur elle tandis qu'il la guidait habilement parmi les autres couples.

— Quand je réunis une série de notes, je veux qu'elle affecte les gens, expliqua-t-il. Je dois comprendre et donc étudier la nature humaine, si je veux obtenir la bonne réaction. Comment cela les fera réagir, penser, sentir...

— Je croyais qu'il s'agissait simplement de divertir.

Ses yeux brillaient. Il s'excitait à mesure qu'il parlait.

— Ça, c'est la surface. Rien que la surface. N'importe quel petit musicien peut entrer un thème dans un ordinateur et en sortir une chanson potable. La musique devient de plus en plus ordinaire et prévisible à cause de la technologie.

Sourcils haussés, Ève contempla l'écran et Mavis.

— Je n'entends rien d'ordinaire ou de prévisible, ce soir.

— Exactement ! J'ai passé beaucoup de temps à étudier comment les tonalités, les notes et les rythmes affectent les gens. Et je sais quels boutons pousser. Mavis est un trésor. Elle est si ouverte, si malléable. (Il sourit en voyant le regard d'Ève se durcir.) Dans ma bouche, c'était un compliment. Cela ne signifie pas qu'elle soit faible. Mais elle est prête à prendre des risques pour faire passer le message.

— Et quel est le message ?

— Ça dépend du public. De ses espoirs, de ses rêves... Je me pose beaucoup de questions à propos de vos rêves, Dallas.

« Moi aussi », pensa-t-elle mais elle se contenta de soutenir, impassible, son regard.

— Je préfère m'en tenir à la réalité. Les rêves sont trompeurs.

— Non, non ! Au contraire, ils sont révélateurs ! L'esprit, l'inconscient en particulier, est une toile. Nous peignons dessus en permanence. L'art, la musique ajoutent telle ou telle nuance, tel ou tel style. La médecine l'a compris depuis des décennies et les utilise pour traiter et étudier certains problèmes, aussi bien physiologiques que psychologiques.

Elle inclina la tête.

— A vous entendre, on croirait avoir affaire à un scientifique plus qu'à un musicien.

— Je suis les deux. Un jour, vous pourrez choisir une chanson accordée à vos ondes cérébrales. L'effet sur votre humeur pourra être sans limites, et intime. Voilà la clé : l'intimité.

Ils ne dansaient plus.

— Cela coûterait excessivement cher, répliqua-t-elle. Et les manipulations sur les ondes cérébrales individuelles sont illégales. Pour de bonnes raisons. C'est dangereux.

— Pas du tout ! Ce serait une libération. Tous les vrais progrès ont commencé par être illégaux. Quant au coût, il serait effectivement excessif au départ mais il baisserait à mesure que l'on passerait à une production de masse. Qu'est-ce qu'un cerveau sinon un ordinateur, après tout ? Vous aurez un ordinateur qui analysera un autre ordinateur. Quoi de plus simple ?

214

Il jeta un regard vers l'écran.

— C'est l'intro du dernier morceau. Je dois vérifier mes instruments avant le concert...

Il l'embrassa légèrement sur la joue.

— Souhaitez-nous bonne chance.

— C'est ça, bonne chance, murmura-t-elle, l'estomac noué.

Qu'est-ce qu'un cerveau sinon un ordinateur...? Des ordinateurs analysant d'autres ordinateurs. Des programmes individualisés accordés aux ondes cérébrales de chaque individu. Était-il possible, serait-il possible d'implanter des suggestions dans le cerveau de l'utilisateur, des suggestions agissant sur lui, et lui seul?

Elle secoua la tête. Connors n'aurait jamais approuvé un tel projet. Il n'aurait jamais couru un risque aussi fou... Elle le rejoignit à travers la foule et le prit par le bras.

— Il faut que je te pose une question. Une de tes compagnies a-t-elle effectué des recherches secrètes sur un programme de réalité virtuelle affectant directement les ondes cérébrales?

— C'est illégal, lieutenant.

— Connors!

— Non. Il y a eu une époque où je me serais aventuré dans certains domaines pas très légaux. Mais celui-ci n'en aurait pas fait partie. Et non, ajouta-t-il, anticipant sa question, notre modèle de réalité virtuelle est programmé universellement, pas individuellement. Seuls les programmes peuvent être personnalisés, mais uniquement par l'utilisateur. Ce dont tu parles coûterait une fortune, serait très difficile à réaliser et, en fin de compte, représenterait trop d'ennuis pour que ça en vaille la peine.

Elle se détendit.

— Oui, c'est bien ce que je pensais... Mais est-ce réalisable ?

Il réfléchit un moment.

— Je n'en ai aucune idée. Il faudrait la coopération du sujet, ou bien avoir accès à son scanner cérébral. Et puis... Non, je n'en ai aucune idée, répéta-t-il.

— Si j'arrive à coincer Feeney...

Elle tourna la tête pour le dénicher dans la foule.

— Prenez votre soirée, lieutenant, gronda Connors. D'ailleurs, l'heure de Mavis a sonné.

— D'accord.

Elle refoula son impatience tandis que Jess s'installait derrière sa console pour démarrer un riff d'intro. « Demain », se promit-elle en lançant les applaudissements pour accueillir Mavis.

Alors ses préoccupations disparurent comme par miracle devant les lumières, la musique et le talent de son amie.

— Elle est bien, hein ? (Sans s'en rendre compte, elle avait agrippé le bras de Connors.) Différente, étrange, mais bien.

Il souriait.

— Elle est tout ça. Et elle les a déjà mis dans sa poche. Détends-toi.

— Je suis détendue.

Il éclata de rire et la serra un peu plus contre lui.

— Comme un bout de bois.

Pour se faire entendre, il avait dû lui parler à l'oreille. Profitant de sa position, il ajouta une suggestion très imaginative pour après la soirée.

Une onde de chaleur la parcourut.

— Quoi ? Je crois que cet acte est illégal dans cet État, cher monsieur. Je vérifierai sur mon bouquin de droit.

— J'ai envie de toi.

Un désir foudroyant, immédiat, irrépressible s'était emparé de lui.

— Tout de suite, précisa-t-il.

— Tu n'es pas sérieux.

Mais il l'était. Il l'embrassa férocement. Le sang s'affola dans les veines d'Ève.

— Calme-toi...

Elle parvint à s'écarter de trois centimètres, haletante, choquée, rougissante.

— Nous sommes en public, ajouta-t-elle d'une voix rauque.

— Alors, partons. Il y a des tas de pièces tranquilles dans cette maison.

Il souffrait, tellement son désir était fort. Ève eut un rire nerveux.

— Connors, reprends-toi. Mavis est en train de chanter. On ne va pas s'enfermer dans un placard comme deux adolescents surexcités.

— Oh que si !

Fébrile, il l'entraîna à travers la foule tandis qu'elle essayait de protester :

— Eh ! Tu te prends pour quoi ? Un droïde de plaisir ? Tu peux quand même bien te retenir une heure ou deux !

— Non.

Il ouvrit la porte la plus proche et la poussa dans ce qui était effectivement un placard.

— Tout de suite, bon sang !

Ève se cogna à la paroi du fond et, avant qu'elle ne réalise ce qui se passait, il lui avait soulevé ses jupes et s'introduisait en elle.

Elle n'était pas prête. Elle était choquée. Pour ne pas crier, elle se mordit les lèvres. Il était violent, égoïste, il la pilonnait encore et encore contre le

217

mur. Quand elle le repoussait, il s'acharnait de plus belle, les mains crispées sur ses hanches, lui arrachant un cri étranglé de douleur.

Elle aurait pu l'arrêter, elle était suffisamment entraînée pour cela. Mais sa révolte se dissolvait dans une détresse purement féminine. Elle ne voyait pas son visage, n'était pas certaine de le reconnaître si elle le voyait...

— Connors... tu me fais mal.

Il marmonna quelque chose dans une langue qu'elle ne comprit pas. Aussi, elle s'accrocha et ferma les yeux.

La respiration sifflante, il continuait à plonger en elle, les doigts enfoncés dans sa chair. Il la prenait brutalement, sans rien de la finesse et du contrôle dont il faisait toujours preuve.

Il ne pouvait pas s'arrêter. Alors même qu'une part de son cerveau se révoltait devant ce qu'il était en train de faire, il était tout simplement incapable de s'arrêter. Le besoin le rongeait et il devait l'assouvir pour survivre. Une voix en lui grondait : *Plus fort. Plus vite. Plus...* Elle le commandait, le poussait, jusqu'à ce que, dans un ultime élan, il se vide.

Ève tint bon. C'était cela ou s'effondrer sur place. Il tremblait comme un dément et elle ne savait pas si elle devait le calmer ou le battre.

— Bon sang, Connors...

Mais quand il se retint au mur pour ne pas tomber, elle perdit toute envie de l'insulter.

— Hé, qu'est-ce qui se passe ? Tu as bu combien de bouteilles ce soir ? Appuie-toi sur moi.

— Non.

Maintenant que ce besoin insensé était satisfait, son esprit redevenait clair. Et le remords l'écrasait. Il essaya de se redresser.

— Excuse-moi, Ève... Je t'en prie, excuse-moi.

— D'accord, d'accord.

Il était pâle comme un linge.

— Je devrais aller chercher Summerset, décida-t-elle. Il faut que tu t'allonges.

— Arrête.

Avec une gêne infinie, il évita ses mains qui le caressaient et s'écarta pour ne plus la toucher.

— Au nom du ciel, je t'ai violée ! Je viens de te violer...

— Non, dit-elle avec fermeté, espérant que sa voix serait aussi brutale qu'une gifle. Tu ne m'as pas violée. Je sais ce qu'est le viol. Ce que tu as fait n'était pas un viol, même si c'était un peu trop... enthousiaste.

— Je t'ai fait mal.

Quand elle tendit les mains vers lui, il recula.

— Bon sang, Ève, je t'ai coincée dans ce placard ! Je t'ai...

— D'accord.

Elle s'avança vers lui et, une nouvelle fois, il recula.

— Ne recule pas devant moi, Connors. Ça, ça me fait mal.

— Donne-moi une minute.

Il se frotta le visage. Il avait encore des vertiges.

— Bon Dieu, je boirais bien quelque chose...

— Ce qui nous ramène à ma question. Qu'est-ce que tu as bu ce soir ?

— Pas grand-chose. Je ne suis pas soûl, Ève.

Il baissa les mains et regarda autour de lui.

— Je ne sais pas ce qui s'est passé, ce qui m'a pris. Je suis désolé.

— Tu n'arrêtais pas de dire quelque chose. Un truc étrange. Comme *liomsa*.

Les yeux de Connors s'assombrirent.

— C'est du gaélique. Ça veut dire « mienne ». Je n'ai pas utilisé le gaélique depuis mon enfance. Mon père le parlait quand... quand il était soûl.

Il hésita, tendit les doigts vers la joue d'Ève sans oser la toucher.

— J'ai été si brutal avec toi. Si méchant.

— Je ne suis pas un de tes vases de cristal, Connors. Je ne vais pas me casser.

— Je ne pensais même pas à toi. Je m'en moquais et je n'ai aucune excuse.

Elle ne voulait pas le voir s'humilier ainsi.

— Bon, puisque tu es décidé à te culpabiliser, on ferait aussi bien de retourner là-bas.

Il lui effleura le bras avant qu'elle n'ouvre la porte.

— Ève, je ne sais réellement pas ce qui s'est passé. On était là à écouter Mavis et tout à coup... c'était invincible, dégoûtant. Comme si ma vie allait s'arrêter si je ne te prenais pas. Je ne pouvais pas me contrôler.

— Attends.

Elle s'adossa à la porte un instant, essayant de séparer la femme du flic, l'épouse du détective.

— Tu n'exagères pas ? demanda-t-elle, les sourcils froncés.

— Non. C'était comme si on me serrait la gorge. (Il eut un faible sourire.) Enfin, plutôt une autre partie de mon anatomie. Je ne pouvais rien dire ou faire...

— Oublie ton remords une minute et réfléchis. Un besoin soudain et irrésistible... une pulsion. Une pulsion que toi, un homme parfaitement équilibré, ne pouvais pas maîtriser ? Tu t'es jeté sur moi avec la délicatesse d'un gorille.

Il grimaça.

— Je n'en suis que trop conscient.

— Et ça ne te ressemble pas, Connors. Tu ne te laisses jamais aller. Tu peux être passionné mais jamais méchant. Et, pour quelqu'un qui a fait l'amour avec toi dans pratiquement toutes les positions imaginables, je peux assurer que tu n'es jamais égoïste.

Il ne savait trop comment réagir.

— Tu m'excuses un peu vite...

— Ce n'était pas toi.

— Malheureusement si.

— Ce n'était pas le vrai toi, corrigea-t-elle. Et c'est ce qui compte. Tu as déraillé. Plus exactement, quelque chose en toi a déraillé... La vermine ! grondat-elle, tandis que dans le regard de Connors passait pour la première fois une lueur de compréhension. Ce salopard a quelque chose. Il me le disait pendant que nous dansions. Il se vantait mais je ne voyais pas où il voulait en venir. Alors il a fallu qu'il nous offre une petite démonstration. Ça va lui coûter cher !

Cette fois, la main de Connors sur son bras était ferme.

— Tu parles de Jess Barrow ?

— La musique doit affecter le comportement des gens, ce qu'ils pensent, ce qu'ils sentent... C'est ce qu'il m'a dit quelques minutes avant le début du concert.

— Si tu as raison, martela Connors d'une voix glacée, je veux rester un moment seul avec lui.

— C'est une affaire de police... commença-t-elle, mais les yeux de Connors demeurèrent aussi froids et déterminés.

— Tu me laisseras seul avec lui ou je me débrouillerai par mes propres moyens. D'une façon ou d'une autre, je l'aurai.

Elle lui pressa la main.

— D'accord. Mais tu devras attendre un peu. Il faut que j'en sois sûre.

— J'attendrai, acquiesça-t-il.

Mais ce type allait payer, se promit Connors. Il allait payer pour avoir introduit la peur et la méfiance dans leur relation.

— A la fin du concert, décida-t-elle, je l'interrogerai, officieusement, dans mon bureau, en bas, avec Peabody comme témoin. Ne tente rien contre lui, Connors. Je te préviens.

Il ouvrit la porte.

— J'ai dit que j'attendrais.

Le concert se poursuivait avec le même enthousiasme, la même rage. Dès qu'elle regagna la salle, le regard de Jess se posa sur Ève.

Il esquissa un bref sourire amusé et sûr de lui.

— Trouve Peabody. Demande-lui de descendre dans mon bureau et de préparer l'enregistreur pour un interrogatoire, dit-elle à Connors.

Comme il hésitait, elle se plaça entre la scène et lui.

— Je t'en prie, insista-t-elle. Il ne s'agit pas simplement d'une insulte personnelle. Il s'agit de plusieurs meurtres. Laisse-moi faire mon travail.

Il tourna les talons sans un mot. A peine eut-il disparu dans la foule qu'elle se précipita sur Summerset.

— Je veux que vous surveilliez Connors.

— Je vous demande pardon ?

Elle le saisit par le revers de son veston.

— Écoutez-moi, c'est important. Il risque des ennuis. Ne le quittez pas des yeux. S'il lui arrive quoi que ce soit, je vous prie de croire que vous le regretterez. C'est compris ?

Il ne comprenait absolument pas ce qu'elle racontait mais il voyait son trouble.

222

— Très bien, fit-il avec dignité.

Certaine que Summerset allait veiller sur Connors comme une mère poule sur ses poussins, elle se fraya un passage jusqu'au pied de la scène. Elle applaudit avec les autres, se força à adresser un sourire d'encouragement à Mavis pour le rappel. Mais dès la dernière salve d'acclamations, elle se glissa auprès de Jess à sa console.

— Un vrai triomphe, murmura-t-elle.

— Je vous l'avais dit, Mavis est un diamant.

Il la dévisagea ironiquement et ajouta :

— Vous avez raté quelques morceaux, Connors et vous.

— Un problème personnel, répondit-elle d'un ton neutre. Il faut vraiment que je vous parle, Jess. De votre musique.

— J'en serai ravi. C'est mon sujet de conversation préféré.

— Maintenant, si vous le voulez bien. Allons dans un endroit plus calme.

— D'accord. (Éteignant sa console, il composa un code de verrouillage.) C'est votre soirée, après tout.

— Comme vous dites, murmura-t-elle.

15

Désirant faire vite et discrètement, Ève choisit l'ascenseur. Elle le programma sur descente rapide puis enclencha le transfert horizontal d'une aile à l'autre.

— C'est une maison fantastique que vous avez, Connors et vous. Elle est vraiment géniale.

— Oh, ça ira jusqu'à ce qu'on trouve quelque chose de plus grand, dit-elle sèchement, serrant les dents en l'entendant rire. Dites-moi, Jess, quand avez-vous décidé de travailler avec Mavis ? Avant ou après avoir appris son amitié avec moi — et donc avec Connors ?

— Je vous l'ai dit, Mavis est une perle rare. Il m'a suffi de la voir deux ou trois fois au Down & Dirty pour savoir que ça allait coller entre nous.

Il esquissa un sourire. Charmant. Le sourire d'un enfant de chœur cachant un crapaud dans sa poche.

— C'est sûr que ça ne fait de mal à personne qu'elle connaisse un type comme Connors, continua-t-il. Mais il fallait d'abord qu'elle ait le talent.

— Vous saviez qu'elle le connaissait ?

Il bougea une épaule.

— J'en avais entendu parler. C'est pourquoi je suis

allé la voir. En général, je ne traîne pas dans ce genre de clubs. Mais elle a flashé sur moi. Si je la prends en main et si Connors — ou quelqu'un dans son genre — est prêt à investir dans un disque et des tournées, ça arrangera tout le monde.

— Et vous êtes un fameux arrangeur, Jess. Un vrai pro.

Les portes s'ouvrirent, elle sortit de la cabine.

— Comme je vous l'ai dit, je donne des concerts depuis que je suis tout gosse.

Tout en la suivant, il contemplait le couloir rempli d'objets d'art. Des choses anciennes, inestimables : des boiseries, des peintures, un tapis qu'un artisan avait tissé de ses mains un siècle plus tôt. Tout cela représentait une fortune.

A la porte de son bureau, Ève se retourna.

— Je ne sais pas combien ça coûte, dit-elle, lisant dans ses pensées. Et je m'en moque.

Toujours souriant, il baissa les yeux sur le diamant en forme de larme qui ornait son corsage de soie noire.

— Peut-être, mais ce n'est pas de la fripe que vous portez, mon chou.

— Ça m'est arrivé et ça pourrait m'arriver encore. (Elle tapa le code d'entrée.) Et, Jess, ne m'appelez pas mon chou.

Peabody les attendait, perplexe mais attentive.

— Asseyez-vous, dit Ève à Jess en prenant place derrière son bureau.

— Jolie pièce... Hé! Salut mon cœur!

Il ne se souvenait pas de son nom mais il sourit à Peabody comme s'ils se connaissaient depuis toujours.

— Vous avez vu le concert?

— Oui, répliqua timidement l'adjointe.

— Alors, ça vous a plu ?

— J'ai trouvé ça extraordinaire. Mavis et vous, vous savez vraiment y faire.

Elle risqua un sourire, ne sachant pas trop ce qu'Ève attendait d'elle.

— Je suis prête à acheter votre premier disque, avoua-t-elle.

— Ah ! voilà qui fait plaisir à entendre... On peut boire quelque chose ici ? demanda-t-il à Ève. Quand je monte sur scène, je suis toujours à jeun. Mais maintenant, je n'aurais rien contre un petit verre.

— Pas de problème. Que voudriez-vous ?

— Ce champagne n'avait pas l'air mauvais.

— Peabody, il doit y en avoir dans la cuisine. Vous voulez bien servir un verre à notre invité ?

Ève observa une pause. Normalement, elle aurait dû commencer à enregistrer, mais elle préférait attendre encore un peu.

— Quelqu'un comme vous, qui compose aussi bien la musique que l'atmosphère qui l'entoure, doit être technicien autant que musicien, non ? C'est ce que vous m'expliquiez avant le concert.

Il leva ses belles mains ornées de bracelets d'or.

— C'est la règle de nos jours dans ce business. J'ai de la chance, les deux m'intéressent. Et je crois être assez doué aussi bien pour la musique que pour la technique. L'époque où on composait des chansons en pianotant sur un clavier ou à partir d'un riff de guitare est révolue.

— Où avez-vous suivi votre formation de technicien ? Vous avez l'air très calé dans ce domaine.

Détendu, à l'aise, il sourit tandis que Peabody revenait avec une flûte de champagne.

— Pour l'essentiel, je me suis formé tout seul, sur le tas. Mais j'ai suivi des cours au M.I.T. par le Net.

226

Elle le savait déjà mais elle voulait le mettre en confiance.

— Impressionnant. Vous vous êtes donc fait tout seul... C'est remarquable, n'est-ce pas, Peabody?

— Oui. J'ai tous vos disques et j'attendais avec impatience le suivant.

Ève saisit la balle au bond.

— Ah oui, il paraît que vous n'avez rien sorti depuis un petit moment. Un passage à vide, Jess?

— Pas du tout. Je voulais prendre le temps de perfectionner mon nouvel équipement. Quand je sortirai mes nouveaux trucs, ça sera quelque chose que personne n'aura jamais vu ou entendu.

— Et Mavis vous sert de planche d'appel.

— En quelque sorte. J'ai eu de la veine de tomber sur elle. Elle va présenter certains morceaux qui ne me correspondaient pas vraiment. Je les ai adaptés à sa personnalité. Je pense entrer en studio pour mon propre compte dans quelques mois.

— Quand tout sera en place.

Il leva son verre comme pour lui porter un toast.

— Exactement.

— Vous faites des bandes-son pour des programmes de réalité virtuelle?

— Ça m'arrive. Ça peut être intéressant si le programme n'est pas nul.

— Et je parie que vous savez implanter des suggestions subliminales...

Hésitant, il but une gorgée avant de répondre.

— Des sublis? Ce n'est que de la technique.

— Mais vous êtes un technicien sacrément fort, pas vrai, Jess? Vous êtes capable de disséquer un ordinateur. Et aussi un cerveau. Un cerveau n'est rien d'autre qu'un ordinateur, non? C'est ce que vous m'avez dit.

227

— Oui.

Il ne quittait plus Ève des yeux.

— Et vous savez influencer les humeurs. Les changer. Ce qui nous conduit à la manipulation des émotions, du comportement. Aux schémas des ondes cérébrales...

Elle sortit de son bureau un enregistreur qu'elle posa sur la table :

— Parlons un peu de cela.

— Hé, qu'est-ce qui se passe ?

Il posa son verre, s'avança sur le rebord de son siège.

— Qu'est-ce que c'est que cette histoire ? grogna-t-il.

— L'histoire est que je vais vous faire part de vos droits pour que nous ayons une petite conversation. Officier Peabody, branchez votre enregistreur témoin et allons-y.

— Je n'ai pas donné mon accord pour un putain d'interrogatoire !

Il se leva. Ève aussi.

— Nous pouvons vous emmener au Central, si vous préférez. Ça risque de prendre un peu plus longtemps. Je n'ai pas réservé de salle d'interrogatoire. Mais ça ne vous dérangera sûrement pas de passer quelques heures en cellule ?

Il se rassit lentement.

— Vous redevenez vite flic, Dallas.

— Non, Jess. Je suis toujours flic. Toujours... Dallas, lieutenant Ève, commença-t-elle pour l'enregistreur avant de réciter le couplet habituel sur l'heure, le lieu et les droits du sujet. Comprenez-vous vos droits et options, Jess ?

— Ouais, je les comprends. Mais je ne vois pas de quoi il est question ici.

— Je vais éclairer votre lanterne. Vous êtes interrogé à propos des morts non résolues de Drew Mathias, S.T. Fitzhugh, du sénateur George Pearly et de Cerise Devane.

Il semblait totalement interloqué.

— Devane ? C'est cette femme qui a sauté du Tattler Building ? Qu'est-ce que j'ai à voir avec son suicide ? Je ne la connaissais même pas.

— Vous ignoriez que Cerise Devane dirigeait les Tattler Enterprises ?

— Oh, je devais sûrement le savoir, mais...

— J'imagine que vous avez dû vous retrouver parfois dans le Tattler, au cours de votre carrière.

— Bien sûr, ces pourritures de journalistes passent leur temps à fouiller dans les poubelles. Ils ont aussi fouillé dans les miennes. (La peur avait cédé du terrain à l'irritation.) Écoutez, cette bonne femme a sauté du toit. J'étais à l'autre bout de la ville, en séance d'enregistrement. J'ai des témoins. Mavis, par exemple.

— Je sais que vous n'y étiez pas, Jess. Moi, j'y étais. Je sais que vous n'y étiez pas... en personne du moins.

Il esquissa un sourire ironique.

— Vous me prenez pour quoi ? Pour un esprit frappeur ?

— Avez-vous eu des contacts avec un technicien en autotronique nommé Drew Mathias ?

— Jamais entendu parler.

— Mathias avait lui aussi étudié au M.I.T.

— Comme des milliers d'autres. J'ai opté pour les cours à domicile. Je n'ai jamais mis les pieds sur le campus.

— Et vous n'avez eu aucun contact avec d'autres étudiants ?

— Bien sûr que si. Par les coms, le courrier électronique, les laser-fax... ce que vous voulez. (Il haussa les épaules.) Je ne me souviens d'aucun technicien en autotronique s'appelant comme ça.

Elle décida de changer de tactique :

— Vous avez beaucoup travaillé sur les sublis individuelles ?

— Je ne sais pas de quoi vous parlez.

— Vous ne comprenez pas les termes de ma question ?

Cette fois, il semblait un peu plus agité.

— Je comprends les termes. Mais pour ce que j'en sais, ça n'a jamais été réalisé. Donc je ne comprends pas ce que vous me demandez.

Ève tenta un coup de poker. Elle se tourna vers son adjointe.

— Vous comprenez ce que je lui demande, Peabody ?

— Cela me paraît assez clair, lieutenant. Vous aimeriez savoir si le sujet a effectué des recherches dans le domaine des suggestions subliminales individuelles. Nous devrions sans doute rappeler au sujet que les recherches dans ce domaine ne sont pas illégales. Seuls le développement et les éventuelles applications tombent sous le coup des lois fédérales et internationales.

— Très bien, Peabody. Cela vous aide-t-il à y voir plus clair, Jess ?

Ce petit échange lui avait donné le temps de se reprendre.

— Bien sûr que je m'intéresse à ce domaine. Comme des tas de gens.

— N'est-ce pas un peu en dehors de vos compétences ? Vous êtes un musicien, pas un scientifique.

Il se redressa brusquement, les yeux brillants.

— Je suis diplômé en musicologie. La musique, ce n'est pas que des rangées de notes étalées les unes en dessous des autres, mon cœur. C'est la vie. La mémoire. Les chansons déclenchent des réactions souvent prévisibles. La musique est l'expression des émotions, des désirs.

— Et moi qui croyais que c'était simplement une façon agréable de passer le temps!

On revenait à la discussion de tout à l'heure.

— Ça, c'est la cerise, pas le gâteau. Les Celtes partaient à la guerre avec des cornemuses. Pour eux, c'étaient des armes aussi efficaces que leurs haches. Les guerriers d'Afrique se battaient au son des tam-tams. Les esclaves ont survécu grâce aux *spirituals*. Et cela fait des siècles que les hommes séduisent les femmes avec des chansons. La musique joue avec l'esprit.

— Ce qui nous ramène à ma question : quand avez-vous décidé de vous intéresser de plus près aux schémas cérébraux? Êtes-vous simplement tombé là-dessus par hasard, en composant un morceau?

Il éclata d'un rire bref.

— Vous êtes vraiment aussi ignorante que vous en avez l'air, Dallas? Vous ne croyez pas que la musique est un travail, un vrai travail? Vous croyez qu'il suffit de s'asseoir, de rassembler quelques notes et ça y est? Mais c'est un travail! Un travail dur, exigeant!

— Et vous êtes drôlement fier de votre travail, pas vrai? Allez, Jess, vous aviez envie de me le dire, tout à l'heure...

Ève se leva, contourna son bureau.

— Vous mouriez d'envie de tout me raconter. De le raconter à quelqu'un. A quoi bon créer une chose aussi stupéfiante si vous ne pouvez la partager avec personne?

Il reprit sa flûte de champagne, caressa le long pied de verre.

— Je n'imaginais pas vraiment vous le dire dans ces circonstances.

Il but, prenant le temps de réfléchir.

— Mavis dit que vous pouvez être souple, poursuivit-il. Que vous n'appliquez pas la loi à la lettre mais que ce qui compte pour vous, c'est l'esprit.

— Oh, je sais être souple, Jess. Racontez-moi.

— Eh bien, disons simplement que si, par hypothèse, j'avais trouvé une technique pour créer des sublimations individualisées, une façon de modifier le schéma des ondes cérébrales, ce serait un truc énorme. Des gens comme Connors et vous, avec vos relations, votre pouvoir financier, votre influence, pourraient, disons, contourner des lois obsolètes et gagner des fortunes. Ce serait une révolution dans l'industrie du divertissement.

— C'est une proposition d'affaires ?

— C'est une hypothèse. Les Connors Industries possèdent les moyens de recherche et de développement, la logistique pour prendre ça en charge. Un flic intelligent pourrait, il me semble, trouver une façon de contourner la loi, juste assez pour que ce soit possible.

— Ha, ha, lieutenant, intervint Peabody avec un sourire froid. Il semble que Connors et vous formiez le couple idéal. Hypothétiquement, bien sûr.

— Et Mavis doit vous aider à faire passer le message, murmura Ève, reprenant les propres termes de Jess.

— Mavis est folle de joie. Elle a ce qu'elle a toujours désiré. Après ce soir, elle sera une star.

— En vous servant d'elle, vous pensiez ensuite vous servir de Connors.

Il haussa à nouveau les épaules.

— Je l'ai aidée, mon chou, du mieux que j'ai pu. Elle n'a pas à s'en plaindre.

Une lueur salace passa dans ses yeux.

— Vous avez apprécié la démonstration de mon système hypothétique?

Elle préféra se détourner pour ne pas lui montrer sa fureur.

— Quelle démonstration?

Il esquissa un sourire.

— La nuit où Connors et vous êtes venus au studio. Vous aviez l'air plutôt pressés de partir, de vous retrouver seuls tous les deux... Un petit supplément à la lune de miel?

Elle garda les mains derrière le dos jusqu'à ce qu'elle soit capable de dénouer ses poings. Jetant un coup d'œil vers la porte de communication avec le bureau de Connors, elle tressaillit en apercevant la lumière verte du moniteur.

Il les observait, se dit-elle. Plus qu'illégal, c'était dangereux, étant donné les circonstances... Elle revint à Jess : elle ne pouvait se permettre de ralentir la cadence.

— Ma vie sexuelle semble beaucoup vous intéresser, dites donc!

— Je vous l'ai dit, vous me fascinez, Dallas. Vous avez un fichu caractère. Un esprit d'acier, avec tous ces trous noirs qui le rongent. Je me demande ce qui arriverait si on regardait dans ces trous noirs. Et le sexe est le passe-partout universel...

Il se pencha en avant, les yeux rivés aux siens.

— Quels sont vos rêves, Dallas?

Elle se souvint des rêves qu'elle avait faits la nuit où elle avait vu le disque de Mavis. Le disque qu'il lui avait donné... Ses mains tremblèrent à nouveau.

— Fumier! Tu aimes tes petites expériences, hein? C'est ça que tu as fait avec Mathias? Une démonstration?

— Je vous le répète, je ne sais pas qui c'est.

— Tu avais peut-être besoin d'un technicien en autotronique pour perfectionner ton système. Et ensuite, tu l'as essayé sur lui. Tu avais ses ondes cérébrales, alors tu l'as conditionné. L'as-tu programmé pour qu'il se pende ou bien lui as-tu laissé le choix de la méthode?

Il sursauta.

— Eh! Vous déraillez!

— Et Pearly? Quel rapport avais-tu avec lui? C'est une histoire politique? Tu te projetais déjà dans le futur? C'est vrai que tu es un visionnaire, dans ton genre. Il n'aurait jamais permis de légaliser ton nouveau jouet. Alors tu l'as utilisé contre lui aussi.

— Attendez, attendez un peu. Vous parlez de meurtre? Seigneur, vous essayez de me coincer pour meurtre!

— Après, ça a été le tour de Fitzhugh. Il te fallait encore quelques démonstrations, Jess, ou alors y prenais-tu simplement goût? Ça doit donner une drôle de sensation de puissance, de tuer sans se salir les mains!

— Je n'ai jamais tué personne. Vous vous gourez complètement!

— Devane, c'était une aubaine. Tous les médias étaient là. Il fallait que tu voies ça. Je parie que tu aimes regarder, Jess, pas vrai? Je parie que ça t'excite. Comme ça t'a excité de penser à ce que tu avais fait à Connors ce soir.

Furieux, il se leva et se pencha vers elle. Il n'avait plus rien de charmant.

— C'est ça qui vous chagrine, hein? Vous voulez

234

me coincer parce que j'ai manipulé votre homme. Vous devriez me remercier. Vous avez dû baiser comme des lapins.

La main d'Ève était un poing et le poing entra en contact avec la mâchoire de Jess avant qu'elle ne comprenne ce qui se passait. Il s'effondra comme une masse, à plat ventre sur le bureau, faisant voler l'enregistreur dans les airs.

— Bon sang ! s'exclama-t-elle.

La voix de Peabody s'éleva, calme et froide :

— L'enregistrement témoin montre que le sujet a menacé physiquement le lieutenant pendant l'interrogatoire. Subséquemment, le sujet a perdu l'équilibre et heurté violemment le coin du bureau avec sa tête. Il semble évanoui.

Sous les yeux d'Ève, Peabody alla ramasser Jess par les revers de sa veste.

— Affirmatif, énonça-t-elle en le lâchant sur la chaise. Lieutenant Dallas, votre enregistreur a été endommagé.

D'une main insouciante, Peabody versa du champagne sur l'appareil, grillant effectivement les puces.

— Le mien fonctionne toujours. Êtes-vous blessée ?

Ève ferma les yeux, retrouva son sang-froid.

— Non, je vais bien. Merci. Fin de l'interrogatoire à une heure trente-trois. Le sujet Jess Barrow sera transporté au centre médical de Brightmore pour examen et traitement, puis mis en détention jusqu'à son prochain interrogatoire au Central à neuf heures. Officier Peabody, occupez-vous du transfert.

— Oui, chef.

L'adjointe se tourna en entendant s'ouvrir la porte de communication.

— Lieutenant, reprit-elle vivement, j'ai des interférences sur mon com. Je demande la permission d'utiliser une autre pièce pour passer mon appel.

— Allez-y, soupira Ève qui dévisageait Connors. Tu n'aurais pas dû enregistrer.

— Au contraire. Je le devais.

Il baissa les yeux vers Jess qui gémissait et s'agitait sur sa chaise.

— Il revient à lui. Laisse-moi seul avec lui maintenant.

— Écoute, Connors...

Il lui lança un regard glacial.

— Maintenant, Ève. Laisse-nous.

C'était bien leur problème, se dit-elle. Ni l'un ni l'autre n'avait l'habitude de recevoir des ordres. Mais elle se souvint de l'effroi de Connors dans le placard. Ils avaient tous les deux été utilisés mais c'était lui la première victime.

— Tu as cinq minutes, c'est tout. Et je te préviens : l'enregistrement montre dans quel état il est. S'il présente des marques supplémentaires, je serai tenue pour responsable.

Un mince sourire aux lèvres, il la raccompagna à la porte.

— Lieutenant, accordez-moi ça : je suis un homme civilisé.

Il lui ferma la porte au nez et la verrouilla.

Et il savait aussi infliger les pires douleurs sans laisser de traces...

Saisissant Jess par les revers, il le secoua jusqu'à ce qu'il reprenne conscience.

— Réveille-toi... Ça y est ? demanda-t-il d'une voix douce. Tu me vois ?

Une sueur froide fit frissonner le musicien. Connors avait des yeux de tueur.

— Je veux un avocat.

236

— Tu n'es plus avec les flics. Tu es avec moi. En tout cas, pour les cinq prochaines minutes. Et tu n'as plus aucun droit.

Jess déglutit.

— Vous ne porterez pas la main sur moi. Si vous le faites, c'est votre femme qui trinquera.

Connors esquissa un semblant de sourire.

— Je vais te montrer à quel point tu te trompes.

D'un geste lent et imprévisible, il lui saisit l'entrejambe et tordit. Avec satisfaction, il vit le sang quitter le visage de Jess tandis que sa bouche s'ouvrait désespérément à la recherche d'un air qu'il ne trouvait plus. Du pouce, Connors pressa doucement le larynx et le priva de cet air déjà si rare.

— Pas très agréable, hein, de se faire manipuler à l'endroit le plus sensible?

Après une dernière torsion du poignet, il laissa Jess s'effondrer sur sa chaise, où celui-ci se recroquevilla comme une crevette.

— Maintenant, parlons, décréta Connors.

Dans le couloir, Ève s'affolait. La porte était verrouillée, Connors avait désactivé tous les codes d'accès. De même dans son bureau adjacent. Il avait aussi débranché tous les moniteurs. Elle n'avait aucun moyen de savoir ce qui se passait dans la pièce.

— Seigneur, il est en train de le tuer!

Elle se mit à cogner sur la porte. En pure perte. Finalement, au bout de quelques minutes, le battant glissa. Elle se rua à l'intérieur. Tranquillement assis derrière le bureau, Connors fumait.

Le cœur serré, elle se tourna vers Jess. Il était pâle comme la mort, mais il respirait. En fait, ses poumons sifflaient tel un climatiseur déréglé.

Connors leva le verre de cognac qu'il s'était servi.

— Il n'a pas une marque. Et je crois qu'il commence à comprendre ses erreurs.

Ève se pencha pour examiner les yeux de Jess. Il se tassa sur lui-même comme un chien battu. Le son qu'il émit était à peine humain.

— Que lui as-tu fait ?

— Beaucoup moins que ce qu'il méritait.

Elle lança un long regard à Connors. Son costume était impeccable, sa chevelure en ordre, ses mains parfaitement calmes. Mais ses yeux étaient vides.

— Tu es effrayant.

Il reposa son verre avec précaution.

— Je ne te ferai plus jamais mal.

— Connors...

Elle refoula l'envie d'aller vers lui, de le prendre dans ses bras. Ce n'était pas le moment, ni ce qu'il désirait.

— Cela n'a rien à voir avec nous, murmura-t-elle.

Il souffla la fumée.

— Au contraire.

Peabody entra, impassible.

— Lieutenant, l'ambulance est arrivée. Avec votre permission, je vais accompagner le suspect au centre médical.

— J'y vais.

— Chef...

Peabody risqua un regard vers Connors qui ne quittait pas son épouse des yeux. Et ces yeux brillaient dangereusement.

— Si je peux me permettre, vous avez des problèmes plus urgents ici. Je peux m'en occuper. Vous avez encore de nombreux invités, y compris des journalistes. Je suis sûre que vous préférez que cette histoire ne s'ébruite pas.

Ève soupira.

— Très bien. J'appellerai le Central. Nous ferons le deuxième interrogatoire demain à neuf heures.

— J'y serai.

Peabody considéra Jess, haussa un sourcil.

— Il a dû se cogner la tête assez fort. Il a encore l'air sonné. (Elle offrit un large sourire à Connors.) Moi aussi, ça m'est arrivé de me faire assommer. Je connais ça.

Connors éclata de rire. La tension venait de baisser d'un cran.

— Non, Peabody. Dans ce cas précis, je ne crois pas que vous connaissiez ça.

Il se leva, vint jusqu'à elle pour lui prendre le visage entre les mains et l'embrassa.

— Vous êtes belle, murmura-t-il avant de se tourner vers Ève. Je vais m'occuper de nos invités. Prends ton temps.

Tandis qu'il sortait, Peabody effleura ses lèvres du bout des doigts, là où il l'avait embrassée.

— Waouh! Je suis belle, Dallas!

— J'ai une dette envers vous, Peabody.

— Je crois bien qu'elle vient d'être payée... Bon. On va le sortir de là. Dites à Mavis qu'elle était absolument géniale.

— Mavis...

Ève se frotta les tempes. Comment allait-elle l'annoncer à Mavis?

— Si j'étais vous, Dallas, je lui laisserais sa nuit de triomphe. Vous pourrez toujours lui dire plus tard... Par ici, les gars! Il est encore un peu dans les vapes...

16

Toujours dans son bureau, Ève brancha son com.

Obtenir un mandat à deux heures du matin n'était pas une sinécure. Il lui fallait un juge, et les juges avaient tendance à se montrer irritables à cette heure de la nuit. Surtout quand on leur expliquait que ce mandat servirait à démonter un instrument de musique...

Faisant contre mauvaise fortune bon cœur, Ève toléra le sermon du juge.

— Je vous comprends, Votre Honneur. Mais cela ne peut attendre. Je soupçonne cette machine d'être la cause de la mort de quatre personnes. Son propriétaire est actuellement en détention et je ne puis attendre de lui la moindre coopération.

Le juge ricana.

— Vous êtes en train de me dire que la musique tue, lieutenant? Je le savais, figurez-vous. La soupe qu'ils nous servent de nos jours tuerait un éléphant. Ah, de mon temps, ça c'était de la musique, Springsteen, Nirvana, R.E.M... Voilà de la vraie musique!

— Oui, monsieur.

Elle leva les yeux au ciel. Il avait fallu qu'elle tombe sur un nostalgique...

— J'ai vraiment besoin de ce mandat, Votre Honneur. Le capitaine Feeney est ici, sur place, et pourra se mettre au travail immédiatement. Le suspect a admis avoir fait un usage illégal de sa console.

— Si vous voulez mon avis, ces consoles devraient être interdites et brûlées. Vous marchez sur des œufs, lieutenant.

— Pas si, comme je le crois, on peut prouver que cette console a joué un rôle dans la mort du sénateur Pearly et des autres.

Une hésitation.

— Vous n'y allez pas un peu vite ?

— Non, monsieur. J'ai d'excellentes raisons de le croire.

— D'accord, je vous envoie votre mandat. Mais vous feriez bien d'avoir quelque chose de solide. De très solide.

— Merci. Navrée de vous avoir dérangé... (un déclic résonna avant qu'elle ne termine)... dans votre sommeil.

Elle appela Feeney sur son com.

— Salut, Dallas ! s'exclama-t-il, hilare. Où t'es, petite ? La fête commence à peine. Tu viens de rater Mavis en duo avec un hologramme des Rolling Stones. Tu sais combien j'aime Jagger.

— Ouais, c'est un vrai père pour toi... Ne t'en va pas, Feeney. J'ai du boulot.

— Du boulot ? Tu rigoles ! Il est deux heures du mat' et ma femme, tu vois ce que je veux dire... (Il la gratifia d'un clin d'œil égrillard.) Elle se sent tout émoustillée.

— Navrée. Faudra remettre ça à plus tard. Connors fera raccompagner ta femme. J'arrive dans cinq minutes. Prends quelque chose pour te dessoûler, la nuit risque d'être longue.

— Me dessoûler? (Son visage arbora son air morose habituel.) Ça fait des heures que j'essaie de me bourrer consciencieusement... Qu'est-ce que tu veux?

— J'arrive, répéta-t-elle avant de couper.

Elle prit le temps de se changer et de passer une chemise et un pantalon. Elle grimaça en les enfilant : Connors n'y avait pas été de main morte dans le placard. Elle était couverte de bleus.

Cinq minutes plus tard, elle était sur la terrasse.

Connors avait déjà pris les choses en main. Il n'y avait plus un seul invité ici. Il avait dû emmener les traînards ailleurs pour lui laisser le champ libre.

Assis seul dans un fauteuil près du buffet, Feeney mâchait du foie gras d'un air dépité.

— Tu as vraiment le don pour gâcher une soirée, Dallas. Ma femme était si excitée à l'idée de se faire raccompagner en limousine qu'elle en a oublié qu'elle voulait me faire voir le paradis... Et Mavis t'a cherchée partout. Elle était un peu blessée que tu ne l'aies pas félicitée.

— Je la féliciterai plus tard. Voilà notre mandat, dit-elle en lui tendant le papier qui venait d'arriver par fax.

— Un mandat? Pour quoi faire?

Ève fit un geste vers la console.

— Pour ça. Tu te sens prêt à faire des miracles?

Feeney considéra l'instrument. Une lueur d'amour passa dans ses yeux.

— Tu veux que je fasse joujou avec ça? Je te bénis, Dallas!

En trois bonds, il fut sur la scène, caressant la console avec révérence. Elle l'entendit marmonner quelque chose à propos du TX-42, de la haute vélocité, des capacités de transfert...

— Le mandat me donne le droit de briser son code d'accès?

— Oui, Feeney. C'est du sérieux.

— A qui le dis-tu!

Il fit craquer ses doigts comme un pianiste avant un concert.

— Ce bébé, c'est vraiment du sérieux. La conception est géniale, les possibilités largement supérieures à tout ce qui se fait. C'est...

— C'est un engin qui est très probablement responsable de quatre morts, le coupa Ève en le rejoignant. Laisse-moi t'expliquer...

Un quart d'heure plus tard, après avoir été chercher son kit portable dans sa voiture, Feeney était au travail. Ève le laissa tranquille.

Au bout d'un moment, Connors réapparut.

— J'ai salué nos invités de ta part, lui dit-il en se servant un cognac. Je leur ai expliqué que le devoir t'avait réclamée. Ce qui m'a valu beaucoup de sympathie pour avoir épousé un flic...

— J'ai essayé de te dire que c'était une mauvaise idée.

Il sourit à peine.

— Ça a calmé Mavis. Elle espère que tu l'appelleras demain.

— Je le ferai. Elle a posé des questions à propos de Barrow?

— Je lui ai dit qu'il était... indisposé. Que c'est arrivé assez subitement.

Il ne la touchait pas. Il en avait envie mais il n'était pas encore prêt.

— Tu as mal, Ève?

— Tu répètes ça encore une fois et je t'assomme... On a du boulot, Feeney et moi. Je ne suis pas fragile, Connors. Faudra t'y habituer.

— Peut-être.

Il posa son cognac, fourra les mains dans ses poches.

— Je pourrais lui donner un coup de main, dit-il en hochant la tête vers la scène.

— C'est une affaire de police. Tu n'es pas autorisé à toucher cet engin.

Il se contenta de la considérer avec son ironie habituelle. Elle souffla en gonflant les joues.

— Ça regarde Feeney, lâcha-t-elle. Il est mon supérieur. S'il veut que tu l'aides à tripoter ces trucs, ça le regarde. Je ne veux pas le savoir. J'ai des rapports à faire, des trucs à consulter.

Irritée, elle se dirigea vers la porte.

— Ève !

Elle s'arrêta pour lui lancer un regard noir par-dessus son épaule. Il grimaça.

— Non, rien...

— Oublie ça, bon sang ! Tu commences à me casser les pieds.

Elle s'en fut. Il avait presque envie de sourire.

— Je t'aime, moi aussi, murmura-t-il avant de rejoindre Feeney. Qu'avons-nous là ?

Le policier secoua la tête.

— J'en ai les larmes aux yeux. C'est beau, c'est brillant, c'est... Ce type est un génie. Croyez-moi. Regardez un peu ce tableau de commande. Non mais regardez un peu ça !

Connors enleva sa veste, remonta ses manches et se mit au travail.

Elle ne se coucha pas. Pour une fois, Ève s'accorda une bonne dose de stimulants. Les pilules la débarrassèrent de sa fatigue et des toiles d'araignées qui encombraient son cerveau. Après avoir pris une douche dans son bureau, elle s'examina et décida qu'elle s'occuperait de ses bleus plus tard. Elle relut tous les dossiers concernant les quatre morts.

Elle remonta sur le toit à six heures du matin. La console avait été méthodiquement démontée. Des fils, des puces, des disques, des panneaux étaient étalés sur le sol en rangées bien ordonnées.

En chemise de soie et pantalon sur mesure, Connors était accroupi parmi ce fatras, entrant des données dans un ordinateur de poche. Il avait noué ses cheveux en arrière pour ne pas être gêné.

— Je l'ai déjà, disait-il à Feeney. Dans la liste des composants. J'ai déjà vu un truc qui ressemblait à ça. Du même calibre. (Il tendit son ordinateur sous ce qui restait de la console.) Tenez, regardez.

Une main jaillit.

— Ouais, ça devrait coller. Youpi, ça colle !

— Du calme !

La voix sèche d'Ève fit apparaître la tête de Feeney. Les cheveux dressés comme s'il avait reçu une décharge électrique, il la dévisagea d'un air goguenard.

— Hé, Dallas ! Je crois qu'on vient juste de tomber dessus.

— C'est pas trop tôt.

La tête de Feeney disparut à nouveau.

Ève échangea un long regard avec Connors.

— Bonjour, lieutenant.

— Tu n'es pas là, dit-elle en passant devant lui. Je ne te vois pas... Alors, Feeney ?

— Alors, y a des tas de choses à dire sur ce bébé, commença-t-il en se décidant enfin à s'extraire de la machine. C'est impressionnant. Mais ce qu'on vient de trouver, enfoui sous des tas de sécurités, c'est le pompon.

Il fit courir ses doigts sur la console à présent vidée de ses entrailles.

— Ce type aurait fait un sacré détective électronique. La plupart des gars qui travaillent pour moi seraient même incapables de comprendre ce qu'il a fabriqué. La créativité. Tu saisis ? Ce n'est pas simplement une question de formules et de composants. C'est la façon de les utiliser. De transformer une impasse en champ d'exploration. Ce type se balade dans ce champ comme s'il lui appartenait. Et voilà son chef-d'œuvre.

Il lui tendit l'ordinateur, sachant que les chiffres et autres équations la feraient grimacer.

Elle grimaça, effectivement.

— Et alors ?

— Ce n'était pas simple de dénicher ça. Il avait tout verrouillé avec des codes, son empreinte vocale, son empreinte palmaire. Et quelques surprises. On a bien failli se faire exploser la tête, il y a une heure de ça. Pas vrai, Connors ?

Celui-ci se dressa.

— Je n'ai pas douté de vous un seul instant, capitaine.

Feeney grimaça un sourire.

— Ben voyons ! Si vous aviez oublié vos prières, mon gars, moi je récitais les miennes à toute allure... Cela dit, ça aurait été un plaisir de me faire expédier en enfer avec vous.

— Le sentiment est réciproque.

Ève commençait à s'impatienter.

— Quand vous aurez fini votre numéro de mâles bravant le danger, vous m'expliquerez peut-être ce que je suis censée voir là-dessus ?

— C'est un scanner. Aussi complexe que ceux des Tests.

— Des Tests?

C'était une procédure que chaque flic craignait et qu'il devait affronter quand il avait l'usage maximal de son arme : la terminaison. Pendant les Tests, on faisait un scanner du cerveau pour rechercher des dommages, des anomalies éventuelles qui auraient pu contribuer à l'utilisation de la force maximale. Ce scanner était comparé au précédent, puis le sujet était soumis à quelques « voyages » dans la réalité virtuelle, utilisant les données provenant des scanners. En général, c'était assez moche.

Feeney comme Ève avaient connu ces « voyages », et ni l'un ni l'autre n'avaient envie de les revivre.

— Et il a réussi à dupliquer ou simuler ce procédé? demanda Ève.

— Je dirais qu'il l'a amélioré sur bien des points. (Feeney montra un tas de disques.) Ce sont des schémas d'ondes cérébrales. Il devrait être facile de les comparer avec ceux des victimes.

« Ma cervelle est là-dedans, se dit Ève. Mon esprit. Sur disque. »

— C'est brillant, vraiment, reprit Feeney. Et potentiellement mortel. Notre p'tit gars est capable de triturer les humeurs de n'importe qui. Il les programme avec de la musique, des notes, des accords. Il fabrique des airs qui peuvent influencer les réactions de ses cibles, leur état d'esprit, leurs impulsions inconscientes.

— Il pénètre dans leur tête, au plus profond.

— Il fait une fixation sur les besoins sexuels. C'est sa spécialité... Il faut que je fouille encore un peu, mais je pense qu'il est capable de programmer le schéma des ondes cérébrales, de fixer l'humeur et de donner à ses cibles une sérieuse impulsion.

— Jusqu'à les faire sauter d'un toit?

247

— Difficile à dire, Dallas. Pour le moment, je ne vois que de la suggestion, de l'incitation. C'est sûr, si quelqu'un est tenté par le grand saut, s'il y pense sérieusement, ce truc peut l'aider à franchir le pas. Mais forcer un esprit à accomplir un acte qui lui est totalement contraire, je n'y crois pas. Pas pour l'instant, en tout cas.

— Ils ont sauté; l'un s'est pendu, l'autre s'est ouvert les veines, lui rappela-t-elle. Nous avons peut-être tous des tendances suicidaires enfouies au plus profond de nous. Ce truc les ramène à la surface.

— C'est Mira qui pourra te répondre, pas moi. Je vais continuer à chercher. (Il eut un sourire plein d'espoir.) Après le petit déjeuner, O.K. ?

Ève se força à ravaler son impatience.

— Après le petit déjeuner. Merci pour cette nuit de travail, Feeney. Mais il me fallait le meilleur.

— Et tu l'as eu. Le type avec qui tu as choisi de convoler n'est pas mal non plus, comme technicien. Si jamais il a envie de se recycler, je l'accepte volontiers dans mon équipe.

— Ma première offre de la journée, commenta Connors en souriant. Vous savez où se trouve la cuisine, Feeney. Servez-vous ou demandez à Summerset de vous préparer ce que vous voudrez.

— Ah, bonheur suprême! Ici, je vais pouvoir m'offrir des œufs véritables!

Il s'étira, fit craquer quelques jointures.

— Je lui dis qu'on sera trois ?

— Commencez sans nous, suggéra Connors. Nous vous rejoignons bientôt.

Il attendit le départ de Feeney pour reprendre :

— Tu n'as pas beaucoup de temps devant toi, je sais...

— J'en ai assez si tu as quelque chose à dire.

— J'ai quelque chose à dire. (Il était extrêmement rare qu'il se sente maladroit.) A propos de ce que Feeney vient de mettre en évidence. Le fait que cette machine ne force probablement pas le sujet à accomplir des actes contraires à sa nature.

Elle vit immédiatement où il voulait en venir et réprima un juron.

— Connors...

— Laisse-moi terminer. J'ai bien été celui qui t'a prise de force cette nuit. J'ai décidé de devenir quelqu'un d'autre et j'y suis parvenu. Mais l'ancien Connors est toujours là.

— Tu veux que je te haïsse, que je te le reproche ?

— Non, je veux que tu comprennes. J'ai été autrefois cet homme qui t'a fait du mal cette nuit.

— Je ne sors pas non plus d'un nuage rose, tu sais !

L'émotion brillait dans les yeux de Connors.

— Seigneur, Ève...

— Et cela m'effraie. Ça me réveille au milieu de la nuit. Je vis avec chaque jour de ma vie. Je savais d'où tu venais quand je suis sortie avec toi et ça m'était égal. Je sais que tu as fait des choses, enfreint des lois... mais je suis ici.

Elle s'agita un peu, se mordit les joues.

— Je t'aime, d'accord ? C'est tout. Maintenant, j'ai faim et une longue journée m'attend. Donc je vais descendre avant que Feeney ne termine tous les œufs.

Il lui barra la route.

— Encore une minute.

Encadrant son visage de ses mains, il l'embrassa si tendrement qu'elle se sentit fondre.

— Eh bien, réussit-elle à articuler quand il s'écarta, voilà qui est mieux !

— Beaucoup mieux.

Le problème avec les produits chimiques, se disait Ève en se préparant à son nouvel interrogatoire avec Jess Barrow, c'est qu'ils donnaient peut-être l'impression de ne plus être fatigué, d'avoir l'esprit clair, mais qu'au fond on savait que ce n'était qu'une impression. Sous son apparente vivacité, son corps n'était qu'un amas de fatigue.

— Prête, Peabody?

— Oui, chef. J'ai regardé vos rapports avant de venir. Au fait, vous aviez un message du commandant sur votre com. Et deux de Nadine Furst. Elle doit sentir le scoop.

— Elle attendra. J'irai voir le commandant à notre première pause... Vous savez jouer au ping-pong, Peabody?

Celle-ci la considéra d'un air perplexe.

— Nous deux, on sera les raquettes, et Jess Barrow la balle. Si vous voyez ce que je veux dire. Il peut demander un avocat, mais je le crois trop sûr de lui pour ça.

Un agent en uniforme fit entrer le prévenu dans la pièce aux murs blancs.

— Comment ça va, Jess? s'enquit Ève. Vous vous sentez mieux aujourd'hui?

Il avait eu le temps de se refaire une santé.

— Je pourrais vous poursuivre pour usage illégal de la force. Mais je n'en ferai rien, parce que lorsque cette comédie finira, vous serez la risée de toute la police.

— Ouais, il va mieux. Prenez un siège. (Elle brancha l'enregistreur.) Dallas, lieutenant Ève, avec Peabody, officier Delia. Neuf heures, 8 septembre 2058. Interrogatoire du sujet Barrow, Jess, dossier S 1-9-3-0-5.

Voulez-vous, s'il vous plaît, dire votre nom pour l'enregistrement ?

— Jess Barrow. C'est à peu près le seul truc sur lequel vous ne vous êtes pas gourée.

— Durant notre précédente entrevue, je vous ai bien cité vos droits ?

— Oui, vous m'avez fait votre laïus.

Pour ce que cela lui avait servi, se dit-il en s'agitant prudemment sur son siège. Il avait encore un mal de chien au bas-ventre.

— Et vous les avez compris ?

— Ouais.

— Souhaitez-vous, désormais, faire appel à un avocat ou à un conseil ?

— Je n'ai besoin de personne.

Ève croisa les doigts, souriante.

— Dans ce cas, commençons. Dans vos précédentes déclarations, vous avez admis avoir conçu et utilisé un équipement destiné à influencer les ondes cérébrales et le comportement.

— Mensonge !

Elle continua à sourire.

— C'est une question d'interprétation. Niez-vous maintenant que durant un événement mondain à mon domicile, hier soir, vous avez utilisé un programme conçu par vous pour lancer des suggestions subliminales sur le dénommé Connors ?

— Hé, si votre mari a pété les plombs et vous a arraché votre petite culotte, c'est votre problème !

Le sourire ne frémit pas.

— Ça l'est certainement, je vous remercie...

Il fallait qu'elle le coince sur ce point avant de pouvoir le coincer sur le reste.

— Peabody ? Il est possible que Jess ignore la peine encourue pour faux témoignage durant un interrogatoire officiel...

— Cette peine, déclara l'adjointe d'une voix suave, va jusqu'à un emprisonnement de cinq ans. Dois-je faire écouter ses précédentes déclarations au prévenu, lieutenant ? Sa mémoire semble avoir subi un préjudice dû à cette blessure à la tête reçue tandis qu'il agressait un officier de police.

Il toisa Peabody en ricanant.

— Vous croyez que je vais craquer parce que vous vous mettez à deux sur moi ? Elle m'a frappé sans la moindre provocation, puis son salopard de mari est arrivé et...

Il s'interrompit, se souvenant subitement de la menace que Connors lui avait murmurée à l'oreille.

— Vous souhaitez porter plainte ? s'enquit Ève.

— Non, dit-il sans hésitation.

Ève se demanda ce que Connors lui avait fait au juste.

— J'étais troublé hier soir, reprit-il. Les choses m'ont un peu échappé. (Il respira profondément.) Écoutez, je suis un musicien. Je tire une grande fierté de mon travail, de mon art. J'aime penser que ce que je fais influence les gens, les touche. Cette fierté vous a peut-être donné une fausse impression, de même que la nouveauté de mes recherches. En fait, je ne vois même pas de quoi vous voulez parler.

Il sourit, retrouvant une partie de son charme habituel, étalant ses belles mains.

— Ces gens que vous avez cités la nuit dernière, je ne les connais pas. J'ai entendu parler de certains d'entre eux, bien sûr. Mais je ne les connaissais pas personnellement, et je n'ai rien à voir avec leur décision de mettre un terme à leur vie. Moi-même, je suis contre le suicide. La vie est trop précieuse pour la gâcher de la sorte. Tout cela n'est qu'un malentendu que je suis prêt à oublier.

Ève se renfonça dans sa chaise, adressant un regard à son adjointe.

— Peabody, vous entendez? Il est prêt à oublier.

— C'est très généreux de sa part, lieutenant. Et pas très surprenant, vu les circonstances. Les lois sur la vie privée sont très astreignantes. Sans compter la conception et la fabrication d'un engin pouvant provoquer des suggestions subliminales. Rien qu'avec ça, vous risquez dix ans minimum.

— Vous n'avez pas le moindre début de preuve. Vous n'avez rien. Rien du tout!

— Je suis en train de vous donner une chance de vous mettre à table, Jess. On sera nettement plus compréhensifs avec vous si vous passez aux aveux. C'est une offre sérieuse. Vous avez trente secondes pour y réfléchir.

— Je vais réfléchir à rien du tout car vous n'avez rien contre moi! (Il se pencha en avant.) Vous n'êtes pas la seule à avoir des relations, vous savez. Que deviendra votre jolie carrière si je vais trouver la presse avec ma petite histoire?

Elle ne dit rien, se contentant de l'observer avant de jeter un œil vers la pendule de l'enregistreur.

— Offre annulée. Peabody, s'il vous plaît, faites entrer le capitaine Feeney.

Celui-ci pénétra dans la pièce avec un air jovial. Il jeta un disque sur la table avant de tendre une main enthousiaste à Jess.

— Je dois vous dire tout le bien que je pense de votre travail. C'est vraiment magnifique. C'est un réel plaisir de vous rencontrer.

— Merci.

Flatté, Jess lui pompa vigoureusement la main.

— J'aime mon travail, expliqua-t-il.

— Et ça se voit.

Feeney s'assit, prit ses aises.

— Jamais je ne me suis autant amusé qu'en démontant votre console.

A un autre moment, à un autre endroit, cela aurait pu être comique. Le visage de Jess passa de la gaieté au choc, puis à la rage.

— Vous avez touché à ma console? Vous... vous l'avez démontée? Vous n'aviez pas le droit de poser vos sales pattes dessus! Vous êtes fini! Vous êtes mort!

— Précisons pour l'enregistrement, que le sujet est bouleversé, déclara Peabody d'une voix neutre. Ses menaces à l'encontre du capitaine Feeney semblent dues à son état émotionnel et ne doivent pas être considérées comme réelles.

— Pour l'instant, du moins, précisa Feeney avec jovialité. Mais, mon ami, soyez prudent à l'avenir. Répétez ce genre de choses et nous risquons de nous fâcher... Et maintenant, dit-il en se redressant, parlons boutique. Vous aviez d'excellentes sécurités, admirables, même. Il m'a fallu un bon moment pour les faire sauter. C'est vrai que je jouais déjà à ce jeu-là quand votre mère vous chantait des berceuses pour vous endormir. Ce scanner cérébral est une vraie réussite. Si compact, si délicat. Je parie qu'il a un champ d'action de deux mètres. Ce qui est drôlement fort pour un dispositif portable.

— Vous n'avez pas réussi à tout démonter, marmonna Jess d'une voix tremblante. Vous bluffez. Vous n'êtes pas allé jusqu'au bout.

— Eh bien, les trois systèmes antivol étaient piégés, reconnut Feeney. J'ai passé près d'une heure sur le deuxième mais le troisième était une formalité. Vous deviez imaginer que personne n'arriverait à ce niveau.

— Tu as vérifié les disques, Feeney? lui demanda Ève.

— Je viens de commencer. Tu es dessus, Dallas. Il y avait aussi Peabody.

Celle-ci cligna des paupières.

— Moi?

— J'effectue des comparaisons avec les noms que tu m'as donnés, Dallas. (Un nouveau large sourire à Jess.) C'est une belle collection que vous avez réalisée. Un incroyable centre de stockage et de compression des données. Ça va me briser le cœur de détruire cet équipement.

— Non!

Sa détresse et sa peine étaient sincères à présent.

— J'ai mis tout ce que j'avais là-dedans. Pas seulement de l'argent mais mon temps, mon énergie. Trois années de ma vie, sans aucun moment de repos. J'ai renoncé à ma carrière pour fabriquer ça. Avez-vous seulement idée de ce qu'on peut accomplir avec?

Ève saisit la balle au bond.

— Et si vous nous le disiez, Jess? Nous aimerions enfin entendre votre histoire.

17

Jess Barrow commença lentement, hésitant, trébuchant sur chaque phrase, puis il gagna de l'assurance à mesure qu'il évoquait ses expériences et ses recherches, sa fascination pour l'influence des stimuli extérieurs sur le cerveau humain. Sur le développement des sens et des sensations grâce à la technologie.

— Nous n'avons fait qu'effleurer la surface, jusqu'à présent. Et je voulais plonger sous la surface. Chercher, fouiller... Les rêves, Dallas. Les besoins, les peurs, les fantasmes... Depuis toujours, c'est la musique qui m'a permis de vivre, de sentir : l'envie, la passion, le malheur, la joie. Et ce serait incroyablement plus intense si on pouvait aller au fond, si on pouvait vraiment explorer et exploiter l'esprit.

— Alors, vous avez travaillé là-dessus, intervint-elle.

— Trois ans. Davantage en réalité, mais trois années entièrement consacrées à la conception, à l'expérimentation et au perfectionnement. J'y ai mis jusqu'à mon dernier dollar. Je suis pratiquement fauché maintenant. C'est pourquoi j'avais besoin d'un financement, c'est pourquoi j'avais besoin de vous.

— Et Mavis était le lien qui vous conduisait à moi, puis à Connors.

Il se frotta le visage.

— Écoutez, j'aime Mavis, elle a vraiment quelque chose... Oui, c'est vrai, je l'aurais utilisée même si elle avait été aussi nulle qu'un droïde, mais elle ne l'est pas. Je ne lui ai fait aucun mal. En fait, je l'ai plutôt aidée. Son ego était mal en point quand je l'ai rencontrée. Oh, elle ne le montrait pas mais elle avait perdu confiance en elle. J'ai un peu regonflé cette confiance.

— Comment ?

Il hésita.

— D'accord, je lui ai refilé quelques sublis dans la bonne direction. Elle devrait m'en remercier, insista-t-il. Et j'ai travaillé avec elle normalement, j'ai utilisé ses dons naturels. Vous l'avez entendue vous-même. Elle est meilleure qu'elle ne l'a jamais été.

— Vous vous êtes servi d'elle pour vos expérimentations, dit Ève, glaciale. Sans son accord, sans même qu'elle en ait connaissance.

— Bon sang, j'avais perfectionné mon système !

Il se tourna vers Feeney et ajouta :

— Vous avez bien vu qu'il fonctionne à merveille, hein ?

— Il est beau, approuva Feeney. Ça ne le rend pas légal pour autant.

— Merde, les manipulations génétiques, le travail in vitro, la prostitution étaient illégaux ! Où ça nous a conduits ? On a parcouru un long chemin mais on est encore plongés dans l'obscurantisme, mon vieux ! Ceci est un progrès. C'est un moyen de pousser l'esprit plus loin. De rendre nos rêves réels.

— Tout le monde ne désire pas rendre ses rêves réels, contra Ève. Qu'est-ce qui vous donne le droit de faire ce choix à la place d'un autre ?

Il leva la main.

— D'accord. Je me suis peut-être montré un peu trop enthousiaste, parfois. On se prend au jeu. Mais tout ce que j'ai fait avec vous, c'est stimuler ce qui était déjà là. Oui, j'ai un peu élargi votre libido ce soir-là au studio. En quoi ça vous a fait du mal ? Une autre fois, j'ai donné un petit coup de pouce à votre mémoire, ouvert quelques serrures. Je voulais vous prouver ce dont j'étais capable de façon à pouvoir, le moment venu, parler affaires avec vous et Connors. Et hier soir... (Il s'interrompit, mal à l'aise.) D'accord, hier soir je suis allé trop loin, la tonalité était trop sombre. Je me suis laissé emporter. Mais rejouer devant un vrai public, c'est comme une drogue. Ça vous gonfle à bloc. J'ai peut-être un peu trop forcé la dose. C'était une erreur. (Il essaya à nouveau son sourire.) Écoutez, je l'ai utilisé sur moi-même des douzaines de fois. Ça ne fait aucun mal, il n'y a aucune séquelle. Ça a juste un effet temporaire sur l'humeur.

— Et c'est vous qui choisissez l'humeur en question ?

— Bien sûr. C'est ça l'intérêt. Avec un équipement standard, vous n'avez pas autant de contrôle, ni autant de profondeur de champ. Avec ce que j'ai développé, vous pouvez l'allumer et l'éteindre comme la lumière. Le besoin sexuel ou la satisfaction, l'euphorie, la mélancolie, l'énergie, la relaxation...

— L'envie de mourir ?

Il secoua vivement la tête.

— Non. Je ne joue pas à ce jeu-là.

— Car ce n'est qu'un jeu pour vous, n'est-ce pas? Vous poussez des boutons et les gens se mettent à danser. Vous êtes un dieu électronique.

— Vous ne voyez pas l'essentiel, insista-t-il. Vous rendez-vous compte de ce que les gens seraient prêts à payer pour ce genre de chose? Vous pouvez éprouver tout ce que vous voulez.

Ève ouvrit un dossier. Elle jeta des photos sur la table. Les clichés de la morgue des quatre victimes.

— Et eux, qu'ont-ils éprouvé, Jess? Quelle est la dernière chose que vous leur avez fait ressentir pour qu'ils se tuent en rigolant?

Il devint pâle comme la mort. Ses yeux s'écarquillèrent.

— Non... non!

Pris d'une violente nausée, il restitua son petit déjeuner du centre médical.

— Le suspect est momentanément indisposé, annonça Peabody pour l'enregistreur. Dois-je appeler la maintenance et un aide médical, lieutenant?

— Seigneur, oui, maugréa Ève tandis que Jess hoquetait encore. Fin de cet interrogatoire à dix heures quinze. Dallas, lieutenant Ève, fin d'enregistrement.

— Grand cerveau, petit estomac, commenta Feeney qui tira un verre d'eau d'un distributeur. Tiens, mon garçon, essaie d'avaler ça.

Les yeux de Jess brillaient de larmes. Il était encore en proie à des spasmes incontrôlables. Feeney dut l'aider à boire.

— Vous ne pouvez pas m'accuser de ça, parvint-il à articuler. Vous... ne pouvez pas.

— Nous verrons, soupira Ève tandis qu'un infirmier faisait son entrée. J'ai besoin d'air frais.

Elle sortit.

— Une minute, Dallas!

Feeney la rattrapa.

— Il faut que je te parle.

— Allons dans mon bureau.

Dès qu'ils furent dans la pièce, elle demanda :

— Quel est le problème?

Il la contemplait d'un regard morne.

— Rien ne correspond. Il n'y en a pas un seul dans tout le tas. Nous ne les avons pas encore tous identifiés mais j'avais les scanners des victimes. Aucun ne correspond avec ceux de Barrow.

Elle s'assit lourdement. Inutile de demander s'il en était sûr. Feeney était aussi opiniâtre qu'un droïde domestique traquant la poussière dans les coins.

— Il les a mis ailleurs. On a eu le mandat pour fouiller chez lui et dans son studio?

— On a deux équipes sur place. Je n'ai pas encore eu de rapport.

— Il pourrait avoir une planque quelque part. (Elle ferma les yeux.) Bon sang, Feeney, pourquoi les aurait-il gardés maintenant qu'il en a fini avec eux? Il les a probablement détruits. Il est arrogant mais pas stupide.

— Possible. Mais il aurait aussi bien pu les garder comme souvenir. Ça me surprend toujours, ce que les gens gardent... Tu te rappelles ce type, l'an dernier, qui avait découpé sa femme en morceaux? Il avait gardé ses yeux. Dans une boîte à musique.

— Oui, je m'en souviens...

« D'où vient cette migraine? » songea-t-elle en se massant les tempes.

— On aura peut-être un coup de chance, ajouta-t-elle. De toute manière, on en a assez maintenant pour le faire craquer.

S'asseyant sur le rebord du bureau, il sortit de sa poche un paquet de pralines.

— Je n'en suis pas sûr, Dallas. Ça ne colle pas.

— Comment ça, ça colle pas ? On l'a coincé !

Feeney mâchait pensivement.

— Oui, on l'a coincé, mais pas pour meurtre. Et j'ai du mal à m'y résoudre. Le type qui a conçu cette console est brillant, tordu, imbu de lui-même et puéril. C'est un jeu pour lui, un jeu qui peut lui rapporter gros. Mais de là à aller jusqu'au meurtre...

— Tu es amoureux de sa console.

— C'est vrai, admit-il sans honte. Il est faible, Dallas. Et puis, comment s'enrichirait-il en tuant des gens ?

Elle haussa un sourcil.

— Tu n'as jamais entendu parler de contrats de meurtre ?

Il mangea une nouvelle praline.

— Ce garçon n'a pas le cran pour ça. Et ce n'est pas tout. Son engin exige qu'il se trouve à proximité de ses victimes pour modeler leur inconscient. Il n'était présent sur aucun des lieux des meurtres.

Elle se laissa aller en arrière, abattue.

— Tu ne me facilites pas la tâche, Feeney.

— Mais je te donne à réfléchir. S'il a quelque chose à voir avec ça, il a été aidé. Ou alors il a mis au point un autre engin, plus facile de transport, plus personnel.

— Aurait-il pu installer ça dans des lunettes de réalité virtuelle ?

L'idée l'intrigua et ses yeux pétillèrent.

— Peut-être. Il faut que j'étudie ça.

— Alors, étudie. Je n'ai que lui, Feeney. Si je n'arrive pas à le coincer, il s'en tirera pour les meurtres. Je ne vais pas me contenter des dix ou vingt ans de réclusion pour ses petites manipulations. Il demandera un examen psychiatrique, en espérant être déclaré irresponsable. Mais là, Mira le coincera sans doute.

— Envoie-le chez elle tout à l'heure, suggéra Feeney. Laisse-la le cuisiner quelques heures et accorde-toi une pause. Rentre chez toi dormir un peu. Tu ne tiens plus debout.

— Tu as peut-être raison. Je vais arranger ça, voir Whitney et rentrer. J'ai besoin d'une ou deux heures pour m'éclaircir les idées. J'ai l'impression de rater quelque chose...

Pour une fois, Summerset était invisible. Ève s'introduisit dans la maison telle une voleuse, tituba jusqu'à sa chambre. Avec un soupir d'extase, elle se laissa tomber sur son lit.

Dix minutes plus tard, allongée sur le dos, elle fixait obstinément le plafond. Les bleus ne la gênaient pas trop mais les stimulants qu'elle avait pris des heures plus tôt faisaient encore leur effet.

Elle ne trouverait pas le sommeil.

L'affaire passait et repassait dans sa tête à toute vitesse, sans qu'elle puisse s'arrêter à un détail ou à un autre. Les faits et les théories se mêlaient. Elle n'y comprenait plus rien.

A ce train-là, c'est elle qui aurait bientôt besoin de consulter Mira !

Saisie d'une inspiration soudaine, elle se déshabilla et passa une robe de chambre. Afin d'éviter Summerset, elle emprunta l'ascenseur pour le sous-sol. Le solarium. Une séance dans le lagon, voilà ce qu'il lui fallait !

Elle plongea nue dans l'eau sombre qui clapotait doucement entre les vrais rochers et les fleurs odorantes. L'eau était délicieusement tiède. D'abord, elle se contenta de rester assise après avoir commandé des bulles et des jets d'eau. Elle faillit machinalement programmer de la musique, mais elle se dit qu'elle n'avait aucune envie de musique ces temps-ci.

Elle flottait sur le dos, soulagée d'être seule, tandis que l'eau calmait ses douleurs et ses courbatures. Elle respirait le parfum des fleurs. Des plaisirs simples.

Décidément, les drogues étaient surestimées. L'eau accomplissait des miracles. Sa migraine se dissipait, ses muscles se relâchaient. Paresseusement, elle se mit à nager. Cambrant les reins, elle s'enfonça sous l'eau avec l'impression de plonger dans un ventre accueillant. Elle émergea avec un gémissement de plaisir.

— Vous nagez comme un poisson.

Elle chassa l'eau de ses yeux pour apercevoir Reeanna.

— C'est un cliché, reprit celle-ci, qui marchait au bord de la piscine. Mais il est juste.

Se débarrassant de ses chaussures, elle s'assit sur le rebord et plongea ses jambes dans l'eau.

— Vous permettez ?

— Je vous en prie.

Ève ne se considérait pas comme frénétiquement prude mais elle s'enfonça néanmoins un peu plus dans l'eau.

— Vous cherchez Connors ?

— Non. Je viens de le quitter. William et lui sont toujours dans son bureau. Summerset m'a dit que vous étiez ici, alors j'ai eu envie de venir vous saluer.

Summerset ! songea Ève, maussade. Il n'y avait donc aucun moyen de lui échapper !

— J'avais quelques heures de libres. Autant en profiter.

— Et quel merveilleux endroit pour en profiter ! Connors sait y faire, n'est-ce pas ?

— On peut le dire.

— Je tenais à vous féliciter pour la soirée d'hier. J'ai à peine eu l'occasion de vous parler... Quelle foule ! Et vous avez dû partir.

— Les flics et les mondanités, ça fait deux.

Ève se demandait comment elle allait sortir de là et passer sa robe de chambre sans se sentir idiote.

— J'espère que ce n'était rien... d'horrible ?

— Personne n'est mort, si c'est ce que vous voulez dire.

Ève s'obligea à sourire. Cette femme ne lui avait rien fait ; elle pouvait quand même se montrer polie.

— En fait, j'ai trouvé une piste pour mon enquête, ajouta-t-elle. Nous avons arrêté un suspect.

Reeanna pencha la tête, intriguée.

— Serait-ce à propos de cette affaire de suicides dont nous avons parlé ?

— Je ne peux rien dire.

Reeanna sourit.

— Ah oui, le sacro-saint règlement... Je dois avouer que j'ai beaucoup réfléchi à notre discussion. Votre affaire ferait un article passionnant. Je me suis tellement occupée de technique ces derniers temps que je n'ai plus écrit grand-chose. Quand vous aurez résolu cette enquête et qu'elle tombera dans le domaine public, j'espère pouvoir en discuter avec vous en détail ?

— Cela devrait être possible. (Après tout, se dit Ève, cette femme était un expert et pouvait l'aider.) Pour le moment, le suspect est examiné par le Dr Mira. Vous arrive-t-il de faire des évaluations de personnalité ?

— Absolument. Avec une approche différente du Dr Mira. Disons que nous sommes les deux faces de la même pièce. Notre diagnostic final est souvent le même, mais nous utilisons des procédés et des points de vue différents pour y parvenir.

— Je pourrais avoir besoin de points de vue différents dans cette affaire, déclara Ève en mesurant Reeanna du regard. Seriez-vous, par hasard, habilitée à travailler avec des services de police ?

— Il se trouve que oui. Je possède un permis de sécurité Niveau 4, Classe B.

— C'est amplement suffisant. Si cela se présente, accepteriez-vous de travailler pour la ville en tant que consultante temporaire ? Je peux vous garantir des horaires interminables, des conditions détestables et une paie minable.

Reeanna éclata de rire.

— Qui résisterait à une offre pareille ? Je serais ravie de coopérer avec vous. Cela fait trop longtemps que je suis enfermée dans des labos à travailler sur des machines. William adore ça mais moi, j'ai encore besoin des gens. Depuis deux ans, je n'ai travaillé avec aucun être humain.

— Pourquoi donc ? s'enquit Ève qui avait rejoint le bord.

L'eau tiède lui faisait un bien fou. Elle renversa la tête en arrière.

Reeanna leva les yeux au ciel.

— Pourquoi ? À cause de Connors. Il nous a fait, à William et à moi, une offre impossible à refuser. Il y avait l'argent bien sûr, mais aussi le reste. Il sait s'y prendre, ce démon.

— Comment cela ? fit Ève, se forçant à l'écouter malgré la somnolence qui la gagnait.

— Il savait que je me passionnais depuis fort longtemps pour les schémas de comportement et les effets des stimulations. L'occasion de créer une nouvelle technologie, d'utiliser des fonds illimités

265

était trop tentante. Ma vanité n'a pas résisté à la possibilité de créer quelque chose de nouveau... Et, avec Connors derrière nous, de réussir à coup sûr.

Fermer les yeux avait été une erreur, comprit Ève. Elle commençait à flotter.

— On dirait qu'il n'échoue jamais, s'entendit-elle dire.

— En tout cas, pas depuis que je le connais.

La voix de Reeanna avait quelque chose d'apaisant.

— Vous savez, Ève, je vous admire. Je vous ai vue sur cette corniche avec Cerise Devane. Risquant votre vie.

— Pour rien.

— Oui, je sais. C'était horrible. Choquant. Et plus encore pour vous, j'imagine. Vous avez vu son visage, ses yeux de si près quand elle a sauté...

— Elle souriait.

— Oui, ça se voyait même sur l'écran.

— Elle voulait mourir.

— Vraiment ?

— Elle disait que c'était beau. L'expérience ultime.

— Certains le croient. La mort est l'ultime expérience humaine. Aussi avancées que soient la médecine et la technologie, aucun d'entre nous n'y échappe. Puisque c'est notre destin de toute façon, pourquoi ne pas la voir comme un but plutôt que comme un obstacle ?

— La mort doit être combattue. De toutes nos forces.

— Tout le monde ne possède pas l'énergie suffisante ou ce besoin de la combattre. Certains partent en douceur. D'autres se révoltent. Mais tout le monde part.

266

— Quelqu'un a obligé Devane à partir, ce qui en fait un meurtre. Et les meurtres, c'est mon affaire.

Reeanna la considéra quelques secondes avant de hocher la tête.

— Oui, je comprends, dit-elle doucement.

18

Ève arpentait la moelleuse moquette du bureau du Dr Mira, les mains enfoncées dans les poches, la tête dans les épaules comme un taureau près de charger.

— Je n'y comprends rien. Comment son profil peut-il ne pas correspondre ? Ce petit connard trafique la cervelle des gens, ça l'amuse !

— Ève, c'est un problème de probabilités.

Patiente, calmement assise dans sa chaise moulante, Mira sirotait du thé au jasmin. Et elle en avait bien besoin. La frustration d'Ève rendait l'atmosphère irrespirable.

— Vous avez sa confession et la preuve qu'il s'est livré à des manipulations cérébrales, reprit-elle. Et je suis tout à fait d'accord pour qu'on le juge pour ces faits. Quant à l'incitation au suicide, je ne puis, d'une manière décisive, corroborer vos soupçons.

— Génial ! Sans votre appui, Whitney n'acceptera pas mes conclusions et le procureur encore moins.

— Je ne peux pas changer mon rapport uniquement pour vous faire plaisir, Ève.

— Qui vous le demande ? Qu'est-ce qui ne correspond pas, au nom du ciel ? Ce type se prend pour Dieu. Ça crève les yeux !

Mira soupira.

— J'aimerais que vous vous asseyiez. Vous me fatiguez.

Furieuse, Ève se laissa tomber sur une chaise.

— Voilà, je suis assise. Expliquez-vous.

Mira ne put s'empêcher de sourire.

— Savez-vous, Ève, que je ne comprends pas pourquoi l'impatience vous va si bien? Et comment vous parvenez malgré cela à faire preuve d'une telle maîtrise dans votre travail?

— Je ne suis pas ici pour me faire analyser, docteur.

— Je sais. Si seulement je parvenais à vous convaincre de suivre des séances régulières... Mais c'est un autre problème. Pour résumer mes conclusions, notre sujet est égocentrique, imbu de lui-même et brillant.

Mira secoua la tête avant de poursuivre :

— C'est un esprit véritablement hors du commun. Il a obtenu des notes extraordinaires au test de Trislow et Secour. Je n'avais jamais vu ça.

— Tant mieux pour lui, grommela Ève.

— Votre réaction est compréhensible. Nul n'a envie que quelqu'un ou quelque chose contrôle son esprit. Les drogués préfèrent s'imaginer qu'ils peuvent s'arrêter quand ils le décideront. (Elle haussa les épaules.) Quoi qu'il en soit, le sujet possède un talent remarquable. Ses capacités logiques et de visualisation sont stupéfiantes. Il est aussi parfaitement conscient de ce talent. D'où cette arrogance que vous avez notée. Sous ses dehors charmeurs, c'est — pour reprendre votre qualificatif fort peu scientifique — un connard. Mais je ne peux pas, en toute conscience, le cataloguer comme meurtrier.

— Je ne m'inquiète pas pour votre conscience. Il a

conçu et fabriqué un équipement capable d'influencer le comportement des gens. J'ai quatre cadavres de personnes dont l'esprit a été trafiqué de façon à les pousser à se suicider.

— Et donc, logiquement, il devrait y avoir un lien. Mais ce n'est pas un sociopathe, Ève, un inadapté social. Pour le moment, nous n'avons pas réussi à établir un mobile clair pour ces quatre morts. Mon opinion est qu'elles ont été provoquées par un sociopathe.

— Pourquoi ce ne serait pas lui ?

— Il aime les gens, dit simplement Mira. Et il veut, désespérément, être aimé et admiré. C'est un manipulateur, certes, mais il croit avoir créé un grand progrès pour l'humanité. Et il pense que ce progrès doit lui rapporter une fortune.

— Alors, il se serait juste laissé emporter ? Peut-être qu'il ne contrôle pas son équipement aussi bien qu'il le croit ?

— C'est possible. D'un autre côté, Jess aime son travail. Il a besoin de s'immerger dedans complètement, y compris dans les résultats de ce travail. Il a besoin de voir, d'expérimenter, au moins en partie, ce qu'il a créé.

« Il n'était pas dans ce maudit placard avec nous ! » songea Ève. Mais elle entrevoyait ce que Mira voulait dire : la façon dont Jess avait cherché son regard dès qu'elle était revenue, la façon dont il avait souri.

— Ce n'est pas ce que j'ai envie d'entendre, grommela-t-elle.

— Je sais. Écoutez-moi. Cet homme est un enfant, un savant attardé sur le plan émotionnel. Sa vision et sa musique sont plus réelles, et sûrement plus importantes à ses yeux que tout le reste. Mais il ne méprise pas les gens. En fait, je ne pense pas qu'il risquerait sa liberté pour tuer.

— Et s'il avait un partenaire ? demanda-t-elle, songeant à la théorie de Feeney.

— C'est possible. Je ne le vois pas partager ses résultats de gaieté de cœur. Mais il a un tel besoin d'adulation... Oui, ce serait possible.

Ève secoua la tête.

— Non. C'est un trouillard. Il aurait dénoncé son complice. Il n'aurait jamais accepté de trinquer tout seul... (Une autre idée lui vint.) Et s'il était génétiquement programmé pour être asocial ?

Mira retint à peine une moue méprisante.

— Le déterminisme génétique ? Nous serions tous implacablement programmés dès la conception ? Je ne souscris pas à cette théorie. Le milieu, l'éducation, les choix font de nous ce que nous sommes. Nous ne naissons pas monstres ou saints.

— Mais certains experts le croient.

Et elle avait un de ces experts à sa disposition...

Mira n'eut aucun mal à deviner ses pensées.

— Si vous souhaitez consulter le Dr Ott sur cette affaire, libre à vous. Je suis certaine qu'elle sera ravie.

Ève ne savait pas trop si elle devait sourire ou grimacer. Il était très rare que Mira se montre aussi susceptible.

— Je ne voulais pas mettre en doute vos capacités, docteur. Mais il faut que je le coince et vous ne m'en donnez pas les moyens.

— Laissez-moi vous dire ce que je pense de cette théorie, lieutenant. C'est une dérobade, un point c'est tout. Une béquille... Je n'ai pas pu m'empêcher de mettre le feu à cet immeuble et de laisser brûler vives des centaines de personnes : je suis pyromane de naissance. Je n'ai pas pu m'empêcher de battre cette vieille femme à mort pour lui voler quelques dollars : ma mère était une voleuse.

Elle secoua la tête.

— C'est une excuse pour ne pas être humain, poursuivit-elle. Pour oublier la morale, pour ne plus faire la différence entre le bien et le mal. On peut prétendre qu'on a été marqué à la naissance et qu'on n'a jamais eu le choix, qu'on n'aurait pas pu évoluer différemment... Vous êtes mieux placée que quiconque pour savoir que c'est faux.

— Il ne s'agit pas de moi. Il ne s'agit pas de discuter de mes origines et de comment je me suis transformée. Il s'agit de quatre morts à qui on n'a pas donné le choix. Et quelqu'un doit répondre de cela.

Sur ces mots, Ève se leva.

— Une dernière chose, fit Mira. Vous acharnez-vous sur cet homme à cause de l'insulte personnelle qu'il vous a faite, à vous et à l'homme que vous aimez, ou bien à cause de ces quatre morts ?

Ève serra les dents.

— Peut-être les deux, admit-elle au bout d'un moment.

Elle ne contacta pas Reeanna tout de suite. Elle n'en eut pas l'occasion. A peine venait-elle de regagner son bureau que Mavis, en larmes, faisait irruption dans la pièce.

— Seigneur, Dallas, Seigneur ! Comment as-tu pu arrêter Jess ? Qu'est-ce que tu me fais ?

— Assieds-toi, Mavis.

— Comment as-tu pu ? répéta celle-ci en se tordant les mains.

Ève ferma la porte derrière son amie. La migraine la reprenait.

— Mavis, je ne fais que mon travail.

— Ton travail? (Ses yeux étaient rouges d'avoir pleuré.) Et ma carrière? J'ai enfin la chance que j'attendais depuis des années, pour laquelle j'ai tant travaillé, et toi tu jettes mon partenaire en prison! Et pourquoi? Parce qu'il s'est un peu amusé avec Connors et toi!

— Quoi?

Pendant un instant, Ève eut du mal à trouver ses mots.

— Qui... qui t'a dit ça?

— Je viens d'avoir Jess en ligne. Il est désespéré. Je n'arrive pas à croire que c'est toi qui as fait ça, Dallas. (Des larmes jaillirent à nouveau de ses grands yeux.) Je sais que Connors passe avant tout pour toi, mais je croyais que nous étions amies...

A cet instant, Ève aurait volontiers étranglé Jess Barrow de ses propres mains.

— Oui, nous sommes amies, et tu devrais savoir que je ne suis pas comme ça. Je ne jette pas les gens en prison parce qu'ils me gênent. Tu veux bien t'asseoir, s'il te plaît?

— Je n'ai pas besoin de m'asseoir.

— Eh bien moi, j'en ai besoin.

Elle s'affala sur une chaise, hésita puis soupira:

— Jess est soupçonné d'avoir tué quatre personnes.

— Quoi? Mais qu'est-ce qui t'arrive, enfin? Jess ne...

— Silence! aboya Ève. Je n'ai encore rien de solide sur ces meurtres mais j'y travaille. D'autre part, j'ai assez de preuves pour l'inculper. Il devra

273

répondre de graves accusations. Si tu veux bien arrêter de pleurnicher et t'asseoir, je te dirai ce qu'il en est.

— Tu n'as même pas assisté à mon concert.

Mavis s'assit mais ne parvint pas à s'arrêter de pleurer.

— Oh, Mavis, je suis désolée...

Ève se passa une main dans les cheveux. Elle perdait ses moyens quand on pleurait devant elle.

— Je n'ai pas pu... c'était indépendant de ma volonté. Mavis, Jess contrôle les esprits.

— Hein?

Dans la bouche de la personne la plus terre à terre qu'elle connaissait, c'était une affirmation tellement ahurissante que Mavis en resta coite.

— Il a mis au point un système qui lui permet d'accéder au cerveau des gens et de les influencer. Et il l'a utilisé sur Connors, sur moi... et sur toi.

— Sur moi? Mais non! Arrête de délirer, Dallas. Ce n'est pas Frankenstein. Jess n'est pas un savant fou. C'est un musicien!

— C'est un ingénieur, un musicologue et un connard.

Respirant un bon coup, Ève raconta alors tout ce qu'elle pouvait révéler à son amie. A mesure qu'elle parlait, les larmes de Mavis se tarissaient, ses yeux se durcissaient.

— Il m'a utilisée pour arriver à toi et à Connors. Il s'est servi de moi et ensuite il t'a trafiqué la cervelle...

— Ce n'est pas ta faute... Arrête, ordonna Ève, car les paupières de Mavis se gonflaient à nouveau. Je suis fatiguée, énervée et ma tête va exploser. Je n'ai aucune envie de te voir pleurer maintenant. Ce n'est pas ta faute. Tu as été utilisée, et moi aussi. Ça n'enlève rien au fait que je sois flic et toi chanteuse.

Et une bonne chanteuse. Qui devient meilleure à chaque fois. Il le savait. C'est pour cela qu'il t'a utilisée. Il est beaucoup trop fier de son talent pour se commettre avec une ringarde. Il voulait quelqu'un capable de briller. Et tu as été éclatante.

Mavis se passa une main sous le nez.

— C'est vrai?

Cette simple question posée d'une voix tremblante fit enfin comprendre à Ève à quel point l'ego de Mavis avait souffert.

— Oui, c'est vrai. Tu étais géniale, Mavis. Je suis sincère.

— D'accord... J'étais blessée parce que tu as quitté le concert. Leonardo m'a bien dit que j'étais idiote. Tu ne serais pas partie si tu n'y avais pas été forcée. (Elle soupira longuement.) Et après, Jess m'a appelée et il m'a raconté tous ces trucs sur toi. Je n'aurais pas dû le croire.

— Ça ne fait rien. On en reparlera plus tard. Écoute, Mavis, j'ai des tas de choses à faire. Je n'ai pas trop le temps de discuter.

— Tu crois qu'il a tué des gens?

— C'est ce qu'il faut que je découvre.

On frappa à la porte et Peabody passa une tête hésitante par l'ouverture.

— Désolée, lieutenant. Dois-je attendre dehors?

— Non, je m'en vais.

Mavis renifla et se leva en adressant un pauvre sourire à Ève.

— Excuse-moi pour les lamentations et tout le reste.

— Ce n'est rien. On en reparlera. Ne t'inquiète pas.

Mavis baissa les paupières pour cacher une lueur vengeresse. Elle n'avait pas l'intention de se morfondre dans son coin...

— Tout va bien, lieutenant ? s'enquit Peabody dès que la visiteuse eut disparu.

Ève se pressa les tempes.

— En fait, Peabody, tout va mal. Mira ne pense pas que notre gamin soit capable de tuer quelqu'un. Je l'ai insultée en disant que j'allais consulter un autre expert. Il y a un sadique qui me plante des clous dans le crâne. Et je viens de briser le cœur de Mavis et de réduire son orgueil en miettes.

— Et à part ça, ça va ? insista l'adjointe.

— Très drôle. (Mais elle avait souri.) Bon sang, donnez-moi un vrai bon meurtre normal comme dans le temps !

— Ah, le bon vieux temps... lança Feeney depuis le seuil. La bande est au complet, à ce que je vois.

— Alors, au boulot. Où en es-tu ?

— On a trouvé d'autres disques au studio du suspect. Pour l'instant, aucun ne correspond aux victimes. Il tenait un journal de son travail. (Feeney paraissait gêné, ce qui chez lui était rarissime.) Il y a des noms, des dates et des... euh... suggestions. Aucune mention des quatre morts. J'ai passé ses coms au crible. Rien.

— Super.

Il s'agita à nouveau, le rose aux joues.

— J'ai verrouillé le journal pour que tu sois la seule à pouvoir le consulter.

Elle haussa les sourcils.

— Pourquoi ?

— Il... parle beaucoup de toi. D'une façon très personnelle.

— Oui, il s'intéressait beaucoup à ma cervelle.

Feeney gonfla les joues.

— Ce n'est pas la seule partie de ton anatomie à laquelle il s'intéressait. Il considérait que ce serait une expérience passionnante de...

— De quoi?

— D'influencer ton comportement à son égard... d'une façon sexuelle.

Ève ricana.

— Il espérait m'attirer dans son lit avec son jouet? Tant mieux. Ça nous fait une accusation de plus à lui mettre sur le dos.

— Il ne dit rien sur moi? questionna Peabody.

Ce qui lui valut un regard noir de la part d'Ève.

— C'est écœurant, officier.

— Je me demandais, c'est tout...

— Tout cela ne nous apporte rien de neuf sur les meurtres. Et le rapport de Mira ne va pas nous aider non plus.

Peabody serra les dents puis se lança:

— Lieutenant... avez-vous envisagé qu'elle puisse avoir raison? Qu'il ne soit pas responsable?

— Oui, je l'ai envisagé et ça me fout une trouille bleue. Si elle a raison, il y a un autre cinglé là-dehors qui se balade avec un engin à trafiquer les cerveaux. Un type dont nous ne savons absolument rien. Voilà pourquoi je préférerais que notre suspect soit le bon.

— A propos du gamin, reprit Feeney, il faut que tu saches qu'il a un avocat, maintenant.

— Quelqu'un qu'on connaît?

— Leanore Bastwick.

— Tiens, tiens... Comme le monde est petit!

Feeney sortit son sempiternel paquet de caca-huètes sucrées.

— Elle en a après toi, Dallas. Elle veut organiser une conférence de presse. Elle s'est portée volontaire pour s'occuper de lui gratuitement. Rien que pour te voler dans les plumes.

— Si ça l'amuse... On peut bloquer la conférence de presse pendant encore vingt-quatre heures. D'ici là, on a intérêt à trouver quelque chose de solide.

— J'ai peut-être une piste, intervint Peabody. Mathias a bien suivi les cours du M.I.T. pendant deux semestres. Malheureusement, ça s'est passé trois ans après que Jess avait obtenu son diplôme. Mais en tant qu'ancien élève, Jess avait accès à leur banque de données et il a aussi donné des cours de musicologie électronique. L'université a inclus ce cours dans sa bibliothèque informatique et Mathias l'a suivi pendant son dernier semestre.

Ève hocha la tête.

— C'est maigre, mais c'est déjà ça. Bon travail. Nous avons enfin établi un rapport entre eux. Peut-être aurions-nous dû chercher ailleurs ? Pearly était la première victime. Et si c'était lui, le lien entre toutes les victimes ? Ce pourrait être un truc très simple : ils étaient tous passionnés de jeux électroniques...

— Nous avons déjà enquêté là-dessus.

— Eh bien, enquêtez encore. A fond. Si Mathias a été utilisé pour développer ce système, il s'en est peut-être vanté sur le réseau. Ces fondus d'électronique adorent communiquer entre eux par ordinateurs interposés en utilisant des pseudos. Tu peux voir ça ? demanda-t-elle à Feeney.

Il acquiesça en silence.

— Contacte Jack Carter. Il partageait l'appartement de Mathias sur Olympus. Il pourra peut-être t'aider. Peabody, occupez-vous du fils de Devane. Quant à moi, conclut-elle en consultant sa montre, j'ai une visite à faire.

Elle avait la pénible impression d'être revenue au point de départ, à chercher un lien entre ces quatre morts. Il ne pouvait pas ne pas exister, et elle allait devoir mêler Connors à cette histoire pour le trouver. Elle l'appela de sa voiture.

— Salut, lieutenant. Comment était votre sieste?

— Trop courte. Tu comptes rester encore longtemps en ville?

— Quelques heures. Pourquoi?

— Je passe te voir. Maintenant. Tu peux me glisser dans ton emploi du temps?

Il sourit.

— Toujours.

— C'est une visite professionnelle, précisa-t-elle avant de couper pour ne pas le voir sourire de plus belle...

Sa place réservée dans le parking du building de Connors l'attendait et l'ascenseur accepta son empreinte palmaire pour la mener avec une calme efficacité au sommet du bâtiment.

L'assistante personnelle de Connors l'accueillit chaleureusement et l'escorta jusqu'au bureau du maître des lieux.

Il n'était pas seul.

Elle essaya de ne pas grimacer en découvrant William et Reeanna.

— Désolée. Je vous dérange...

Connors la rejoignit pour lui offrir un léger baiser.

— Pas du tout. Nous terminions.

William tendit une main amicale à Ève.

— Votre mari nous traite comme des esclaves. Si vous n'étiez pas arrivée, nous aurions dû nous passer de déjeuner.

— Voilà du William tout craché! fit Reeanna en riant. Quand il ne pense pas électronique, il pense à son ventre.

— Ou à toi... Vous vous joignez à nous? demanda-t-il à Ève. On voulait essayer le restaurant français panoramique.

— Les flics ne mangent jamais, répondit-elle en essayant d'adopter le ton badin qui semblait de rigueur. Mais merci. Au fait, Reeanna, j'aimerais vous parler quelques minutes... après votre déjeuner. Motif officiel.

— Bien sûr. Puis-je vous demander de quoi il s'agit ?

— La possibilité de vous engager comme consultante sur l'affaire dont je m'occupe en ce moment. Si cela vous est possible, j'aurai besoin de vous dès demain.

— Une consultation à propos d'un vrai être humain ? Avec joie !

— Reeanna a peur des machines, expliqua William. Cela fait des semaines qu'elle parle de reprendre son cabinet.

— La réalité virtuelle, les hologrammes, l'autotronique... j'en ai par-dessus la tête ! La chair et le sang me manquent. Connors nous a installés au trente-neuvième niveau, aile ouest. Je devrais pouvoir persuader William de déjeuner en une heure. Retrouvez-moi là-bas, Ève.

— Merci.

— Oh ! Et, Connors, poursuivit Reeanna tout en gagnant la porte avec William, nous aimerions avoir ton avis dès que possible sur le nouveau modèle...

— Et c'est moi qu'on traite d'esclavagiste ! Vous l'aurez ce soir, avant mon départ.

— Merveilleux. A plus tard.

— Vite, Reeanna, je rêve d'une coquille Saint-Jacques, fit William.

La porte se referma sur eux et Ève haussa les épaules d'un air navré.

— Je ne voulais pas interrompre votre réunion...

— Tu ne l'as pas fait... J'ai réuni toutes les données sur ces lunettes de réalité virtuelle à propos desquelles tu t'inquiétais. Je les ai parcourues un peu rapidement mais, pour l'instant, je n'ai rien trouvé d'anormal.

— Tant mieux.

Elle dormirait mieux si elle pouvait éliminer cette piste.

— William serait capable d'étudier tout cela plus vite que moi, ajouta-t-il, mais comme Ree et lui ont pris part au développement de ce projet, j'ai pensé que tu préférerais que je me passe de lui.

— Tu as eu raison.

Connors l'examina un instant avant de froncer les sourcils.

— Tu as la migraine, constata-t-il.

— A quoi servent ces tripatouilleurs de cervelle si tu arrives déjà à lire dans la mienne ?

Il lui frôla le front du bout des doigts.

— Je t'aime, murmura-t-il en lui baisant une paupière. A un point ridicule.

— Je ne suis pas venue pour ça, fit-elle quand il l'enlaça.

— Accorde-nous une minute. J'en ai besoin.

Ils restèrent ainsi dans les bras l'un de l'autre sans rien dire, savourant ce simple contact. C'était un plaisir qu'Ève s'accordait rarement.

— Ça devrait suffire, décréta-t-il au bout d'un moment, un sourire aux lèvres. Qu'avez-vous en tête, lieutenant ?

— Peabody a déniché un lien assez vague entre Barrow et Mathias. Je veux essayer de le clarifier un peu. Peux-tu avoir accès au réseau de transmissions pirates, en utilisant comme point de départ les services électroniques du M.I.T. ?

Une lueur passa dans les yeux de Connors.

— J'aime les défis.

Il s'installa derrière sa console, brancha sa machine avant de faire glisser un compartiment secret dans lequel il manipula un interrupteur.

Ève eut soudain mal aux dents.

— Qu'est-ce que c'est que ça? Un système de blocage?

— Ce serait illégal, non? dit-il, enjoué, en lui tapotant la main. Ne posez pas la question, lieutenant, si vous ne voulez pas entendre la réponse... Bon, à quelle période t'intéresses-tu?

Morose, elle fouilla dans son calepin pour lui donner les dates.

— Je m'intéresse surtout à Mathias. Je ne connais pas les pseudos qu'il a utilisés. Feeney est en train de les chercher.

— Oh! Je crois pouvoir les trouver plus vite que lui. Et si tu nous commandais à manger? Inutile de crever de faim.

— Des coquilles Saint-Jacques pour monsieur? demanda-t-elle sèchement.

— Un steak. Bleu.

Il travaillait déjà.

19

Ève mangea debout, plantée derrière Connors. Quand il en eut assez, il lui pinça la cuisse.

— Lâche-moi un peu.

— J'essaie de voir ce qui se passe. Ça fait une demi-heure que tu es là-dessus.

Avec l'équipement dont disposait Feeney au Central, Connors savait qu'il lui faudrait trois fois plus de temps pour en arriver au même point.

— Ève, mon amour...

Il soupira lorsqu'elle lui lança un regard de travers.

— Tout est caché, dans ces réseaux, expliqua-t-il. Il y a des leurres, des fausses pistes. C'est pour ça que ça s'appelle un réseau pirate. J'ai déjà repéré deux pseudonymes utilisés par notre petit génie en autotronique. Il doit y en avoir d'autres. Mais il faut quand même un peu de travail pour décrypter toutes les transmissions.

Il régla le programme sur « Recherche automatique » de façon à pouvoir attaquer son steak.

Ève observa les schémas et les curieux symboles qui défilaient sur l'écran.

— Ce ne sont que des jeux, hein ? Des jeux pour

adultes. Des sociétés secrètes... des clubs pour fondus d'informatique.

— Plus ou moins. La plupart d'entre nous appré-
cient les distractions, Ève. Les jeux, les fantasmes,
l'anonymat d'un masque électronique de façon à
devenir quelqu'un d'autre pendant un instant.

— Quel mal y a-t-il à être ce que l'on est ?

— La plupart des gens ont du mal à s'y résoudre.
Ce genre de trucs attire les solitaires, les égocen-
triques.

— Et les fanatiques.

— Certainement. Les services électroniques, les
e-services, comme on dit, en particulier les réseaux
pirates, fournissent aux fanatiques un véritable
forum.

Il attaqua son steak avec un bel appétit.

— Mais ils assurent aussi des fonctions éducatives
et informatives, continua-t-il. Même les réseaux
pirates ne sont pas réellement contrôlés. En grande
partie parce que ce serait quasiment impossible à
faire.

— La police électronique garde un œil sur eux.

— Jusqu'à un certain point. Regarde ça, dit-il en
désignant un décor sur l'écran. Tu vois ? Ce n'est rien
d'autre qu'une version moderne et amusante de la
vieille légende du Graal. Un jeu de rôle autorisant
l'accès à plusieurs utilisateurs en même temps avec
option holographique. Tout le monde veut être le roi
Arthur...

Il montra un autre écran :

— Voilà une publicité très explicite pour Erotica,
un programme de réalité virtuelle avec chargement
des capteurs sensoriels à distance. (Il sourit.) C'est
une de mes compagnies qui le fabrique. Il est très
populaire.

— Je n'en doute pas... Mais je ne comprends pas. On peut louer un partenaire sous licence qui coûte probablement moins cher que ce programme. On peut s'offrir le sexe en chair et en os. Pourquoi utiliser ça ?

— Les fantasmes, mon amour. Pour avoir le contrôle ou au contraire y renoncer. Et tu peux utiliser le programme aussi souvent que tu veux avec des variations quasiment infinies. C'est encore une question d'état d'esprit. Tous les fantasmes sont fonction de l'état d'esprit.

— Même les fantasmes mortels, dit-elle lentement. C'est de cela qu'il est question, non ? Avoir le contrôle. Posséder le contrôle ultime sur l'esprit des autres. C'est ça, le grand truc. Pour être aussi mégalo, il faut un ego démesuré et être totalement dépourvu de sens moral. Mira dit que Jess n'a pas le profil.

— Et ça te pose un problème, hein ?

Elle lui lança un coup d'œil.

— Tu ne sembles pas surpris.

— Comme on disait à Dublin, à l'époque où j'avais de mauvaises fréquentations, ce type n'est qu'une grande gueule. Il a du bagou mais pas de cran. Je n'ai jamais rencontré une grande gueule qui soit capable de tuer sans gémir.

— C'est pour ça qu'il a trouvé un moyen de tuer sans se salir les mains. Comme un lâche.

Il sourit.

— Bien dit. Mais les lâches ne tuent pas, ils se contentent de parler.

Malgré elle, Ève commençait à l'approuver et à se dire qu'elle s'était peut-être fourvoyée avec Jess Barrow...

— Il faut que je trouve autre chose. Tu en as encore pour longtemps ?

— Peut-être, jusqu'à ce que j'aie terminé. Tu peux t'occuper en regardant ce que j'ai trouvé sur les lunettes de réalité virtuelle.

— Je regarderai ça plus tard. Je vais voir Reeanna. Si elle n'est pas encore rentrée de déjeuner, je lui laisserai un mémo.

— Bien.

Il n'essaya pas de la dissuader. Elle avait besoin d'agir, de faire quelque chose, il le sentait.

— Tu remontes ici après, ou je te retrouve à la maison ? demanda-t-il.

— Je ne sais pas.

Soudain, en le contemplant, elle prit conscience d'une chose : il était parfaitement à sa place ici. Peut-être que tout le monde voulait être le roi Arthur, mais Connors se satisfaisait d'être Connors.

Il soutint son regard.

— Oui, lieutenant ?

— Tu es exactement ce que tu veux être. C'est bien.

— En général, oui. Et toi aussi, tu es ce que tu veux être.

— En général, oui, murmura-t-elle. Je prendrai contact avec Peabody et Feeney après avoir vu Reeanna. Ils ont peut-être déniché quelque chose. Merci pour le déjeuner... et les recherches.

Il se leva, lui prit la main.

— J'ai très, très envie de te faire l'amour ce soir...

Rougissante, elle haussa les épaules.

— Tu n'as pas à demander. On est mariés et tout le tralala.

— Disons que demander fait partie du fantasme.

Il s'approcha, effleura ses lèvres dans un baiser furtif.

— Laisse-moi te charmer cette nuit, Ève, mon

amour. Laisse-moi te surprendre. Laisse-moi... te séduire.

Les genoux d'Ève frémissaient.

— Merci. C'est tout ce dont j'avais besoin pour rester concentrée sur mon travail !

Cette fois, il fit durer son baiser.

— Je te donne deux heures. Et après, la soirée est à nous.

Elle s'écarta, lentement d'abord, jusqu'à ce qu'elle soit sûre de pouvoir marcher, puis gagna rapidement la porte.

— Deux heures, répéta-t-elle. Et tu pourras terminer ce que tu as commencé.

Elle l'entendit rire tandis que la porte se refermait.

— Trente-neuvième, ouest, ordonna-t-elle à l'ascenseur en souriant.

Oui, la soirée serait à eux et rien qu'à eux. Sans Jess et son vilain petit jouet...

Soudain, elle fronça les sourcils. Pourquoi faisait-elle une fixation sur ce type ? Était-elle en train de passer à côté de quelque chose ?

A en croire Mira — et Connors, avec sa théorie de la grande gueule —, elle se trompait. Il était peut-être temps de se ressaisir, de trouver une autre approche.

« C'est un crime de technicien, se dit-elle. Mais même les crimes techniques exigent un élément humain, un mobile : la cupidité, la haine, la jalousie, le pouvoir... »

Elle revoyait la réaction de Jess quand elle lui avait montré les clichés de la morgue. Un homme ayant provoqué ces morts aurait-il réagi avec une telle détresse ?

Pas impossible, songea-t-elle, mais assez improbable.

287

Plongée dans ses pensées, elle sortit au trente-neuvième étage, découvrant les parois en verre blindé d'un labo. Tout était calme ici. La sécurité était maximale comme le démontraient les caméras volantes parfaitement visibles et les multiples voyants rouges des détecteurs de mouvement.

Elle posa la main sur une plaque, donna son nom à la machine et demanda son chemin jusqu'au bureau de Reeanna.

Autorisation de circuler accordée, Dallas, lieutenant Ève. Suivre ce couloir puis prendre troisième intersection à droite. Le bureau du Dr Ott se trouve à cinq mètres de cette intersection. Il ne sera pas nécessaire de répéter cette procédure pour y être admise. Vous êtes autorisée.

Elle se demanda qui lui avait ouvert la voie, Connors ou Reeanna?

Le couloir était impressionnant. Il sortait carrément du bâtiment, offrant une vue dégagée de tous côtés sur la ville. Sous ses pieds, elle distinguait la rue et son animation. Une musique en sourdine la fit grimacer. Un décorateur musical avait dû se dire qu'un air entraînant donnerait envie aux employés de travailler avec plus d'enthousiasme. « Ça aussi, c'est une sorte de conditionnement. »

Elle passa devant une porte sur laquelle était inscrit le nom de William. Un maître des jeux... songea-t-elle. Pourquoi ne pas lui demander un coup de main? Elle frappa. La lumière rouge du capteur s'alluma, signalant que le bureau était fermé.

Je suis désolé, William Shaffer ne se trouve pas actuellement dans son bureau. Laissez votre nom ou un message, s'il vous plaît. Il prendra contact avec vous dès que possible.

— C'est Dallas. Écoutez, William, si vous avez deux minutes à me consacrer, j'aimerais bien vous parler. Je me rends au bureau de Reeanna. Je lui laisserai un mémo si elle n'y est pas. Je serai dans le bâtiment ou chez moi si vous voulez bien me contacter.

En s'éloignant, elle consulta sa montre. Combien de temps prenaient-ils pour manger leurs Saint-Jacques, bon sang ? Il ne fallait pas une éternité pour lever sa fourchette, mâcher un peu et avaler !

Elle frappa au bureau de Reeanna. Elle hésita à peine cinq secondes quand la lumière passa au vert et que la porte s'ouvrit. Si Reeanna n'avait pas voulu qu'elle entre, elle aurait verrouillé sa porte.

La pièce ressemblait à Reeanna. Lisse et polie jusqu'au brillant, avec quelque chose de très sexuel dans les rouges vifs des œuvres au laser contre les murs blancs et froids.

Le bureau faisait face à la fenêtre, offrant une vue sur l'intense circulation aérienne.

Un fauteuil de relaxation moulant gardait encore l'empreinte de son dernier occupant. Les courbes en creux de Reeanna étaient impressionnantes.

Sur la table, Ève remarqua des lunettes de réalité virtuelle. Il s'agissait du dernier modèle de Connors. Elle les reposa. Depuis son expérience chez Cerise Devane, ces trucs la mettaient mal à l'aise.

A l'autre bout de la pièce se trouvait le poste de travail. Rien de féminin, là, nota-t-elle. Un comptoir blanc, un équipement qui continuait à fonctionner en automatique. Elle fronça les sourcils en contemplant les symboles qui balayaient l'écran. Ils lui paraissaient très semblables à ceux qu'elle avait vus dans le bureau de Connors.

Cela dit, à ses yeux, tous les symboles d'ordinateur se ressemblaient.

Curieuse, elle examina le bureau mais n'y trouva rien de particulier. Un stylo en argent, une paire de jolies boucles d'oreilles en or, un hologramme de William en combinaison de vol et affichant un sourire d'adolescent. Une courte page imprimée avec ces mêmes caractères d'ordinateur incompréhensibles.

Ève s'assit au bord du bureau et appela Peabody.

— Quelque chose ?

— Le fils de Devane est prêt à coopérer. Il sait qu'elle s'intéressait aux jeux, particulièrement les jeux de rôle. Il connaît un de ses partenaires réguliers. C'est une femme avec qui il est sorti brièvement. Elle vit ici, à New York. Je vous transmets son adresse ?

— Interrogez-la sans moi. Si elle refuse de coopérer, amenez-la au poste. Tenez-moi au courant.

La voix de Peabody resta sobre mais ses yeux brillaient d'excitation à la perspective de cette mission en solo.

— Oui, chef. Je suis en route.

Satisfaite, Ève appela Feeney. Sa fréquence était occupée. Elle laissa un message demandant qu'il la rappelle.

La porte s'ouvrit. Reeanna s'immobilisa en la voyant.

— Oh, Ève... Je ne vous attendais pas si tôt.

— Je suis toujours trop pressée.

— Je vois.

Reeanna sourit et laissa la porte se refermer.

— J'imagine que Connors vous a autorisée.

— Sans doute. C'est un problème ?

— Non, non. (Reeanna agita la main.) Je suis distraite. William n'a pas arrêté de me parler d'un pépin qui le dérange. Je l'ai laissé broyer du noir sur sa crème brûlée.

Elle jeta un coup d'œil vers son ordinateur qui ronronnait.

— Ça n'arrête jamais ici, expliqua-t-elle. Le département Recherche et Développement exige qu'on travaille vingt-quatre heures sur vingt-quatre-sept jours sur sept. (Elle sourit.) Comme dans la police, j'imagine... Je n'ai pas eu le temps de prendre un cognac. Vous en voulez un ?

— Non, merci. Je suis en service.

— Un café, alors.

Reeanna se dirigea vers un comptoir muni d'un AutoChef. Un instant après, cognac et café étaient servis.

— Excusez ma distraction, reprit-elle. Nous sommes un peu en retard aujourd'hui. Connors voulait un rapport sur les nouveaux modèles de lunettes de réalité virtuelle. Il voulait tout, depuis la conception jusqu'à la réalisation.

— Elles sont votre œuvre, n'est-ce pas ?

— Oh, le mérite en revient plutôt à William, même si je l'ai un peu aidé...

Elle tendit la tasse à Ève et s'assit à son bureau.

— Bien. Que puis-je faire pour vous ?

— J'espérais que vous accepteriez cette fonction de consultante. Le sujet est en détention actuellement. Je ne pense pas que son avocat puisse s'y opposer. J'ai besoin d'un profil fondé sur vos connaissances particulières.

— Le marquage génétique... Intéressant. Quelles sont les charges retenues contre lui ?

— Je ne puis vous le dire avant d'avoir obtenu

votre accord, ainsi que celui de mon commandant. J'aimerais procéder à ce test demain matin à sept heures.

Reeanna grimaça.

— Sept heures du matin ? Aïe ! Je suis plutôt un oiseau de nuit. Si vous voulez me voir debout à une heure aussi indue, il faut exciter ma curiosité. (Elle eut un petit sourire.) Je crois deviner que Mira a déjà examiné votre sujet... et que ses conclusions ne vous enchantent pas.

— Il n'est pas inhabituel de demander une seconde opinion, se défendit Ève.

— Non, mais les rapports du Dr Mira sont très solides et très rarement mis en doute. Vous voulez sa peau ?

Agacée, Ève secoua la tête.

— Non. Je veux la vérité... Écoutez, je croyais que ce travail vous intéressait ?

— Il m'intéresse. Beaucoup. Mais j'aime savoir à quoi j'ai affaire. J'aurais besoin d'un scanner cérébral du sujet.

— J'en ai un. C'est une pièce à conviction.

Les yeux de Reeanna s'éclairèrent.

— Vraiment ? Il est aussi important que j'obtienne toutes les informations disponibles sur ses parents biologiques.

— Nous les avons. Nous vous les donnerons.

Reeanna s'enfonça dans son siège en faisant tournoyer l'alcool dans son verre.

— Il doit s'agir d'un meurtre. C'est votre domaine. L'étude de la suppression de la vie.

— On peut dire ça comme ça.

— Comment le diriez-vous ?

— L'enquête sur ceux qui la suppriment.

— Oui, mais afin d'y parvenir, vous devez étudier

les morts... et la mort elle-même. Comment elle est arrivée, ce qui l'a provoquée, ce qui s'est passé durant ces derniers instants entre l'assassin et sa victime... C'est fascinant. Quelle sorte de personnalité faut-il avoir pour étudier la mort de façon aussi routinière, jour après jour, année après année ? Cela ne vous fait pas peur, Ève ? Cela vous endurcit-il ?

— Ça me casse les pieds, rétorqua-t-elle vivement. Et je n'ai pas le temps de philosopher.

Reeanna soupira.

— Désolée, c'est ma mauvaise habitude. William me dit toujours que j'analyse trop... (Elle sourit à nouveau.) Oui, je veux bien vous aider. Appelez votre commandant. Je vais attendre son autorisation et vous pourrez me donner les détails.

— Merci.

Ève sortit son com et jugea préférable d'utiliser le mode écrit plutôt qu'audio.

— *Bon sang, Dallas, qu'est-ce que vous essayez de faire ? Vous débarrasser de Mira ?*

— *Je veux une autre opinion, commandant. La procédure m'y autorise. Je veux étudier toutes les possibilités. Ce type doit être condamné. Il avait l'intention de nuire.*

Elle exagérait, elle le savait... L'estomac noué, Ève attendit tandis que Whitney pesait sa décision.

— *Vous avez mon autorisation, lieutenant. Mais il vaudrait mieux pour vous que cela ne s'avère pas un gâchis pour notre budget.*

— *Merci, monsieur. Le rapport du Dr Ott donnera une bonne migraine à l'avocat de Barrow. J'en suis certaine.*

— Je me fous de vos certitudes, Dallas. Il me faut des faits. J'ai autant les fesses à l'air que vous, maintenant. Whitney, terminé.

Ève s'aperçut qu'elle avait retenu son souffle jusque-là. Elle ferma les yeux. Elle venait de s'offrir un peu de temps. Un léger répit. Si elle n'obtenait rien d'ici demain...

Elle rouvrit les yeux.

Et c'est alors qu'elle vit l'inscription en noir sur blanc sur l'ordinateur de Reeanna :

Mathias Drew, alias AutoPhile. Mathias Drew, alias Banger. Mathias Drew, alias HoloBête.

Son cœur rata un battement mais sa main était ferme comme une pierre quand elle rebrancha son com pour envoyer le signal code 1 à Peabody et Feeney. Renforts immédiats exigés.

Elle empocha l'appareil et se retourna.

— Le commandant a donné son accord. Avec des réticences. Il me faudra des résultats, Reeanna.

— Vous les aurez.

Reeanna avala son cognac, puis lança un coup d'œil au petit moniteur sur son bureau.

— Vos battements cardiaques viennent de s'accélérer subitement, Ève, et votre taux d'adrénaline a fait un bond impressionnant... (Elle inclina la tête.) Oh! ma pauvre, murmura-t-elle en levant sa main baguée qui tenait un paralyseur officiel de la police de New York. Voilà qui pose un sérieux problème...

Plusieurs étages au-dessus, Connors étudiait les nouvelles informations sur Mathias. « Ah! on arrive enfin quelque part », constata-t-il. Il repassa en recherche automatique pour se concentrer sur le modèle de lunettes de réalité virtuelle. C'était bizarre, se dit-il. Il y avait des composants dans ces lunettes qui étaient identiques à ceux qu'ils avaient trouvés dans la console de Jess Barrow... Il fallait les essayer.

Il poussa un juron étouffé quand son intercom sonna.

— Je ne veux pas être dérangé.

— Je suis désolée, monsieur. Mavis Freestone est ici. Elle assure que vous accepterez de la voir.

Il fit passer son deuxième ordinateur sur mode automatique.

— Faites-la entrer, Caro. Et vous pouvez prendre votre après-midi. Je n'aurai plus besoin de vous.

— Merci.

Connors fronça les sourcils et s'empara du modèle de lunettes que Reeanna lui avait laissé. William et elle y avaient apporté quelques améliorations. Il comportait des options subliminales et cela pouvait expliquer la similarité. C'était sans doute une simple coïncidence, mais Connors ne croyait pas beaucoup aux coïncidences...

Mavis s'engouffra dans la pièce comme une tornade.

— C'est ma faute, rien que ma faute, et je ne sais pas quoi faire !

Il contourna son bureau pour lui prendre les mains, adressant un regard apaisant à son assistante interloquée.

— Rentrez chez vous, Caro. Je m'occupe de tout... Oh... Laissez la sécurité ouverte pour ma femme, s'il vous plaît.

Il tira une chaise.

— Asseyez-vous, Mavis. Respirez. (Il lui caressa

l'arrière de la tête.) Et ne pleurez pas. Qu'est-ce qui est votre faute?

— Jess. Il m'a utilisée pour arriver jusqu'à vous. Dallas dit que ce n'est pas ma faute mais j'ai réfléchi et elle se trompe...

Elle renifla longuement, héroïquement. Puis elle brandit un disque.

— J'ai ça.

— Qu'est-ce que c'est?

— Je ne sais pas. Des preuves, peut-être. Prenez-le.

— D'accord.

Il enleva le disque de ses mains tremblantes.

— Pourquoi ne pas l'avoir donné à Ève? demanda-t-il.

— C'est ce que je voulais faire... je croyais qu'elle était ici. Je ne suis pas censée avoir ce truc. Je ne l'ai même pas dit à Leonardo. Je suis quelqu'un d'horrible...

Connors avait déjà eu affaire à des hystériques. Empochant le disque, il commanda un calmant léger dans un grand verre.

— Tenez, buvez. De quoi s'agit-il, selon vous?

— Je ne sais pas... Vous me haïssez, hein?

— Chérie, je vous adore. Buvez.

— Vraiment?

Obéissante, elle avala la potion.

— Je vous aime vachement, Connors, et pas simplement parce que vous nagez dans le fric et tout ça. Ceci dit, tant mieux pour vous.

— Merci.

— Non, c'est surtout parce que vous la rendez si heureuse. Elle ne sait même pas à quel point elle est heureuse. Avant vous, elle ne l'a jamais été. Vous le savez, hein?

— Oui... Trois lentes inspirations maintenant, d'accord?... Prête? Une...

— D'accord. (Encore une fois, elle lui obéit, très sérieusement, les yeux dans les yeux.) Vous vous y connaissez pour calmer les gens. Je parie qu'elle ne vous laisse pas faire ça souvent avec elle.

Il sourit.

— Non. Mais il arrive aussi que je le fasse sans qu'elle s'en rende compte. Nous la connaissons bien, tous les deux, n'est-ce pas Mavis?

— On l'aime... Oh! je regrette tellement... J'ai compris après avoir regardé le disque que je viens de vous donner. Enfin, j'ai un peu compris. C'est une copie du master de ma vidéo. Je me suis débrouillée pour la faire en cachette. Je la voulais en souvenir. Mais il y a un mémo, après l'enregistrement.

Elle contempla ses mains.

— C'est la première fois que je la regardais, que j'écoutais jusqu'au bout. Il... il a ajouté des notes à la fin, à propos... Je veux que vous lui fassiez du mal pour ça. Je veux que vous lui fassiez beaucoup de mal... Passez-le. Là où je l'ai marqué.

Sans un mot, Connors glissa le disque dans un ordinateur. L'écran se remplit de lumière, la musique jaillit, puis le volume et l'intensité baissèrent pour former un simple arrière-fond à la voix de Jess :

— Je ne suis pas sûr des résultats. Un jour, je trouverai la clé pour arriver à la source. Pour l'instant, je ne peux que spéculer. La suggestion agit sur la mémoire. La réactivation d'un traumatisme. Quelque chose au cœur de ces ombres dans l'esprit de Dallas. Quelque chose de fascinant. De quoi va-t-elle rêver ce soir après avoir vu ce disque? Quand pourrai-je la séduire pour qu'elle partage tout cela avec

moi? Quels secrets cache-t-elle? C'est si excitant...
J'attends l'occasion de fouiller dans la part d'ombre
de Connors. Oh! Il en a une, si proche de la surface
qu'on la voit presque... Quand je pense à eux
ensemble, avec tout ce que je peux déclencher, ça me
met dans des états pas possibles. Il n'existe pas de
sujets plus intéressants que ces deux-là. Dieu bénisse
Mavis pour m'avoir ouvert la porte. Dans six mois, je
les connaîtrai si bien, j'anticiperai si bien leurs réactions que je serai capable de les mener où bon me
semblera. Alors, il n'y aura plus de limites. La gloire,
la fortune. Je serai le vrai père du plaisir virtuel...

Connors resta silencieux tandis que le disque
s'éjectait. Il ne le toucha pas, de peur de le broyer.

— Je lui ai déjà fait du mal, dit-il enfin. Mais ce
n'était pas assez.

Il se tourna vers Mavis qui s'était levée.

— Vous n'êtes en rien responsable de ceci.

— Vous pensez que ça suffira à l'envoyer en prison?

— Il y passera un très long moment... Je peux garder le disque?

— Oui. Je vais vous laisser tranquille, maintenant.

— Vous êtes toujours la bienvenue ici.

Elle eut une adorable petite moue.

— Sans Dallas, vous auriez détalé à toute allure
en me voyant la première fois.

Il vint à elle, embrassa fermement sa jolie bouche.

— Et j'aurais fait une sacrée erreur. Je vous
appelle une voiture.

— Ce n'est pas nécess... enfin...

— Une voiture vous attendra devant l'entrée principale.

Elle se frotta le nez d'un revers de main.

— Une de ces superlimousines?

— Absolument.

— Alors d'accord. Hyper-génial !

Il la raccompagna à la porte qu'il ferma pensivement derrière elle. Ce disque devrait suffire à faire condamner Jess. Mais il n'y avait toujours aucun indice au sujet des meurtres... Il revint vers ses machines.

Ève baissa les yeux vers l'arme. De là où elle se trouvait, il lui était impossible de voir sur quelle position elle était réglée. Au moindre mouvement, une décharge pouvait l'atteindre. Le résultat irait d'un simple inconfort à une paralysie partielle ou à la mort.

— Il est illégal pour un civil de posséder et de faire usage d'une telle arme, dit-elle froidement.

— Voilà une remarque fort peu appropriée, compte tenu des circonstances. Débarrassez-vous de la vôtre, Ève ! Lentement, et en la tenant du bout des doigts. Posez-la sur le bureau. Je ne veux pas vous blesser.

Les yeux fixés sur ceux de Reeanna, Ève ne broncha pas.

— Comme vous voulez, soupira l'autre en appuyant sur la détente.

La décharge toucha Ève au genou. Elle eut l'impression qu'on lui tranchait la jambe. Elle s'écroula au sol.

— Voilà. A présent, vous serez peut-être un peu plus docile ?

Tandis qu'Ève se tordait de douleur, Reeanna modifia un réglage sur son arme.

— La prochaine décharge ne sera pas mortelle, mais elle sera très violente, prévint-elle. Vous ne pourrez pas marcher pendant plusieurs jours. Quant aux dommages sur le cerveau, ils ne seront certes pas permanents, mais ils seront très gênants.

Ève savait parfaitement quels dégâts pouvait infliger un paralyseur. Grimaçant, elle sortit son arme et la poussa sur la moquette vers le bureau.

— Vous allez devoir me tuer, Reeanna. Mais vous allez devoir le faire vous-même, en personne. En me regardant dans les yeux. Ce ne sera pas comme avec les autres.

— Je pense pouvoir éviter ça. Une brève séance indolore — et même agréable — de réalité virtuelle, et nous pourrons ajuster votre mémoire et vous orienter sur votre cible... Vous vous étiez braquée sur Jess, Ève. Pourquoi ne pas continuer ainsi ?

— Pourquoi avez-vous tué ces quatre personnes, Reeanna ?

— Elles se sont tuées toutes seules. Vous étiez là quand Cerise Devane a sauté du toit. Il faut croire ce que vous voyez de vos propres yeux. (Elle soupira.) Enfin, c'est ce que pensent la plupart des gens. Mais vous n'êtes pas comme la plupart des gens, n'est-ce pas ?

— Pourquoi les avoir tués ?

— Je les ai simplement encouragés à mettre un terme à leur vie d'une certaine manière à un certain moment... Et pourquoi ? ajouta Reeanna en haussant ses belles épaules. Mais parce que je le pouvais. C'est aussi simple que cela !

Elle éclata d'un rire cristallin.

20

Peabody et Feeney ne devraient pas tarder à recevoir son signal, calcula Ève. Elle avait juste besoin de temps. Et elle avait le pressentiment que Reeanna allait le lui donner. Certaines personnes adoraient avoir un public.

Mais, Dieu, que son genou lui faisait mal... Elle réussit néanmoins à se redresser sur une jambe.

— Vous avez travaillé avec Jess ?

Reeanna secoua sa tignasse rousse.

— Cet amateur ! Oh, il possède effectivement un certain talent de conception, mais il n'a aucune vision... et aucun cran, ajouta-t-elle avec un sourire félin. Les femmes sont bien plus courageuses et vicieuses que les hommes. Vous ne trouvez pas ?

— Non. A mon avis, le sexe n'a rien à voir là-dedans.

Déçue, Reeanna pinça les lèvres.

— Il est vrai que j'ai correspondu avec lui brièvement, il y a quelques années. Nous avons échangé des idées, des théories. L'anonymat des e-services est très pratique. Il pontifiait. Je l'ai flatté et j'ai pu ainsi profiter de certaines de ses trouvailles. Mais j'étais très en avance sur lui. Franchement, je ne pensais pas qu'il arriverait aussi loin qu'il semble être parvenu. De la manipulation d'humeur, avec quelques suggestions directes... (Elle inclina la tête.) Je ne me trompe pas trop ?

— Vous, vous êtes allée plus loin ?

— Oh, beaucoup plus loin... Pourquoi ne vous asseyez-vous pas, Ève ? Votre genou doit vous faire mal. Nous serions toutes les deux plus à l'aise.

— Je suis très bien debout.

— A votre aise. Mais reculez un peu, vous voulez bien ? Même avec votre genou en compote, vous êtes capable d'une folie. Et je ne voudrais pas avoir à me servir de ceci.

Elle leva son arme.

— Vous êtes médecin, remarqua Ève. Psychiatre. Vous avez passé des années à apprendre comment soulager les gens. Pourquoi supprimer des vies, Reeanna, alors que vous devriez les sauver ?

— Peut-être parce que j'ai été marquée dès ma conception. (Elle sourit.) Oh, je sais, vous n'aimez pas cette théorie ! Vous l'auriez bien utilisée pour votre enquête mais elle ne vous plaît pas. Peut-être parce que vous ignorez d'où vous venez ?

Elle vit Ève ciller et hocha la tête, satisfaite.

— J'ai lu tout ce qu'il était possible de trouver sur Ève Dallas dès que j'ai appris que Connors s'intéressait à vous. Je suis très attachée à Connors. A une époque, j'ai même envisagé de faire de notre brève liaison une relation plus permanente.

— Il vous a laissée tomber ?

Le sourire se figea sous l'insulte.

— C'est indigne de vous, de jouer les femelles jalouses... Non, il ne m'a pas laissée tomber. Nous avons simplement évolué dans des directions différentes. J'avais l'intention de le retrouver peut-être un jour. C'est pourquoi j'ai été intriguée lorsque j'ai appris qu'il se passionnait pour un flic. Ça ne lui ressemblait pas. Mais vous êtes... intéressante.

Elle s'installa de façon plus confortable sur son fauteuil, l'arme toujours fermement pointée.

— L'enfant de Dallas trouvée dans une impasse... Battue, brisée, hagarde. Aucun souvenir de comment elle était arrivée là. De qui l'avait frappée, violée, abandonnée. Le blanc total, le vide. Fascinant. Pas de passé, aucun indice sur ses origines... Je vais prendre un plaisir fou à vous étudier.

— Vous ne toucherez pas à ma tête.

— Oh, mais si ! C'est même vous qui le suggérerez, après un ou deux voyages dans le programme de réalité virtuelle que j'ai spécialement conçu pour vous. J'ai un immense regret, pourtant. Je vais devoir faire en sorte que vous oubliiez complètement cette conversation. Vous possédez un esprit si affûté, une telle énergie. Mais cela nous donnera l'occasion de travailler ensemble. Malgré toute l'affection que j'ai pour William, il manque... d'envergure.

— Jusqu'à quel point est-il mêlé à ça ?

— Il ne sait absolument rien. Il a été mon premier sujet d'étude. Ce cher William... Il a essayé mon premier modèle amélioré. Avec un certain succès, je dois dire. Tout a été plus facile ensuite. J'ai pu lui faire fabriquer tout ce que je voulais. Il est plus rapide, plus doué que moi pour l'électronique. En fait, il m'a aidée à perfectionner le modèle que j'ai envoyé au sénateur Pearly.

— Pourquoi Pearly ?

— Un autre test. Il faisait beaucoup de tapage contre l'utilisation des sublis. Il aimait les jeux — ce que vous avez découvert, j'en suis certaine — mais il voulait continuellement renforcer les réglementations. Un vrai rabat-joie, si vous voulez mon avis. Il a fourré son nez dans la pornographie, la publicité et son utilisation des suggestions, et bien d'autres choses... Je me suis dit qu'il serait mon agneau sacrificiel.

— Comment avez-vous eu accès à son schéma cérébral ?

— Grâce à William. Il est très intelligent. Cela lui a coûté plusieurs semaines de travail intense mais il a réussi à s'infiltrer dans leur banque de données malgré tous les contrôles de sécurité. (Ce souvenir parut la mettre en joie.) Il s'est aussi infiltré dans les machines de la police de New York. Il y a même injecté un virus. Pour occuper un peu les détectives du département électronique.

— Et c'est ainsi que vous avez obtenu mon propre schéma cérébral.

— Exactement. C'est un grand cœur, mon William. Ça le peinerait énormément d'apprendre qu'il est en partie responsable de ces suicides.

— Vous l'avez utilisé, vous l'avez manipulé. Et ça ne vous gêne absolument pas ?

— Pas le moins du monde. William a tout rendu possible. Mais si ça n'avait pas été lui, ç'aurait été un autre.

— Il vous aime. Vous le savez.

Reeanna éclata de rire.

— Oh, s'il vous plaît ! C'est une marionnette. Tous les hommes le sont quand ils se retrouvent face à une jolie femme. Ils se mettent à vous supplier. C'est amusant, parfois irritant et toujours utile. (Elle parut intriguée.) Ne me dites pas que vous n'avez pas utilisé vos avantages sur Connors !

— Nous ne nous utilisons pas.

— Vous ratez quelque chose...

Mais Reeanna suivait déjà une autre idée :

— Cette chère Dr Mira me qualifierait certainement d'asociale, avec une tendance marquée pour la violence et pourvue d'un irrépressible besoin de domination. Une menteuse pathologique, dotée d'une fascination morbide pour la mort...

Ève laissa passer un moment.

— Et approuveriez-vous ce diagnostic, docteur Ott ?

— Absolument. Ma mère s'est suicidée quand j'avais six ans. Mon père ne s'en est jamais remis. Il m'a abandonnée à ma grand-mère... J'ai vu le visage de ma mère après qu'elle a pris ces pilules. Elle semblait très belle et tout à fait heureuse. Alors, pourquoi ne pas voir en la mort une expérience agréable ?

Ève esquissa un sourire.

— Essayez, et vous verrez, suggéra-t-elle. Je veux bien vous aider.

— Un jour, peut-être. Quand j'aurai fini mes recherches.

— Pour vous, nous sommes des rats de laboratoire. Pas des jeux ou des jouets mais des expériences. Des droïdes à disséquer.

— Oui. Le jeune Drew... Je le regrette parce qu'il était jeune et qu'il avait un réel potentiel. Je l'ai consulté — de façon imprudente, je m'en aperçois maintenant — quand William et moi travaillions au Complexe Olympus. Il est tombé amoureux de moi. Un garçon si jeune. J'étais flattée, et William très tolérant quant à mes distractions.

— Il en savait juste un peu trop, alors vous lui avez envoyé un modèle modifié pour lui ordonner de se pendre.

— C'est à peu près ça. Cela n'aurait pas été nécessaire s'il avait accepté de comprendre que notre relation était terminée.

— Vous déshabillez vos victimes, ajouta Ève. C'est l'ultime humiliation ?

Reeanna parut choquée et insultée.

— Pas du tout ! C'est du pur symbolisme. Nous venons au monde nus, nous en repartons nus. La boucle est bouclée... Drew est mort heureux. Comme tous les autres. Sans souffrance, sans aucune tristesse. Mais avec de la joie... Je ne suis pas un monstre, Ève. Je suis une scientifique.

— Non, vous êtes un monstre, Reeanna. Et, de nos jours, la société met les monstres en cage. Vous ne serez pas heureuse dans une cage.

— Cela n'arrivera pas. Jess sera déclaré coupable. Après le rapport que je vous donnerai demain, vous vous acharnerez sur lui. Même si vous ne parvenez pas à lui mettre les meurtres sur le dos, vous serez toujours persuadée que c'est lui le coupable. Et à l'avenir, je serai très sélective. Je veillerai à ce que les sujets qui se suicident ne le fassent pas dans votre juridiction. Vous n'y penserez même plus.

Ève fut prise d'une nausée soudaine.

— Vous avez choisi deux victimes ici, à New York, pour attirer mon attention ?

— En partie. Je voulais vous voir travailler. Vous observer, étape par étape. Juste pour m'assurer que vous étiez aussi bonne qu'on le disait. Vous détestiez Fitzhugh, alors je me suis dit : pourquoi ne pas rendre un petit service à ma nouvelle amie Ève ? C'était un crétin pompeux, un parasite et un très mauvais partenaire de jeu. Je voulais que sa mort soit sanglante. Il préférait les jeux de guerre, vous comprenez. Je ne l'ai jamais rencontré personnellement mais je l'ai croisé de temps à autre dans le cyberespace. Un très mauvais perdant.

— Il avait une famille. Comme Pearly, Mathias et Cerise Devane...

Elle balaya l'objection d'un revers de main.

— Oh, la vie continue... Ils s'y feront. C'est dans la nature des hommes... Quant à Cerise, c'était une machine à fabriquer des ordures. Elle était pourrie d'ambition. Elle m'ennuyait à mourir. La seule joie qu'elle m'ait procurée, ç'a été quand elle a sauté devant les caméras. Quel sourire! Ils ont tous souri. C'était mon dernier cadeau. L'ultime suggestion. Mourez, c'est si beau et si joyeux. Mourez et connaissez le plaisir... On pourrait dire qu'ils sont morts de plaisir.

— Ils sont morts avec un sourire plaqué sur le visage et une brûlure dans le cerveau.

Les sourcils de Reeanna se rejoignirent.

— Comment cela, une brûlure?

Où diable étaient ses renforts? De combien de temps encore disposait-elle?

— Vous ne le saviez pas? Votre petite expérience présente un défaut; un effet secondaire, Reeanna. Elle brûle le lobe frontal, laissant ce qu'on pourrait appeler une ombre. Ou une empreinte. Votre empreinte.

— Ce n'est rien, décréta-t-elle, mais elle se mâchait la lèvre. Ce doit être provoqué par l'intensité de la suggestion. Il faut qu'elle se fraie un passage, au sens propre, à travers l'instinct de conservation, de survie. Nous allons devoir travailler là-dessus, y remédier...

L'agacement assombrit ses yeux.

— William devra faire mieux. Je n'aime pas les défauts.

— Votre expérience en est remplie. Vous devez contrôler William pour continuer. Combien de fois avez-vous utilisé votre système sur lui, Reeanna? Un usage continuel ne va-t-il pas agrandir cette brûlure?

Je me demande quelles sortes de dégâts elle peut provoquer.

— Cela peut être arrangé. Il trouvera. Je lui ferai passer un scanner pour étudier la brûlure... s'il en a une. La réparer.

Insensiblement, Ève s'était rapprochée, calculant la distance, le risque.

— Oh, il en aura une ! Ils en avaient tous une. Et si vous ne pouvez réparer William, comme vous dites, il faudra le suicider. Vous ne pouvez prendre le risque que cette brûlure s'agrandisse, au risque de le voir agir d'une façon incontrôlable. N'est-ce pas ?

— Non... Non, je vais m'occuper de cela immédiatement. Dès ce soir.

— C'est peut-être déjà trop tard...

Les yeux de Reeanna s'arrêtèrent soudain sur elle, durs.

— Il faut procéder à des ajustements. Ils seront faits. Je ne suis pas allée si loin pour tolérer le moindre défaut !

— Mais, pour réussir vraiment, il faudra que vous me contrôliez. Et je ne vous faciliterai pas la tâche.

— Je possède votre schéma cérébral, lui rappela Reeanna. J'ai déjà mis au point votre programme. Ça va être très facile.

— Vous allez avoir des surprises, promit Ève. Et Connors ? Vous ne pouvez rien fabriquer sans lui et il ne va pas tarder à tout découvrir. Espérez-vous le contrôler, lui aussi ?

— Ce sera avec un plaisir tout particulier. Il est vrai que j'ai.dû changer mes prévisions. J'espérais me servir de lui. Un petit voyage, comment dire... au pays des souvenirs. Connors est si créatif au lit. Nous n'avons pas pris le temps de comparer nos notes mais je suis certaine que vous m'approuvez.

Les dents d'Ève grincèrent mais elle répliqua froidement :

— Utiliser votre sujet d'expérience pour en soutirer du plaisir ? Voilà qui n'est pas très scientifique, docteur Ott !

— Oui, mais très agréable. Et j'adore m'amuser. J'adore les jeux.

— Et c'est grâce aux jeux que vous avez rencontré toutes vos victimes.

— Jusqu'à aujourd'hui. A travers les réseaux, pirates ou non. Les jeux peuvent être relaxants et distrayants. William et moi étions d'accord sur le fait que l'observation des joueurs nous donnerait des indices intéressants pour les nouvelles options de réalité virtuelle. Même si personne ne se doutait de ce que je mettais au point.

Son regard se posa sur le moniteur. Elle fronça les sourcils en voyant les données transmises depuis le bureau de Connors. Il étudiait les lunettes.

— Mais vous avez poussé Connors à enquêter, reprit-elle. Pas seulement sur le jeune Drew, mais aussi sur le nouveau modèle. Ça ne m'a pas fait plaisir. Enfin, il y a toujours un moyen de contourner les obstacles... Connors n'est pas aussi nécessaire que vous le pensez. D'après vous, qui possédera tout cela s'il lui arrive quelque chose ?

Elle éclata d'un rire tonitruant devant le regard vide d'Ève.

— Vous, ma chère ! Tout cela sera à vous, totalement à vous... et donc à moi. Ne vous inquiétez pas. Je ne vous laisserai pas veuve longtemps. Nous vous trouverons quelqu'un. Je le choisirai personnellement.

Une terreur immonde s'insinua en Ève, lui glaça le sang, pétrifia ses muscles.

— Vous avez fait un modèle pour lui !

— Je l'ai terminé ce matin. Je me demande s'il l'a déjà testé... Connors tient tellement à s'investir personnellement dans tous ses produits.

Elle lâcha une nouvelle décharge devant les pieds d'Ève.

— Non. N'y pensez même pas. Si je vous touche, cette fois, ce sera beaucoup plus grave...

— Je vous tuerai de mes propres mains. Je le jure !

Dans son bureau, Connors fronça les sourcils devant son moniteur. « Je rate quelque chose, songea-t-il. Mais quoi ? »

Il se frotta les yeux, s'adossa au dossier de sa chaise. Il avait besoin d'une pause. Pour s'éclaircir les idées, se reposer les yeux, il prit les lunettes de réalité virtuelle sur son bureau...

— Vous ne courrez pas ce risque, répondit Reeanna. Si vous essayez, je vous paralyse et vous ne l'atteindrez jamais à temps. Parce que vous avez encore l'espoir de l'arrêter à temps, de le sauver, n'est-ce pas ? (Un sourire de dérision.) Vous voyez, Ève, je vous devine à la perfection.

— Vous en êtes sûre ? demanda Ève, qui, au lieu de bondir en avant, plongea en arrière. Jalousies fermées ! cria-t-elle pressant un bouton tout en s'emparant de l'arme dissimulée dans sa botte.

L'obscurité tomba dans la pièce en même temps qu'éclatait la décharge de l'arme de Reeanna. Ève sentit le choc tout près de son épaule.

Mais elle était à l'abri à présent. Grimaçante de douleur, car son genou lui faisait un mal de chien.

— A ce petit jeu, je suis meilleure que vous,

déclara-t-elle calmement. Lâchez votre arme et je ne vous tuerai pas.

— Me tuer? siffla la voix de Reeanna. Vous êtes beaucoup trop flic pour ça. Le règlement est clair : force maximale uniquement quand tous les autres moyens ont échoué.

« Elle va vers la porte, se dit Ève, retenant son souffle, tendant l'oreille. Sur la droite. »

— Il n'y a que vous et moi, ici, lança-t-elle. Qui le saura?

— Vous avez trop de sens moral. Ne l'oubliez pas, je vous connais. J'ai été dans votre tête. Vous ne seriez pas capable de vous regarder dans une glace après ça.

« Elle approche... C'est ça, continue. Encore un peu. Essaie de sortir, ma vieille, et je te grille comme un bout de steak! »

— Vous avez peut-être raison. Peut-être me contenterai-je de vous paralyser à vie.

L'arme au poing, Ève rampa.

La porte s'ouvrit. Ce ne fut pas Reeanna qui sortit mais William qui entra.

— Reeanna! Qu'est-ce que tu fabriques dans le noir?

Au moment où Ève quittait son abri, le doigt de Reeanna se crispa sur la détente. Le système nerveux de William grilla immédiatement.

— Oh, William... bon sang!

C'était du dégoût plutôt que de la détresse. Au moment où il s'effondrait, Reeanna bondit sur Ève, toutes griffes dehors. Déséquilibrée, celle-ci bascula tandis que des ongles lui lacéraient la poitrine.

Ève n'avait plus l'usage de son genou et Reeanna était médecin : elle savait exactement où frapper. Un premier coup à la gorge, un deuxième dans le genou à vif.

Aveuglée de douleur, Ève lança son coude, entendit avec satisfaction craquer les cartilages quand il entra en contact avec le nez de son adversaire. Celle-ci poussa un cri aigu avant de se mettre à mordre.

— Salope!

Utilisant les mêmes moyens, Ève lui tira les cheveux. Puis elle appuya le canon de son arme sur sa gorge.

— Respire un peu trop fort et je t'expédie dans l'autre monde... Lumière!

Haletante, en sang, Ève essayait de refouler une peur étrange. Elle avait souvent affronté des adversaires bien plus forts physiquement, mais Reeanna l'effrayait.

— J'ai bien envie de le faire quand même, reprit-elle.

— Non, tu ne le feras pas.

La voix de Reeanna était aussi froide et dure que de l'acier. Son sourire, éblouissant.

— C'est moi qui le ferai! ajouta-t-elle.

Saisissant la main armée d'Ève, elle la posa sur sa tempe.

— Je hais les cages, dit-elle, très calme.

Puis elle appuya sur le doigt d'Ève. A même la peau, la décharge était mortelle...

— Seigneur! Seigneur Dieu!

Ève rampa pour se dégager du corps agité de spasmes terrifiants. Elle repoussa William qui gigotait encore — mais elle s'en moquait. Trouvant son com, elle se mit à courir.

— Réponds-moi, réponds-moi! cria-t-elle au com en tapant dessus. Connors, ordonna-t-elle, bureau principal. Réponds-moi, bon sang!

Elle ravala un hurlement.

Ligne occupée. Attendez, s'il vous plaît, ou renouve-lez votre appel ultérieurement.

— J'ai la priorité, saloperie d'engin. Donne-moi la priorité !

Elle continuait à courir en boitant, sans se rendre compte qu'elle pleurait.

Des gens se précipitaient vers elle dans le couloir, mais elle ne ralentit même pas.

— Dallas, Dieu merci !

Elle dépassa Feeney, entendit à peine ses questions. La terreur la submergeait.

— Là-bas ! hurla-t-elle. Peabody, avec moi. Vite !

Elle cogna la porte de l'ascenseur.

— Vite ! Vite !

— Dallas, que s'est-il passé ?

Peabody lui toucha l'épaule pour se voir violemment repoussée.

— Vous saignez, lieutenant. Quelle est la situation ?

— Connors, ô mon Dieu, s'il te plaît !

Les larmes ruisselaient, l'étouffaient, l'aveuglaient.

— Elle est en train de le tuer. Elle va le tuer...

Machinalement, Peabody sortit son arme tandis qu'elles se ruaient dans la cabine.

— Dernier étage, aile est ! hurla Ève. Vite, vite, vite !

Elle jeta le com à Peabody :

— Trouvez la priorité sur cette saloperie !

— Il est endommagé. Il a dû tomber par terre. Qui en a après Connors ?

— Reeanna. Elle est morte, aussi morte que Moïse, mais elle est en train de le tuer. (Elle n'arrivait pas à respirer. Ses poumons n'acceptaient plus l'air.) Il faut qu'on l'arrête. Quoi qu'elle lui ait dit de faire, il faut qu'on l'arrête...

Elle tourna des yeux fous vers Peabody et ajouta :
— Elle ne le prendra pas.
— Non, elle ne le prendra pas.
Peabody jaillit de l'ascenseur.

Même blessée, Ève fut encore plus rapide. La terreur lui donnait des ailes. Elle se jeta sur la porte, maudit la Sécurité et abattit sa paume sur la plaque d'identification.

Elle faillit lui marcher dessus quand il apparut sur le seuil.

— Connors !

Elle se pressa contre lui. Elle se serait enfoncée en lui si elle l'avait pu.

— Ô Seigneur, tu vas bien ! Tu es vivant...

— Que t'est-il arrivé ?

Elle s'écarta soudain, saisissant le visage de Connors à pleines mains, scrutant ses yeux.

— Regarde-moi. Tu les as utilisées ? As-tu utilisé les lunettes ?

— Non. Ève...

— Peabody, paralysez-le s'il fait un geste de travers. Appelez les médecins. Il faut lui faire un scanner.

Il fronça les sourcils.

— Pas question ! Mais allez-y, Peabody, appelez les médecins. Cette fois, elle va se faire soigner, même si je dois l'assommer.

Ève recula encore, cherchant sa respiration tout en le mesurant du regard. Elle ne sentait plus ses jambes, ne comprenait pas comment elle tenait encore debout.

— Tu ne les as pas utilisées ?

— Je t'ai dit que non. Il enfouit une main dans la tignasse d'Ève.) Elles étaient faites pour moi, cette fois-ci ? C'est ça, hein ?

Il grogna car Ève levait son arme.

— Oh, baisse ça, nom de Dieu! Je ne suis pas suicidaire. Je suis fou furieux. J'ai eu le déclic il y a cinq minutes à peine. Doxer. Doc et cer. Docteur et cerveau. Docteur du cerveau. Doxer, c'était son pseudo pour les jeux. Elle l'utilise encore, elle joue encore. Mathias a eu des douzaines de transmissions avec elle, l'année dernière. Alors j'ai examiné de plus près les données sur le nouveau modèle.

— Elle savait que tu trouverais. C'est pour ça qu'elle...

Ève s'interrompit, chercha de l'air en maudissant l'étrange sifflet qui résonnait dans sa tête.

— C'est pour ça qu'elle a fabriqué un modèle exprès pour toi, conclut-elle.

— J'aurais pu les essayer si je n'avais pas été interrompu... (Il pensa à Mavis, la remercia mentalement.) Et moi qui leur faisais confiance...

— William n'y était pour rien... enfin, pas volontairement.

Il se contenta d'opiner en contemplant sa chemise déchirée, les traces de sang.

— C'est elle qui t'a fait ça?

— Le sang, c'est surtout le sien. (Elle l'espérait.) Elle ne voulait pas aller en prison. Elle est morte, Connors. Elle s'est suicidée. Je n'ai pu l'en empêcher. Peut-être que je ne voulais pas l'en empêcher. Elle m'avait dit... pour le modèle, ton modèle. J'ai cru... j'ai cru que je n'arriverais pas à temps. Je n'arrivais pas à te joindre et...

Elle n'entendit pas Peabody sortir pour leur laisser un peu d'intimité. Elle se moquait de l'intimité. Elle continuait à fixer le vide devant elle, tremblante.

— Je n'arrivais pas, répéta-t-elle. J'essayais de gagner du temps avec elle et, pendant tout ce temps que je gagnais pour moi, tu aurais pu...

Il vint à elle, la prit dans ses bras.

— Ève, c'est terminé. Et tu es là. Je ne te quitterai pas.

Il baisa ses cheveux quand elle enfouit son visage dans son cou.

— C'est fini maintenant, murmura-t-il.

— Non. Il va y avoir des tas d'enquêtes, pas seulement pour Reeanna mais aussi sur tes compagnies, les gens qui ont travaillé avec elle sur ce projet.

Il lui souleva le visage d'un doigt.

— Pas de problème. La compagnie est en règle. Je te le promets. Je ne vous causerai aucun embarras, lieutenant. Je ne serai pas arrêté.

Elle accepta le mouchoir qu'il lui tendait et se moucha.

— Pourquoi a-t-elle fait ça? reprit Connors.

— Parce qu'elle en était capable. C'est ce qu'elle m'a dit. Elle voulait le pouvoir, contrôler les autres. (Elle s'essuya les joues.) Elle avait de grands projets pour moi. J'aurais été son chien. Comme William. Et, toi mort, elle s'imaginait que j'hériterais de tous tes trucs... Tu ne vas pas me faire ça, hein?

— Quoi? Mourir?

— Me laisser tes trucs.

Il éclata de rire et l'embrassa.

— Il n'y a que toi pour être gênée par cette idée!

Il repoussa les mèches collées sur son visage.

— Elle avait fabriqué un modèle pour toi? demanda-t-il.

— Oui, on n'a pas eu l'occasion de l'essayer. Feeney est là en bas. Je ferais mieux de lui dire ce qui s'est passé.

— On va descendre. Elle avait désengagé son com. C'est pourquoi je m'apprêtais à sortir quand tu m'as sauté dessus. J'étais inquiet. Je n'arrivais pas à te joindre.

Elle lui toucha le visage.

— C'est dur, de tenir à quelqu'un.

— On peut vivre avec... Tu vas vouloir aller au Central, j'imagine, pour régler tout ça dès ce soir ?

— C'est la routine. J'ai une enquête à conclure.

— Je t'y emmène. Après t'avoir emmenée dans un centre de soins.

— Je ne vais pas dans un centre de soins.

— Si, tu y vas !

Peabody frappa à la porte et entra.

— Excusez-moi, les médecins sont en bas.

— Qu'ils nous retrouvent au bureau du Dr Ott. Ils pourront examiner Ève avant que je l'emmène pour des soins plus approfondis.

— Je t'ai dit que je n'irais pas dans un centre !

— J'ai entendu. Peabody, vous avez vos menottes ?

— Oui, monsieur.

— Vous pourriez me les prêter, juste le temps d'amener votre lieutenant dans un centre médical ?

— Essaie un peu, tu verras !

Peabody se mordit l'intérieur de la joue. Ricaner maintenant ne ferait pas plaisir à sa supérieure hiérarchique...

— Je comprends votre problème, Connors, mais je suis malheureusement dans l'incapacité de vous aider. J'ai besoin de mon boulot.

— Peu importe, Peabody.

Passant un bras autour de la taille d'Ève, il la souleva.

— Je crois pouvoir me débrouiller sans ça.

Ève lui lança un regard noir.

— Eh ! J'ai un rapport à faire, un boulot à terminer. Un cadavre à transporter. Je n'ai pas de temps à perdre avec un examen médical.

Connors se contenta de lancer par-dessus son épaule :

— Peabody, dites à ces médecins de venir armés. Elle est capable de leur taper dessus.

— Repose-moi, idiot. Je n'y vais pas !

Elle riait aux éclats tandis que les portes de l'ascenseur se refermaient sur eux.